UNITALL

# Aldebaran

## Band 2:

## Gestrandet auf Terra

### Heinrich von Stahl

1. Auflage
2010

Unitall Verlag GmbH
Salenstein, Schweiz
www.unitall.ch

Vertrieb:
HJB Verlag & Shop KG
Schützenstr. 24
78315 Radolfzell
Deutschland

Bestellungen und Abonnements:
Tel.: 0 77 32 – 94 55 30
Fax: 0 77 32 – 94 55 315
www.hjb-shop.de
hjb@bernt.de

Redaktion: Sahid El Farrak
Bildelemente: Chance Last
Printed in EU

© 2010 Unitall Verlag
UNITALL ist ein eingetragenes Warenzeichen
Alle Rechte vorbehalten

# Kapitel 1: Ausflug nach Mohak-Dor

Ein kontinuierliches Dröhnen erfüllte die Zentrale der ONSLAR. Hervorgerufen durch die Breitseiten des Flaggschiffs verkündete es die Apokalypse. Die Männer standen schweigend vor den Bildschirmen und beobachteten einen Ausschnitt des blauen Planeten, der sich unter ihnen erstreckte. Hunderte von grellen Lichtblitzen leuchteten im Stakkatotakt überall auf der Oberfläche auf. Wie in Zeitlupe verwandelten sich die Blitze in graubraune, pilzförmige Explosionswolken, durchsetzt mit glutflüssigem Gestein, das bis in die obersten Schichten der Stratosphäre geschleudert wurde.

Imperator Sargon II. hatte es tatsächlich getan: Er hatte den Feuerbefehl gegeben. Mit hängenden Schultern, gesenktem Kopf und geschlossenen Augen stand er in der Mitte der Zentrale. Seine schulterlangen hellblonden Haare fielen über seine Wangen. Ganz langsam nur hob er den Kopf und öffnete die Augen. Es hatte keinen Sinn, selbige vor dem milliardenfachen Tod zu verschließen, den er befohlen hatte. Eine unendlich schwere Last lag auf seinen Schultern, gegen die er sich nun erhob.

Die Raumschlachten um das von den echsenhaften Mohak bevölkerte Maulack-System waren siegreich geschlagen worden. Das aldebaranische Imperium hatte den Völkern der Galaxis und ganz besonders den Mohak gezeigt, dass es über die besten Soldaten und kampfkräftigsten Schiffe der bekannten Galaxis verfügte. Trotzdem war dieser Krieg noch lange nicht entschieden. Die Eier legenden Mohak zeichnete ein unglaubliches Bevölkerungswachstum aus. Die schiere Zahl ihrer hoch entwickelten Kampfraumer hatte sie vor einem knappen Jahr sogar bis nach Sumeran, der Zentralwelt des Imperiums, vordringen lassen. Nur durch die Mobilisierung der letzten Reserven und den Verlust seines Lebens war es dem damaligen Imperator Onslar VI gelungen, die Mohak zurückzuschlagen. Es waren damals neun

Milliarden Aldebaraner durch das Bombardement der grünhäutigen hochintelligenten Echsen ums Leben gekommen.

Alle Versuche, Friedensverhandlungen mit den Mohak aufzunehmen, waren gescheitert. Deshalb hatte sich Imperator Sargon entschlossen, den Krieg in das Gebiet der Echsen zu tragen. Durch Kühnheit und Entschlossenheit war es den Aldebaranern gelungen, zwei Flotten der Mohak beim siebten und fünften Planeten des Maulack-Systems vollständig aufzureiben. Jede dieser feindlichen Flotten war an Zahl größer gewesen als alle Kampfraumer Aldebarans zusammen.

Nach diesen beiden Siegen lagen nun die drei Brutplaneten, wie die Mohak ihre Wohnwelten nannten, ungeschützt vor den Geschützen der von den Echsen unterschätzten und als Futtertiere verachteten Menschen. Der Imperator hatte keine andere Wahl gehabt, als den Beschuss zu befehlen. Es gab keine Möglichkeit, diesem grausamen, intelligenten und unglaublich zahlreichen Feind beizukommen. Die Alternative zum Kampf, sich stattdessen mit der eigenen Vernichtung abzufinden, wäre der Beweis einer Dekadenz gewesen, von der das aldebaranische Volk und speziell sein Imperator Lichtjahre entfernt waren. Das Inferno, das sich auf den Bildschirmen der Zentrale abspielte, war ein reiner Akt der Notwehr.

»Feuer einstellen!« Die feste Stimme des Imperators übertönte das Dröhnen des Salventakts der Geschütze mühelos. Sofort legte sich eine unwirklich erscheinende Ruhe über die Zentrale. Der Befehl war zu den anderen Schiffen des Verbandes übertragen worden. Auch deren Geschütze schwiegen nun.

Auf Maulack III standen unzählige der hässlichen Pilzwolken, deren Hauben sich in den oberen Schichten der Atmosphäre abflachten und langsam ausbreiteten. Durch diese Wolken aus Staub, Schutt und herausgerissenen Teilen der Planetenoberfläche drang das rote Glühen der kochenden Gesteinsmassen der Kontinente.

»Wie ist die Lage bei Maulack II und IV?«, lautete die knappe

Frage des Imperators, dem nicht der Sinn nach Ausschmückungen stand.

Der Erste Funkoffizier, ein stattlicher Aldebaraner von der Siedlungswelt Saloron, mit den typischen hellblonden Haaren, trat auf den Imperator zu, nahm Haltung an und schlug sich grüßend die rechte Faust vor die linke Brust. In der linken Armbeuge hielt er seinen schwarzglänzenden VR-Helm.

»Die Verbände der Raummarschälle Karadon und Runan haben das Feuer bereits vor einigen Minuten eingestellt. Auch sie sind auf keinen weiteren Widerstand gestoßen. Die Brutplaneten sind vernichtet.«

Maskenhaft starr wirkte das Gesicht des Imperators, als er die Meldung entgegennahm. Zu groß war die ethische Belastung, dreihundert Milliarden Leben ausgelöscht zu haben, als dass er sich nun freuen konnte, dem Feind erheblichen Schaden zugefügt zu haben. Schätzungen zufolge hatten die Mohak im Maulack-System fünfzehn Prozent der Gesamtbevölkerung und dreißig Prozent der Industriekapazität ihres auf vierhundertfünfundsechzig Sonnensystemen verteilten Reiches verloren – so weit die Erkenntnisse des imperialen Geheimdienstes Thule. Der Verlust dieses beachtlichen Teils der mohakschen Industrie war besonders wichtig vor dem Hintergrund, dass die Echsenabkömmlinge der Angriff auf Sumeran und das Debakel von Maulack vierzig Prozent ihrer Flotte gekostet hatte. Nachbauten würden sich nun entsprechend verzögern.

An den Funkoffizier gewandt bat Sargon:

»Legen Sie bitte eine Bildverbindung zu den beiden Marschällen auf den Hauptschirm.«

Der Salorone setzte seinen Helm auf und sprach ein paar Worte in das aus der Seite herausragende Mikrofon. Wenige Sekunden später teilte sich der Hauptbildschirm in zwei Bereiche. Auf der linken Hälfte war die Zentrale der nach einem mythologischen Kriegsgott benannten MARDUCK zu sehen. Die Zentrale der NEBUKAR, deren Namensgeber die Völker Sumerans vor zweitausend Jahren geeint und die Ära der Demokratien beendet hatte, erschien auf der rechten Hälfte des Bildschirms.

Die beiden Marschälle traten in den jeweiligen Aufnahmebereich der Kameras und grüßten simultan nach altem Brauch: »Sieg und Ehre dem Imperator!«

»Unser Sieg gegen die feindlichen Flotten war ehrenvoll, die Vernichtung der Brutplaneten war es nicht – das ändert jedoch nichts an der Notwendigkeit unserer Tat.« Sargon konnte nicht anders, als auf die uralte Sieg-und-Ehre-Floskel einzugehen, die ihm sehr viel bedeutete. Stumm zustimmend nahmen die beiden Raummarschälle die Sicht ihres Imperators zur Kenntnis.

»Scheren Sie mit Ihren Schiffen aus den Verbänden aus und schließen Sie zur ONSLAR auf. Treffpunkt ist Maulack V.«

Die beiden Marschälle grüßten erneut synchron und traten aus dem Bildbereich, um ihre Anordnungen zu geben.

»Verbinden Sie mich bitte mit Marschall Delmor«, wandte sich der Imperator erneut an den Funkoffizier. Sekunden später stand die Verbindung und Delmor, dessen schneeweiße Haare ausgezeichnet zu seiner schwarzen Uniform passten, trat in den Aufnahmebereich und grüßte. Sargon schaute in das vernarbte Gesicht und in die Weisheit ausstrahlenden graublauen Augen seines Gegenübers.

»Ich übergebe Ihnen hiermit das Oberkommando über die aldebaranische Flotte im Maulack-System, während sich Runan, Karadon und ich auf den Weg nach Mohak-Dor machen. Lassen Sie die Funker unablässig nach Notrufen eventueller Überlebender der Raumschlachten Ausschau halten. Ziehen Sie sich danach zügig auf aldebaranisches Territorium zurück und teilen Sie die Flotte auf die Stringknoten auf, die die Mohak passieren müssen, um eines unserer Systeme anzugreifen. Eine Vergeltungsaktion der Echsen für ihre Niederlage bei Maulack ist mehr als wahrscheinlich. Nach unserem geplanten Angriff auf Mohak-Dor wird ihr Vergeltungsdrang mit Sicherheit übermächtig werden. Hoffen wir, dass sich die Schuppenhäutigen zu Dummheiten hinreißen lassen.«

»Verstanden. Möge Baal mit Ihnen sein.« Dieser Wunsch des Marschalls löste ein stilles Lächeln beim Imperator aus. Delmor war Mitglied des imperialen innersten Ordens, der vereinfacht auch »Rat« genannt wurde. Die aldebaranischen Philosophen und Naturwissenschaftler waren sich seit zwei Jahrtausenden darüber einig, dass logisches Denken und wissenschaftliche Forschung die einzigen Wege zu geistlicher Erkenntnis waren, die nicht zu archaischem Aberglauben führten. Vor diesem Hintergrund machte eine Säkularisierung keinen Sinn, sodass der innerste Orden die weltliche und geistliche Führung in sich vereinte. »Möge Baal mit Ihnen sein« war also tatsächlich nur eine Floskel, denn die Mitglieder des Ordens im Speziellen und weite Teile der Bevölkerung im Allgemeinen waren *überzeugt,* dass Baal mit ihnen war. Vielleicht war genau dies der Grund, warum die Menschen bis heute dem Ansturm der Mohak standgehalten hatten und jetzt, trotz krasser quantitativer Unterlegenheit, sogar zur Offensive übergingen.

Der brennende und von schmutzigen Staubwolken überzogene Planet kippte langsam aus dem Navigationsbildschirm der Zentrale heraus, als die ONSLAR Kurs auf Maulack V nahm und beschleunigte.

General Baltar, Erster Offizier der ONSLAR, stellte sich schweigend neben den Imperator. Beide Männer beobachteten die Soldaten in der Zentrale, die ihrer Arbeit nachgingen. Deutlich war eine gelöste Unbeschwertheit zu erkennen, mit der die Soldaten ihre Aufgaben erledigten. Man sah ihnen an, dass sie stolz und erleichtert waren, den Krieg weg von ihren geliebten Familien, weg von dem Volk, mit dem sie sich identifizierten, direkt ins Wohnzimmer dieses grausamen Feindes getragen zu haben. Baltar schnappte diverse Wortfetzen auf.

»… da werden sich die Ogatar aber bei uns entschuldigen müssen. Ihr König hatte in einer öffentlichen Rede verlauten lassen, dass die unbesiegbaren Aldebaraner nun wohl in den Mohak ihren Meister gefunden hätten.«

Die Ogatar beherrschten ein kleines Reich, bestehend aus acht

Sonnensystemen. Als sie vor achthundert Jahren von Aldebaranern entdeckt worden waren, hatten die überaus emotional reagierenden Vogelwesen sofort zu den Waffen gegriffen und eine Invasion gegen jenes aldebaranische System gestartet, das ihrem kleinen Reich am nächsten war: Sapur. Der unausweichliche Kontakt mit der aldebaranischen Militärmaschinerie hatte die Ogatar jedoch bereits wenige Stunden nach dem Beginn ihres ›Einmarsches‹ zu der Erkenntnis gebracht, dass der Angriff auf ein System der Menschen keine besonders gute Idee gewesen war. So emotional sie waren, so praktisch konnten sie auch denken. Sie zahlten fortan Steuern an Aldebaran, wofür sie im Gegenzug unabhängig blieben und unter dem militärischen Schutz des Imperiums standen.

»... können wir davon ausgehen, dass die Mohak keinen blassen Dunst haben, dass wir unmittelbar nach unserer Pflicht-Aktion hier bei Maulack sofort unser Kür-Programm nachschieben und auf Mohak-Dor vorstoßen werden.«

Bei den Planungen der aldebaranischen Entlastungsangriffe gegen die Mohak waren die Operationen um Maulack mit »Pflicht«, der anschließende Waffengang nach Mohak-Dor mit »Kür« bezeichnet worden.

»... war der Verlust Nungals für mich mehr als nur der Tod unseres besten Soldaten. Er war mir ein Vorbild in allen Belangen.«

Nungal war der einzige Träger des Schwarzen Sonnenkreuzes, der höchsten militärischen Auszeichnung des Imperiums. Er hatte mit seiner Raumjägerstaffel beide Schlachten, die bei den Monden von Maulack VII und beim Industrieplaneten Maulack V, für Aldebaran entschieden. Aus dem letzten Kampf war Nungal nicht zurückgekehrt. Er galt offiziell als verschollen, doch jedermann ging davon aus, dass er bei seinem tollkühnen Angriff auf die Schlachtschiffe des Feindes umgekommen war.

Baltar sah aus den Augenwinkeln, dass Sargon die letzte Bemerkung offensichtlich ebenfalls wahrgenommen hatte. Der Imperator zuckte zusammen und blickte mit ernster Miene zu dem

Leibgardisten, der die Bemerkung über Nungal gemacht hatte. Als Baltar sich dem Imperator zuwandte, erkannte er die Feuchtigkeit in dessen Augen. Jeder wusste, dass der Imperator Nungal nicht nur als Soldaten, sondern auch als vorbildlichen Menschen hoch schätzte.

Langsam schritt Sargon auf den Leibgardisten zu (der sofort Haltung annahm) und legte ihm die rechte Hand auf die Schulter. »Männer wie Nungal haben das Imperium aufgebaut, und Männer wie er werden es auch erhalten. Nicht nur Ihnen war Nungal ein Vorbild, sondern mir genauso.«

Bei seinen Worten schaute Sargon dem Gardisten in dessen dunkelblaue Augen. Im markanten, von dem typischen schwarzglänzenden Helm umrahmten Gesicht war keine Regung zu erkennen. Lediglich die Augen des Soldaten funkelten als Zeichen der Verehrung für den Imperator und der Zustimmung zu dessen Worten. Für fremde Völker war diese Verschworenheit der aldebaranischen Truppen vom einfachen Soldaten über die Offiziere, Marschälle bis zum Imperator meistens vollkommen unverständlich. Doch gerade dieser über die Truppen hinausgehende Zusammenhalt war der Garant für die militärische und wirtschaftliche Stärke des Imperiums sowie für dessen ungebremsten wissenschaftlichen Fortschritt.

General Baltar beobachtete die Geste des Imperators, wobei ihn eine tiefe Zufriedenheit durchströmte. Selbstverständlich hatten derartige Gesten eine große moralische Wirkung auf die Truppe, doch einem Mann wie dem Imperator lag nichts ferner als zu heucheln – das hatte er aufgrund seiner Stellung nicht nötig und es war auch vollkommen diametral zu seiner Persönlichkeit. Genau das war es, was die Menschen in der Umgebung des Imperators deutlich spürten: Was dieser Mann sagte und tat war authentisch und niemals vorgetäuscht.

Als hätten die Raumjägerpiloten der Staffel Nungals gewusst, dass der Imperator von ihrem Staffelführer sprach, öffnete sich die breite Schiebetür, die die Zentrale vom Mittelgang der ONS-

LAR trennte, und achtunddreißig Mann betraten die Zentrale. Sie waren die Überlebenden des entscheidenden Angriffs auf die Mohak-Flotte bei Maulack V; einhundertzweiundsechzig ihrer Kameraden hatten es nicht geschafft. Der kommissarische Staffelführer Linmadur nahm Haltung an und grüßte den Imperator – die siebenunddreißig anderen folgten.

»Erste Jägerstaffel der ONSLAR vollzählig angetreten!«, meldete Linmadur, wobei er vor dem Wort »vollzählig« schlucken musste.

»Männer!«, ergriff Sargon das Wort. »Die Auswertungen eures Angriffs bei Maulack V liegen vor. Jeder von Ihnen hat einen Abschuss erzielt und keiner von Ihnen hat den Kampf überlebt, weil er sich gedrückt hätte. Sie haben im Angesicht des wahrscheinlichen Todes Ihre Pflicht ohne Zögern erfüllt. Deshalb habe ich mich entschlossen, Sie alle mit dem Ordenskreuz auszuzeichnen. Falls wir unseren Ausflug nach Mohak-Dor überleben, wird die Verleihung nach unserer Rückkehr auf Sumeran erfolgen.«

Das Ordenskreuz war nach dem Schwarzen und dem Roten Sonnenkreuz die dritthöchste militärische Auszeichnung und berechtigte den Träger zur Mitgliedschaft im Orden. Die Organisation des öffentlichen und geistlichen Lebens, der Forschung und die lokale Verwendung von Staatsmitteln oblag dem Orden. Die hierarchische Struktur des Ordens wurde vom innersten Orden vorgegeben, der aus den jeweils sechzehn höchsten Militärs, besten Wissenschaftlern, erfolgreichsten Unternehmern, höchstausgezeichneten Kriegshelden und einem Rats-Ältesten, also insgesamt fünfundsechzig Mitgliedern bestand. Der innere Orden mischte sich nur dann in die Arbeit des Ordens ein, wenn der Verdacht nahelag, dass ein Ordensmitglied seine Machtposition zur persönlichen Bereicherung ausnutzte. Derartige Fälle waren jedoch in den letzten zweitausend Jahren sehr selten vorgekommen. Warum auch sollte man ein System betrügen, das die Dinge schützte, die man vertrat?

Außer einer Auszeichnung mit dem Ordenskreuz war es nur möglich, Mitglied des Ordens zu werden, indem man eine herausragende wissenschaftliche Leistung vollbrachte oder durch eine geniale Geschäftsidee den wirtschaftlichen Aufstieg des Imperiums beschleunigte. Aufnahmeanträge wurden von den oberen Hierarchien des Ordens anonymisiert geprüft. Der Antragsteller wusste niemals, welche durch ein Zufallssystem ausgewählten Ordensmitglieder über seine Aufnahme entschieden.

Die Freude in den Augen der Männer war offensichtlich. Sie gehörten nun zur aldebaranischen Aristokratie, die niemals vererbt, sondern immer erkämpft beziehungsweise erarbeitet werden musste.

Sargon schritt die Reihe der Männer ab, die durch ihren Todesmut und ihre Opferbereitschaft den Großteil der Flotte gerettet hatten. Ohne den Einsatz dieser Männer wäre mit an Sicherheit grenzender Wahrscheinlichkeit die Flotte Aldebarans durch die Mohak vernichtet worden, sodass einer umfassenden Invasion der Echsen nichts mehr im Wege gestanden hätte.

Der Imperator führte lockere Gespräche und hörte sich die Geschichten der Piloten an, die ihm den Verlauf der Schlacht aus ihrer Sicht schilderten. So verrannen die Minuten, die schließlich zu fast zwei Stunden wurden, als General Baltars Stimme zu vernehmen war:

»Wir schwenken in eine Umlaufbahn um Maulack V in drei Minuten ein. Die MARDUCK und die NEBUKAR sind bereits da.«

»Erneute Verbindung zu den beiden Marschällen. Laser-Impulse für die Datenkommunikation verwenden. Übertragung der Konferenzschaltung in alle Bereiche der drei Schiffe.« Sargon befahl die Verwendung von punktgenau gerichteten Lasern zur Kommunikation, damit eventuell doch noch im System verbliebene Mohak keine Chance hatten, das Gespräch abzuhören.

Erneut wurden die Zentralen der beiden Superschlachtschiffe auf den beiden Hälften des Hauptbildschirms dargestellt. Die beiden Marschälle warteten bereits im Erfassungsbereich der Kameras. Als sie Sargon sahen, grüßten sie sofort.

»Kameraden!«, nutzte der Imperator die durchaus auch unter

hohen Militärs gebräuchliche Anrede. »In wenigen Minuten werden wir in das PÜRaZeT[1] von Maulack V eintreten, um zum kosmischen String zu gelangen. Dort machen wir uns auf direktem Weg nach Mohak. Unser Überraschungsangriff auf Maulack wurde von ein paar Handvoll Jägern durchgeführt, sodass die Echsen die Bedrohung nicht rechtzeitig erkannten und deshalb das hiesige PÜRaZeT nicht abschalteten. Diesmal greifen wir jedoch mit drei Superschlachtschiffen an. Das wird den Mohak in ihrem Heimatsystem nicht verborgen bleiben. Sie werden das dortige PÜRaZeT also abgeschaltet haben, bevor wir es benutzen können. Deshalb verlassen wir den String an dem Punkt, der Mohak-Dor am nächsten liegt, und durchqueren von dort das Mohak-System.«

Sargon machte eine kurze Pause, um seine Worte wirken zu lassen, bevor er fortfuhr:

»Ich brauche Ihnen nicht zu sagen, dass dies ein Spießrutenlauf wird. Ein großer Teil der verbliebenen Mohak-Flotte, immer noch mächtiger als alle Schiffe Aldebarans zusammen, befindet sich im Heimatsystem der Echsen. Mehr als dreißigtausend Flakstationen[2] umkreisen in unterschiedlichen Abständen die Sonne Mohak. Zusätzlich wird das System durch zahlreiche planetare Festungen gesichert. Deshalb ist unsere effektivste Verteidigung unsere Schnelligkeit. Kein Schiff, das jemals von uns gebaut wurde, verfügt über so starke Reflektorfelder wie unsere neuen Superschlachtschiffe. Die maximale Geschwindigkeit war bisher auf zehn Prozent der Lichtgeschwindigkeit begrenzt, weil Flakfeuer und größere Gesteinsbrocken bei höheren Geschwindig-

---

[1] Polarüberraumzeittor: künstliches Wurmloch magnetisch stabilisiert oberhalb des Pols eines Planeten. Dient zur Überbrückung der Strecke zum meist mehrere Lichtstunden entfernten kosmischen String.

[2] Unbemannte Stationen mit einem oder zwei Flakgeschützen des Kalibers 1,7 cm (Mohak) bzw. 2 cm (Aldebaran). Sie verschießen große Mengen Munition als Sperrfeuer, um feindliche Großraumschiffe zu relativ niedrigen Geschwindigkeiten zu zwingen.

keiten die Reflektorschirme zu durchschlagen drohten.[3] Bei unseren Superschlachtschiffen sind speziell die Frontreflektoren so dimensioniert, dass sie Flakfeuer bei Geschwindigkeiten bis zu zwanzig Prozent LG standhalten. Dies ist allerdings ein theoretischer Wert, unter Kampfbedingungen hat das noch niemals jemand ausprobiert. Ich fürchte, wir werden bei unserem Einsatz im Mohak-System in den Genuss dieses neuen Geschwindigkeitsrekords für kämpfende Verbände kommen.«

Verhaltenes Gelächter klang auf. Es beruhigte die Männer, dass Sargon seinen Sarkasmus offensichtlich noch nicht verloren hatte. Das geistliche und weltliche Oberhaupt über zweihundertsechsundvierzig Sonnensysteme beendete seine Ausführungen mit den Worten:

»Aus diesem Grunde haben wir keinen Begleitschutz durch Kreuzer und Zerstörer – sie würden unser Tempo nicht mitgehen können.

Mohak-Dor liegt sechs Lichtstunden vom nächsten Punkt des kosmischen Strings entfernt. Wir haben also eine Reise von dreißig Stunden durch die Hölle bis zu unserem Ziel und weitere dreißig Stunden plus die Zeit für Kurskorrekturen vor uns, um zum String auf der gegenüberliegenden Seite des Systems zu gelangen. Kameraden, wenn diese sechzig Stunden erfolgreich für uns sind, können wir sicher sein, dass die Mohak sehr lange brauchen werden, um wieder zu Kräften zu kommen. Wir nutzen dann die gewonnene Zeit, um unsere Ischtar-Festungen einsatzbereit zu machen. Mit anderen Worten: Falls wir erfolgreich sind – und wir werden erfolgreich sein! – ist der Fortbestand des Imperiums auf Jahrzehnte hinaus gesichert. Jahrzehnte, die wir darauf verwenden können, durch Ideenreichtum, Kühnheit und Mut die Bedrohung durch die Mohak endgültig zu beseitigen. Kurs auf das PÜRaZeT!«

Die gleiche Entschlossenheit, die Sargon in den Augen der bei-

---

[3] Die Aufschlagsenergie eines solchen Körpers erhöht sich mit dem Quadrat der Geschwindigkeit. Doppelte Geschwindigkeit bedeutet vierfache Aufprallenergie, zehnfache Geschwindigkeit eine hundertmal höhere Energie.

den Raummarschälle entdeckte, erkannte er bei den Männern in der Zentrale der ONSLAR, als er sich nach ihnen umdrehte.

Die drei Raumriesen nahmen Kurs auf das über dem Nordpol von Maulack V schwebende künstliche Wurmloch, durch das sie die fünf Lichtstunden bis zum kosmischen String auf wenige Meter verkürzen würden.

\*

Ein paar Stunden zuvor[4]: Eine Garbe der bei den Mohak üblichen Einskommasieben-Zentimeter-Flakgranaten durchschlug den Reflektorschirm von Nungals Jäger. Anschließend zerstörten die Geschosse den Gravitationsgenerator zur Andruck-Neutralisation, durchlöcherten Teile des Cockpits, rissen Nungal das rechte Bein ab und vernichteten zwei der vier Vril-Triebwerke im Heck.

Die Schockwirkung des Hochgeschwindigkeitsgeschosses, das Nungals Bein traf, ließ sein Herz sofort aufhören zu schlagen. Das Aussetzen des Pulses veranlasste den spinnenförmigen Medoroboter, den jeder Jäger an Bord hatte, hinter der Rückenlehne des Pilotensitzes hervorzukriechen. Es hatte nur wenige Millisekunden gedauert, bis der Roboter von den noch funktionierenden Bordsystemen über die ernsthafte Beschädigung des Jägers und die nicht minder ernsthafte Verletzung des ihm anvertrauten Menschen informiert worden war. Der künstliche Mediziner versprühte zunächst eine Kunststoffschicht über den Stumpen des abgerissenen Beines und den Fetzen des Raumanzugs, da die Atmosphäre aus der Pilotenkanzel entwich. Erste Priorität war die Vermeidung des Vakuums an ungeschützten Körperstellen. Anschließend injizierte der Medoroboter pures Adrenalin durch den Raumanzug hindurch direkt in das Herz seines Schützlings. Das Material des Anzuges war in der Lage, Löcher von der Größe des

---

[4] Schlacht um Maulack V, siehe Band 1.

Durchmessers der Spritzennadel selbstständig zu verschließen, sobald der Roboter die Spritze wieder herauszog.

Da das Adrenalin noch keine Wirkung zeigte, jagte die Maschine leichte Stromstöße durch die Spritzennadel, die sich immer noch in Nungals Herz befand. Dreißig Sekunden später nahm das Leben spendende Organ seine Tätigkeit wieder auf. Zunächst arhythmisch, dann immer gleichmäßiger und stärker schlagend, pumpte das Herz des Staffelführers das Blut durch seine Adern. Der Medoroboter zog die Spritze heraus und stach sie stattdessen in Nungals Armvene. Ein Cocktail aus Beruhigungs- und Schmerzmitteln sollte sicherstellen, dass der Patient nach dem Erwachen nicht sofort in einen gefährlichen Schockzustand verfiel.

Als sich der Zustand des Sonnenkreuzträgers stabilisiert hatte, erkundigte sich der künstliche Sanitäter bei der Flugautomatik nach dem Zustand und dem Kurs des Jägers. Weil er über seine Funkschnittstelle keine Antwort bekam, nutzte er seinen Universalstecker für die drahtgebundene Datenübertragung, indem er selbigen in die dafür vorgesehene Buchse im Cockpit steckte. Sofort flossen die angeforderten Daten. Der Jäger überschlug sich langsam um all seine Achsen, was der Medoroboter schon zuvor anhand der leichten Andruckkräfte festgestellt hatte. Die stark beschädigte Maschine verfolgte einen Kurs, der sie knapp an der Sonne Maulack vorbeiführen würde. Die inneren Planeten waren von der vorausberechneten Flugbahn des Jägers zu weit entfernt, um für eine Landung in Frage zu kommen. Außerdem waren die Planeten II bis IV sehr dicht von Mohak bevölkert, sodass sich allein aus diesem Grund eine Landung dort verbot. Der sechste Planet mit seinen fünfzehn Monden stand hingegen genau auf der anderen Seite der Sonne. Er war zusammen mit seinen Trabanten laut den Berichten der aldebaranischen Aufklärung weitgehend unerschlossen. Die Flugzeit würde lediglich fünfzehn Stunden betragen, da sich der Jäger immer noch mit einem Zehntel der Lichtgeschwindigkeit fortbewegte.

Der spinnenförmige Roboter teilte der Automatik seinen Vorschlag mit, auf einem der Monde des sechsten Planeten zu landen, und bat um eine Analyse der Triebwerksleistung und der Schäden am Gravitationsgenerator, ohne den der Jäger nicht innerhalb eines vernünftigen Zeitrahmens abgebremst werden konnte. Zusätzlich wollte der Metallsanitäter wissen, ob die Automatik in der Lage war, ein Notsignal abzustrahlen.

»Triebwerksleistung bei fünfzig Prozent, Gravitationsgenerator ohne Energie, Notsignal kann abgestrahlt werden«, erfuhr der kleine, flinke Lebensretter.

Das hörte sich vielversprechend an, sodass der Medoroboter nun nach der Stabilisierung Nungals seine zweite Aufgabe übernahm – als Reparaturroboter des Jägers.

Zuvor unterbreitete er der Automatik einen weiteren Vorschlag:

»Mit dem Notsignal warten, bis mehr über den Ausgang der Raumschlacht bekannt ist. Ansonsten Gefahr der Bergung durch den Feind.«

»Dein Vorschlag ist mit meinen Berechnungen konsistent«, stimmte die Automatik zu.

Vorsichtig schraubte der Allzweckroboter die untere Verkleidung des Cockpits im Fußraum der Kanzel ab, um in die Spitze des Jägers zu gelangen. Durch die entstehende Öffnung kroch er nach vorn und untersuchte gewissenhaft den Gravitationsgenerator. Die Geschosse der Mohak hatten mehrere Leitungen durchtrennt und zwei der sechs Gehäuse für die rotierenden Supraleiter zerfetzt. Dies stufte der künstliche Mechaniker als wenig problematisch ein, weil die notwendigen Ersatzteile im hinteren Teil des Jägers vorhanden waren.

Ohne den Gravitationsgenerator war ein Jäger praktisch nicht mehr manövrierfähig, denn die hohen Andruckkräfte würden seine menschlichen Insassen töten. Deshalb hatte man auf die Einlagerung von Ersatzteilen für den Generator großen Wert gelegt. Blieb nur zu hoffen, dass die Mohak-Geschosse davon genug übrig gelassen hatten.

Der vielseitige Roboter krabbelte zurück in die Kanzel, öffnete die Reparaturluke zum Heck und besichtigte die rund um die Triebwerke verstauten Ersatzteile. Mehr als die Hälfte war durch den Beschuss unbrauchbar, doch die verbliebenen drei Supraleiter-Gehäuse waren mehr als genug.

Von einer Kabeltrommel schnitt der Roboter ein reichliches Stück ab, verankerte zwei der lebenswichtigen Gehäuse magnetisch an seinem Körper und begab sich vorbei an Nungal wieder in die Jägerspitze. Dort erneuerte er die Verkabelung des Generators und ersetzte die beiden zerschossenen Gehäuse. Die ausgebauten Teile verstaute er sorgfältig im Heck, damit sie keinen weiteren Schaden anrichten konnten. Zurück im Cockpit überprüfte die Reparatureinheit die Funktion des frisch reparierten Gravitationsgenerators. Alle Kontrolllampen leuchteten grün. Das Hauptproblem war also beseitigt.

Anschließend untersuchte der Blechmechaniker die beiden ausgefallenen Vril-Triebwerke; er musste jedoch feststellen, dass diese irreparabel zerstört waren. Die verbliebene halbe Triebwerksleistung würde allerdings ausreichen, um den Jäger abzubremsen und sicher auf einem der Monde des sechsten Planeten zu landen.

Nachdem die Automatik die Reparatur des Gravitationsgenerators registriert hatte, hob sie die Taumelbewegung des Jägers mit den Navigationstriebwerken auf.

Da es für den Vielzweckroboter nichts weiter zu tun gab, begab er sich wieder in die Kanzel, schraubte die Verkleidung im Fußraum wieder an und beobachtete im Folgenden die Körperfunktionen seines Herrn. Der Herzschlag war stabil, die Atmung und die Blutwerte normal.

In den kommenden Stunden versuchte die Automatik pausenlos Funksprüche der Flotte aufzufangen, um auf den Ausgang der Raumschlacht zu schließen. Doch der Empfänger gab nichts weiter als ein Rauschen von sich. Auf der Flottenfrequenz war seit dem Beginn der Schlacht nicht mehr gesendet worden. Das verhieß wahrlich nichts Gutes …

\*

Ordam war unter seinen Kameraden nicht besonders beliebt. Er galt als extrem pingelig, ewiger Nörgler und Perfektionist. Das war soweit noch nicht besonders tragisch, im Gegensatz zu zwei schlimmeren Aspekten: Ordam reagierte cholerisch, wenn jemand nicht seine perfektionistischen Anforderungen erfüllte, und – entscheidend – er war als Cheffunker der Vorgesetzte seiner Kameraden in der Funkbude der DONAR. Seit dem Aufbruch Sargons nach Mohak-Dor war die DONAR das Flaggschiff der Flotte unter Raummarschall Delmor.

Stehend vornübergebeugt stützte Ordam sich auf das Pult und starrte auf den kleinen Bildschirm, der die elektromagnetischen Spektren grafisch darstellte, die von den Antennen der DONAR empfangen wurden. Der vor dem Pult sitzende Funker Ajar musste seinen Oberkörper notgedrungen nach links biegen, um seinem Vorgesetzten Platz zu machen.

Aus den verborgenen Lautsprechern des Bildschirms drang ein Rauschen, das mit dem dargestellten Spektrum korrelierte. Plötzlich war ein leises metallisches Rasseln zu hören, das Ordam dazu veranlasste, den unglücklichen Ajar vollends von seinem Stuhl zu verdrängen und an mehreren Reglern des Pultes zu hantieren.

*Der meint wirklich, der Einzige zu sein, der ein Funkpult bedienen kann,* dachte Ajar verärgert.

Ordam bekam von der Verstimmung seines Untergebenen überhaupt nichts mit, und wenn, wäre ihm das auch herzlich egal gewesen. Zu sehr war er darin vertieft, die Systeme auf das metallische Rascheln zu justieren.

Allmählich wurde aus dem Rascheln eine Stimme. Erste aldebaranische Wortfetzen kamen aus den Lautsprechern. Die insgesamt zehn Soldaten der Funkbude wurden auf die Tätigkeiten ihres Chefs aufmerksam und nahmen ihre Kopfhörer ab. Jeder wollte mitbekommen, was Ordam veranlasste, in hektische Tätigkeit zu verfallen.

»Automatik Jäger eins, erste ONSLAR-Staffel. Notlandung auf Maulack (VI, III). Staffelführer Nungal schwer verletzt, ohne Bewusstsein, aber stabil. Militärische Lage unbekannt.« Anschließend begann der Spruch von vorne. Nach den ersten beiden Worten wurde er jedoch vom Jubel der Männer übertönt, die sich vor Freude darüber umarmten, dass Nungal wohl doch noch nicht bei den Ahnen weilte.

Der Einzige, der die Meldung emotionslos entgegennahm, war Ordam. Er stellte sofort eine Verbindung mit der Zentrale der DONAR her.

»Ruhe, verdammt! Ich muss den Marschall informieren.«

Das Spektrum auf dem kleinen Bildschirm vor Ordam wurde durch ein Bild der Zentrale ersetzt, das teilweise vom etwas aufgedunsenen Gesicht eines Verbindungsoffiziers verdeckt wurde.

»Geben Sie mir den Marschall«, forderte Ordam den verdutzt dreinblickenden Mann auf, der sich aber schnell fing und voller Ironie entgegnete:

»Darf es auch der Imperator persönlich sein?«

»Wenn ihr einen da habt, darf es auch der sein«, spottete Ordam zurück. »Verdammt, bewegen Sie Ihren Arsch und holen Sie den Marschall ans Mikrofon!«

Doch so leicht ließ sich der Offizier nicht aus der Ruhe bringen. »Sie brauchen einen verflucht guten Grund, den Marschall jetzt zu stören. Also, worum geht's?«

Ordam lief rot an. Es sah aus, als ob er jeden Moment platzen würde. Trotzdem bemühte er sich, den störrischen Offizier in möglichst ruhigem Tonfall über sich abzeichnendes Ungemach zu informieren:

»Wenn der Marschall innerhalb der nächsten zehn Sekunden nicht am Mikrofon ist, werde ich unehrenhaft aus der Flotte entlassen, weil ich einen gewissen Verbindungsoffizier ohne Raumanzug aus dem Schiff geworfen habe.«

Dem Offizier war klar, dass es besser war, den Bogen nicht zu überspannen. Von Ordam wurde erzählt, dass er einem Kameraden, der eine abfällige Bemerkung über seinen Führungsstil gemacht hatte, die Nase gebrochen hatte. Also erhob sich der Offizier und gab den ungetrübten Blick auf die Zentrale frei. Neunkommafünf Sekunden später erschien die weißhäuptige Gestalt des Marschalls auf dem Bildschirm.

»Was gibt's?«

»Wir haben einen Notruf von Nungals Jäger aufgefangen. Er ist auf dem dritten Mond des sechsten Planeten notgelandet. Die Automatik gibt an, dass Nungal zwar schwer verletzt, jedoch außer Lebensgefahr ist.«

Das narbige Gesicht des Marschalls zeigte nach den ersten Worten Ordams ein breites Lachen. »Dieser Teufelskerl! Bitte wiederholen Sie die Meldung. Kleinen Moment noch ... jetzt bitte, Sie sind auf Lautsprecher.«

Ordam tat, wie ihm geheißen, was einen ähnlichen Jubel in der Zentrale auslöste, wie er ihn zuvor in der Funkbude erlebt hatte.

»Wie weit sind wir von Maulack VI entfernt?«, fragte Marschall Delmor einen Mann, den die Soldaten in der Funkzentrale nicht sehen konnten.

»Siebenundzwanzig Lichtminuten. Die anderen beiden Verbände dreiundvierzig und siebenundvierzig Lichtminuten«, lautete die Antwort des Unbekannten.

»Neuer Treffpunkt für alle Verbände ist Maulack VI«, legte Delmor fest.

General Bugadan, Erster Offizier der DONAR, trat neben Delmor.

»Marschall, wir brauchen fünf Stunden, um Maulack VI zu erreichen. Nach der Bergung Nungals müssen wir dann das PÜRaZeT von Maulack VII anfliegen. Wir werden durch diesen Umweg mindestens acht Stunden verlieren. Damit steigt das Risiko erheblich, dass in dieser Zeit eine Flotte der Mohak hier auftaucht und uns den Rückweg versperrt. Wir können nicht für die Rettung eines einzelnen Mannes die gesamte Flotte riskieren. Ich schlage vor, nur ein einziges Schiff nach Maulack VI zu schicken. Ich melde mich freiwillig, es zu kommandieren.«

Delmor schaute seinen Ersten Offizier schweigend mit maskenhaft starrem Gesicht an, bevor er entgegnete:

»Wir lassen keine Kameraden zurück und Helden erst recht nicht. Wegen der Gefahr des Auftauchens der Mohak bleibt die Flotte zusammen. Ein einzelnes Schiff zur Rettung Nungals hätte in diesem Falle keine Chance.«

Ordam und die anderen Männer der Funkbude, die dem Gespräch aufmerksam folgten, sahen den Verbindungsoffizier mit dem aufgedunsenen Gesicht in den Bildausschnitt treten und mit rauer Stimme verkünden:

»Die Ortung hat eine gigantische Quelle von Neutrinostrahlung auf Maulack (VI, III) angemessen. Die pro Sekunde freigesetzte Energiemenge ist größer als die Leistung aller Kraftwerke Sumerans zusammen.«

»Was ist mit dem Notruf? Wird er weiter gesendet?«, wandte sich Delmor an Ordam.

Der machte sich an den Reglern des Funkpultes zu schaffen, bevor er resigniert entgegnete: »Nein. Wir haben ihn verloren, oder die Automatik hat aufgehört zu senden. Ich bekomme hier nichts weiter als Rauschen rein.«

Der Marschall schaute fragend in die Runde, doch niemand hatte eine Erklärung für die Ursache eines derart gewaltigen Energieausbruchs und des Schweigens der Notsignale. Nach einigen Sekunden ließ Delmor die Männer wissen: »Das ändert nichts an meinem Befehl. Ziel für alle Verbände: Maulack VI.«

*

Im Raumzeitbereich eines kosmischen Strings war die Lichtgeschwindigkeit eine Milliarde Mal höher als im flachen Raum. Die drei Superschlachtschiffe rasten nach siebzehnstündiger Beschleunigung mit zwanzig Prozent der lokalen Lichtgeschwindigkeit am kosmischen String entlang, also mit sechzig Billionen Kilometern in der Sekunde.

Die Wirkung eines kosmischen Staubpartikels, das bei dieser Geschwindigkeit die Reflektorfelder der ONSLAR traf, war die gleiche, wie bei einem Flug mit zwanzig Prozent der Lichtgeschwindigkeit im flachen Raum, also mit sechzigtausend Kilometern pro Sekunde. Dieser scheinbare Widerspruch rührte daher, dass die Masse eines Körpers aus Gründen der Energieerhaltung in der Nähe des Strings um den Faktor Zehn hoch Achtzehn abnahm, während seine Geschwindigkeit um den Faktor eine Milliarde zunahm. Nur dem Gesetz der Energieerhaltung war es zu verdanken, dass Raumschiffe im Bereich einer String-Raumzeit diese irrsinnigen Geschwindigkeiten überhaupt fliegen konnten, ohne von Kleinstpartikeln zersiebt zu werden.

Sargon hatte seine Hände auf den Rücken gefaltet und beobachtete die Sterne auf dem Hauptschirm der Zentrale, die mit hoher Geschwindigkeit vorüberzogen. Dieses Schauspiel löste in ihm jedes Mal das Gefühl grenzenloser Freiheit aus. Was konnte sein Volk aufhalten? Das gesamte Universum stand ihm offen. Ein schmerzlicher Stich in der Magengegend begleitete die Antwort auf seine unausgesprochene Frage: die Mohak. Diese Echsenartigen waren tatsächlich auf dem besten Wege, den Expansionsdrang seines Volkes nicht nur zu stoppen, sondern ins Gegenteil zu verkehren.

»Austrittspunkt in drei Minuten«, verkündete General Baltar, der im Navigatorensessel sitzend mit seinem VR-Helm die ONSLAR steuerte.

»Ortung?«

»Nichts. Wir sind noch zu weit weg«, beantwortete der schneidige Verbindungsoffizier Tapor die Frage des Imperators.

Doch zwei Minuten später kamen die ersten Ortungsergebnisse herein.

»Flottenpulk in zwei Lichtstunden Entfernung vom Austrittspunkt«, meldete Tapor.

Das waren zunächst einmal beruhigende Nachrichten. Eine direkte Gefahr hätte dann bestanden, wenn der Feind zufälligerweise Schiffe in unmittelbarer Nähe des Austrittspunktes gehabt hätte.

Als die drei Superschlachtschiffe den Raumzeitbereich verließen, wirkte es, als wären sie in eine unsichtbare, zähe Substanz eingetaucht. Die eben noch schnell vorüberziehenden Sterne standen plötzlich unveränderlich im Raum. Verzögerungskräfte traten allerdings nicht auf, denn die drei Schiffe bewegten sich immer noch mit zwanzig Prozent der Lichtgeschwindigkeit. Letztere war im flachen Raum, in den sie nun gelangt waren, eben um den Faktor eine Milliarde niedriger als im Raumzeitbereich des Strings.

»Dauerschaltung zu Karadon und Runan«, befahl Sargon. Es war ihm wichtig, dass die drei Schiffe bei eventuell bevorstehenden Ausweichmanövern simultan handeln konnten. Auf dem Hauptschirm der Zentrale erschienen die Entsprechungen der beiden Schwesterschiffe.

»Kameraden! Die kommenden Stunden werden von entscheidender Bedeutung für den Fortbestand des Imperiums sein.« Der Imperator ließ seine Worte kurz wirken. »Wenn uns hier im Heimatsystem der Mohak eine weitere signifikante Schwächung des Feindes gelingt, verschafft uns dies die notwendige Zeit zur Errichtung der Ischtar-Festungen. Über neunzig Prozent der Bevölkerung und der Industrie des Mohak-Systems sind auf Mohak-Dor und den drei Monden dieses Planeten konzentriert. Folglich fliegen wir Mohak-Dor direkt an, mit dem Ziel, dort möglichst viel Schaden anzurichten.

In unmittelbarer Nähe befinden sich keine feindlichen Verbände, also werden wir mit Angriffsplan 873A fortfahren, den Sie mit mir und den anderen Marschällen entwickelt haben. Unsere einzigen Chancen, diese Operation zum Erfolg zu führen, sind unsere Schnelligkeit, die perfekte Koordination unserer Aktionen und das strikte Festhalten an der diesem Plan innewohnenden Kompromisslosigkeit. Selbst die mögliche Rettung eines in Bedrängnis geratenen Schwesterschiffs darf nicht zu einem Abweichen von unserer Planung führen. Dies ist ein ausdrücklicher Befehl.«

»Es liegt mir nicht besonders, im Ernstfall Kameraden zurückzulassen«, unterbrach Marschall Karadon die Ausführungen des Imperators.

»Mir auch nicht! Bedenken Sie jedoch, dass es hier nicht um Sie oder mich, um Runan oder die anderen tapferen Soldaten auf unseren drei Schiffen geht. Es geht um den Fortbestand des Imperiums. Hinter diesem Ziel müssen alle anderen zurücktreten.«

Mit zusammengekniffenen Lippen nickte Karadon kaum merklich, aber doch deutlich genug, Sargon zu signalisieren, dass er sich auf den Marschall verlassen konnte. Diese selbst gegen die eigenen Kameraden gerichtete Rücksichtslosigkeit des Plans widersprach dem Naturell des alten Draufgängers, der schon so viele Schlachten geschlagen hatte, in jeder Hinsicht. Trotzdem sah er ein, dass es notwendig war, sich nach den Anweisungen des Imperators zu richten.

\*

In den vertikal geschlitzten, gelben Augen des Zhort blitzte es kurz auf, als ihm der Pajal[5] die nächste ungeheuerliche Nachricht überbrachte. Nachdem diese Aldebaraner das Maulack-System fast vollständig entvölkert und sämtliche Industrieanlagen vernichtet hatten, meldete die am Rande des Mohak-Systems positionierte Guhrt-Station, dass die Weißhäute angeblich mit nur drei Schiffen den Raumzeitbereich des kosmischen Strings verlassen hatten und in das System einflogen. Dabei konnte es sich nur um eine Falschmeldung handeln. Bei Maulack waren die Schuppenlosen mit ihrer nur kleinen Flotte so erfolgreich gewesen, weil sie das Überraschungsmoment auf ihrer Seite gehabt und weil sie mit durchaus kreativen, tollkühnen Aktionen und einer Menge Glück gepunktet hatten. Doch im gesamten Universum gab es nicht genug Glück, um die Heimatwelt des Reiches mit nur drei Schiffen ernsthaft bedrohen zu können.

---

[5] Verbindungsoffizier der Zhort-Leibgarde

Der Zhort schaute hinunter zu dem vor ihm knienden Pajal. Der Blick des obersten aller Mohak veranlasste den Gardisten, den Oberkörper nach vorn zu beugen, bis seine Stirn den Boden vor den Füßen des Zhort berührte. Gleichzeitig wickelte er seinen zwei Meter langen Schwanz zu einer Spirale, um seine Ergebenheit zu demonstrieren.

»Erhebe dich wieder. Lasse eine Verbindung zu Station Guhrt herstellen. Ich will mir den verantwortlichen Offizier einmal selbst anschauen.«

Der Pajal war froh, nicht in der Schuppenhaut dieses unglücklichen Kommandanten der Guhrt-Station zu stecken, der die Nachricht über das Erscheinen der drei Schiffe zum Regierungsbrutstock geschickt hatte. Langsam richtete er sich wieder auf und betrachtete die eindrucksvolle Gestalt des Zhort kurz mit gesenktem, seitlich geneigtem Kopf. Die türkisfarbene, eng anliegende Uniform aus einem lederartigen Material und der gelbe Seidenumhang, der den Kopf bedeckte und bis zur Schwanzspitze reichte, drückten die absolute Macht des Zhort aus. Kein anderer Mohak durfte diese Farbkombination tragen. Den Brustteil der Uniform zierte die Darstellung eines gelben Planeten mit drei ihn umlaufenden Monden als Symbol der Ursprungswelt.

Nachdenklich blickte der Zhort seinem davoneilenden Pajal hinterher. Was konnte, außer einer Falschmeldung natürlich, hinter dieser verrückten Geschichte über die drei aldebaranischen Schiffe stecken? Es half alles nicht. Bevor er sich den Kopf zermarterte, musste der Zhort zunächst den Wahrheitsgehalt der Meldung prüfen.

Bedächtig schritt er durch das Maharan, wie die Mohak ihr Regierungszentrum nannten. Es bildete die Spitze des drei Kilometer hohen, pyramidenförmigen Regierungsbrutstocks. Der Schwanz des Zhort befand sich in einer Lasche des gelben Umhangs, sodass der seidene Stoff zu beiden Seiten hinabfiel, jedoch ohne den Boden zu berühren.

Die vier dreiecksförmigen Außenwände des Maharan bestanden komplett aus hochwertigem Panzerglas, sodass eine fantastische Aussicht auf die Oberfläche der Ursprungswelt gewährleistet war. Das Innere des Regierungszentrums wurde durch drei- und sechseckige Räume ausgefüllt, deren Wände ebenfalls aus Glas bestanden, das durch Anlegen einer Spannung durch die Ausrichtung eingelagerter Moleküle komplett undurchsichtig gemacht werden konnte.

Etwas zu hektisch, sodass er mit der Schulter die aufgleitenden Schiebetüren der Funkzentrale rammte, betrat der Pajal einen sechseckigen Raum.

»Der Zhort wünscht eine Funkverbindung nach Guhrt«, stieß er hervor.

Der Cheffunker hielt den Pajal einer Entgegnung nicht für würdig. Lediglich die Muskulatur seiner Wangen zuckte verdächtig, was auf seine Nervosität hinwies, da der Zhort die Funkzentrale sicher bald betreten würde.

»Maharan an Guhrt! Verbindungsbefehl vom Zhort persönlich«, hörte der Pajal den Cheffunker sagen. Wenige Sekunden später erschien auf dem zwei Meter breiten und eineinhalb Meter hohen Bildschirm vor dem Pult des Funkers das Abbild der Zentrale der Guhrt-Station. Sie war Teil einer ganzen Kette von Beobachtungsstationen in der Nähe der kosmischen Strings, die das Einfliegen von Raumschiffen in das Mohak-System überwachten.

Eine Echse mit einer typischen hellblauen Offiziersuniform trat in den Sichtbereich des Bildschirms.

»Der Zhort will mich persönlich sprechen?«, fragte der Offizier ängstlich, anstatt den Cheffunker ordnungsgemäß militärisch zu grüßen.

Der übersah den Regelverstoß gönnerhaft und entgegnete: »Das behauptet jedenfalls ein Frischling von der Leibgarde, der mir beinahe die Tür zu meiner Funkzentrale vor Aufregung demoliert hätte.«

Bei den letzten Worten öffnete sich die Schiebetür erneut, und der Zhort betrat den Raum würdevollen Schrittes. Sofort erhob sich der Cheffunker aus seiner Sitzschale, um dem Zhort Platz zu machen.

»Was hat es mit den drei mysteriösen Schiffen auf sich, die du gemeldet hast?«, kam der Zhort sofort zur Sache.

»Wir haben sie vor fünfzehn Minuten angemessen und unsere Feinteleskope darauf ausgerichtet. Mittlerweile haben wir sie in der optischen Erfassung. Ich kann Euch die Bilder einspielen, Unfehlbarer.«

»Zuerst die angemessenen Daten!«, forderte der Zhort.

Der Offizier suchte einige Sekunden nach Worten, bevor er dem Befehl nachkam, sodass sich der wachsende Unwille des Zhort durch ein immer stärker werdendes Pendeln des über die Sitzschale hinausragenden Schwanzes äußerte.

»Selbstverständlich klingt es unglaubwürdig, aber die Dopplermessungen[6] ergeben eindeutig, dass sich die Schiffe mit zwanzig Prozent LG bewegen. Alle drei sind etwas über fünf Kilometer lang.«

Derartige Riesenschiffe, die die größten mohakschen Konstruktionen um zwei Kilometer überragten, hatte der Zhort zum ersten Mal auf den Übertragungen gesehen, die aus dem Maulack-System gekommen waren. Diese Angaben des Kommandanten der Guhrt-Station waren also glaubwürdig. Geschwindigkeiten bei einem Fünftel der Lichtgeschwindigkeit waren aber wohl eher ins Reich der Fantasie zu verbannen, denn das Sperrfeuer der automatischen Flakstationen, dem man bei solchen Geschwindigkeiten unmöglich rechtzeitig ausweichen konnte, hätte aus einem Schiff bei dieser Geschwindigkeit ein Sieb gemacht.

»Überprüfe die Geschwindigkeitsmessung!«

»Das habe ich bereits sechsmal gemacht und werde es auch gern ein siebtes Mal tun«, entgegnete der Kommandant.

Der Zhort war sich nicht sicher, ob er diese Entgegnung als Un-

---

[6] Der Einfachheit halber werden durchgängig irdische Bezeichnungen und Größen verwendet.

verschämtheit ahnden sollte. Er entschied sich dafür, Milde walten zu lassen. Der Offizier war sicherlich zu aufgeregt, um seine Worte sorgsam zu wählen.

»Hast du den Kurs bereits ermittelt?«

Die Antwort des Offiziers bestätigte die Befürchtungen des Zhort: »Die drei Schiffe sind im direkten Anflug auf Mohak-Dor. Sie werden den Planeten theoretisch in neunundzwanzig Stunden erreicht haben.«

Der Zhort ließ sich zu einem »Danke« herab, bevor er die Verbindung unterbrach. Anschließend befahl er dem Cheffunker eine Verbindung zu allen IkPentalz[7] herzustellen, die sich im Mohak-System aufhielten. Die wenigen Minuten, die es dauerte, die militärischen Führer des Mohak-Reiches zu erreichen, nutzte der Zhort, um seine Gedanken über die Absicht der Aldebaraner abzurunden.

Waren sie schlicht wahnsinnig geworden? Glaubten die Weißhäutigen tatsächlich, mit nur drei Schiffen etwas gegen das mächtigste Reich der bekannten Galaxis ausrichten zu können? War den Aldebaranern nicht klar, dass er seine Schiffe vor Mohak-Dor zusammenziehen würde? Dass die Pulks, die er zum Abfangen losschickte, den drei Schiffen an Kampfkraft weit überlegen waren? War ihnen nicht bewusst, dass sie das Flakfeuer bei zwanzig Prozent der Lichtgeschwindigkeit zerfetzen würde? Wollten sie sterben und ihn durch ihren Tod beeindrucken?

Oder hatte es mit der Größe der Schiffe zu tun, die eventuell entsprechend dimensionierten Generatoren für Reflektorfelder genug Platz boten? Nur so konnten die bei diesen Geschwindigkeiten extrem bedrohlichen kleinkalibrigen Flakgranaten abgewehrt werden. Er würde diesen Punkt später mit seinen Wissenschaftlern erörtern.

Mit »Alle Verbindungen stehen!« wurde der Zhort von dem Cheffunker aus seinen Überlegungen gerissen. Er nahm erneut

---

[7] Mehrzahl von Pentalz, der Entsprechung eines aldebaranischen Marschalls.

auf der Sitzschale vor dem Funkpult Platz und betrachtete den Bildschirm, der in sechs Bereiche geteilt die Häupter ebenso vieler IkPentalz zeigte.

»Ihr seid sicher schon darüber informiert, dass drei Schiffe der Aldebaraner ins Mohak-System eingedrungen sind und sich mit zwanzig Prozent LG auf Mohak-Dor zubewegen. Ich befehle daher, dass alle Pulks, die über eine mehr als zehnfache Kampfkraft des Feindes verfügen, unverzüglich auf Abfangkurs gehen. Kleinere Pulks sollen sich zunächst heraushalten und sich direkt vor Mohak-Dor sammeln. Wir wollen dem Feind schließlich keine Gelegenheit geben, wertvolle Schiffe abzuschießen. Anmerkungen?«

Keiner der IkPentalz hatte etwas zu sagen, also beendete der Zhort die kurze Konferenzschaltung. »Ausführung!«, befahl er knapp und schaltete ab.

*

*Bericht Imperator Sargon II.*

Eine seltsame, mir selbst unerklärliche Ruhe durchströmte mich. Unsere gesamte Planung war, realistisch betrachtet, eine Verzweiflungstat. Der für uns glückliche Ausgang der Schlachten bei Maulack war ein Wunder gewesen. Ein Wunder, das durch die Taten eines einzelnen Mannes ermöglicht worden war: durch Staffelführer Nungal. Doch was wir jetzt vorhatten, war einfach vermessen. Ein Wunder würde für das Gelingen dieses Unternehmens wohl nicht ausreichen.

Immer wieder prasselten die Einskommasieben-Zentimeter-Granaten auf unsere Frontreflektoren ein, die uns die über das ganze System verteilten gegnerischen Flakstationen entgegenschickten. Die Stationen verschossen ihr Sperrfeuer in Raumsektoren, die wir höchstwahrscheinlich durchqueren würden. Die feindlichen Geschosse waren teilweise stundenlang unterwegs, bevor sie unsere Bahn kreuzten.

Wir waren noch neun Stunden von Mohak-Dor entfernt, als sich das Unheil in Form einer feindlichen Flotte abzuzeichnen begann. Akustisch eingeleitet wurde es durch den Ruf des Kommandanten der Ortungszentrale, die unmittelbar an die Hauptzentrale der ONSLAR angrenzte: »Feindliche Flotte auf Abfangkurs! Dreihunderteinundzwanzig Schiffe, darunter sechsunddreißig Schlachtschiffe. Sie erreichen einen Punkt auf der Geraden, die uns mit Mohak-Dor verbindet, in etwas mehr als fünf Stunden.«

»Sperrfeuer verschießen!«, ordnete ich an.

Die vierundsechzig der feindlichen Flotte zugewandten doppelläufigen Zwei-Zentimeter-Flakgeschütze sandten ihre Granaten in Wellen den Raumsektoren entgegen, die die feindlichen Schiffe passieren würden. Unsere beiden Schwesterschiffe stimmten in den Geschosshagel mit ein. Jedes der dreihundertvierundachtzig Geschützrohre verschoss zweihundert Flakgranaten pro Sekunde.

»Wie hoch müssten wir beschleunigen, um den Abfangpunkt vor ihnen zu passieren?«, wandte ich mich an den Ersten Offizier General Baltar.

Der flüsterte einige Worte in das Mikrofon seines Helms, sodass die Frage sofort an den Bordrechner weitergeleitet wurde. »Auf sechsundzwanzig Prozent der LG«, lautete seine Antwort schon zwei Sekunden später.

Nachdenklich schaute ich auf die beiden Bildschirme, die die Schwesterschiffe MARDUK und NEBUKAR zeigten. Deutlich war das unstet flackernde Leuchten bei den Frontreflektoren der beiden Schiffe zu erkennen. Hervorgerufen wurde es durch einen erneuten Schwarm Flakgranaten, die durch den Aufprall in die Reflektorfelder in ihre Elementarteilchen zerlegt wurden.

Ich beschloss, alles auf eine Karte zu setzen: »Beschleunigung auf sechsundzwanzig Prozent LG!«

»Das wird uns zerreißen! Wir hatten schon Belastungsspitzen der Frontreflektoren von neunundachtzig Prozent. Muss wohl eine besonders große Granatendichte gewesen sein. Bei sechsundzwanzig Prozent LG hätten die Geschosse die Reflektoren durchschlagen und wären quer durch das Schiff gerast«, wandte der wissenschaftliche Offizier der ONSLAR ein.

Ich schaute ihn nachdenklich an und konnte mir ein Grinsen nicht verkneifen, als ich entgegnete: »Dann beten Sie mal, dass wir in den nächsten fünf Stunden keine so hohe Flakgranatendichte abbekommen.«

Ich hatte im Kopf überschlagen, dass wir die vollen fünf Stunden, die der Feind brauchte, um den Abfangpunkt zu erreichen, mit einhundert g beschleunigen mussten, um ihm zu entkommen.

*

Die Stunden rannen langsam dahin. Besorgt beobachtete ich auf den Bildschirmen das immer stärker werdende Flackern der Frontreflektoren der MARDUCK und der NEBUKAR. Aus der Sicht der Schwesterschiffe machten unsere Reflektoren sicherlich einen ähnlich Unheil verkündenden Eindruck. Ein langsam aber stetig stärker werdendes Vibrieren schüttelte die ONSLAR. Es wurde von der Impulsübertragung des in die Reflektoren einschlagenden Sperrfeuers auf die Generatoren erzeugt, deren Schwingungsdämpfer diesen Ansturm der Naturgewalten nicht mehr kompensieren konnten.

Offensichtlich hatten die Mohak unser Manöver durchschaut, denn die sechsunddreißig Schlachtschiffe hatten ebenfalls mit zusätzlicher Beschleunigung begonnen. Sie hatten bereits dreizehn Prozent LG erreicht, während die Kreuzer und Zerstörer hinter ihnen zurückblieben. Natürlich war den Mohak klar, dass wir Letztere abschießen würden wie die Tontauben, sollten sie mit höherer Geschwindigkeit in unser Sperrfeuer rasen.

Es war schließlich der Ortungsoffizier, der meine Hoffnungen zunichte machte, den Feindschiffen zu entkommen: »Die Schlachtschiffe werden den Abfangpunkt vor uns erreichen. Sie beschleunigen stetig weiter. In zweiunddreißig Minuten werden sie in Schussreichweite sein.«

Der feindliche Pulk näherte sich in einem Winkel von fünfundsiebzig Grad unserer Flugbahn. Wir würden mit sechsundzwanzig Prozent LG in ihre Breitseiten hineinrasen. Das würden unsere Reflektoren mit Sicherheit nicht aushalten. Ich musste mich damit abfinden, dass unsere Mission gescheitert war. Auf den Bildschirmen der Zentrale war die feindliche Formation mittlerweile deutlich zu erkennen.

Plötzlich entstand ein greller Lichtblitz unter den Mohak-Schlachtschiffen, der zu einer rasch expandierenden, glühenden Gaswolke wurde. »Die sind gerade in eine Welle unseres Sperrfeuers gerast«, kommentierte General Baltar überflüssigerweise.

»Die Mohak sind bei dreizehnkommafünf Prozent LG«, fügte der Ortungsoffizier hinzu. »Das scheint zu viel für ihre Reflektoren zu sein.«

Gebannt starrten alle auf den Bildschirm, der die Feindformation zeigte, hinter der die Glutwolke langsam zurückblieb. Dann blitzte es zum zweiten Mal auf, zwei Sekunden später ein drittes Mal – und kurz darauf explodierten vier Schlachtschiffe des Feindes nahezu gleichzeitig.

Das für die Riesenschiffe normalerweise harmlose Flakfeuer wirkte sich bei überhöhten Geschwindigkeiten fatal aus. Die kinetische Energie der Geschosse war bei dreizehnkommafünf Prozent der Lichtgeschwindigkeit einhundertzweiundachtzig Mal höher, als wenn das nur ein Prozent LG schnelle Geschoss auf ein ruhendes Schiff getroffen wäre.

»Sie verzögern!«, schrie der Ortungsoffizier. Eine Mischung aus Begeisterung und Erleichterung schwang in seiner Stimme mit.

In den darauf folgenden Sekunden explodierten fünf weitere Mohak-Schiffe, dann noch einmal zwei im Abstand von zwei Minuten, bis diese durch unser Flakfeuer hervorgerufene Vernichtungsorgie ihr Ende fand. Immerhin hatten zweiundzwanzig Schlachtschiffe des Feindes die Katastrophe überstanden und befanden sich immer noch auf Abfangkurs.

»Werden die uns trotz der Verzögerung noch erreichen?«, wollte ich vom Ortungsoffizier wissen. Ich musste fast schreien, um das Dröhnen der Vibrationen zu übertönen.

Der Ortungsoffizier hatte die entsprechenden Berechnungen offensichtlich schon kurz zuvor anstellen lassen, denn er antwortete prompt: »Das wird unglaublich knapp. Wenn die Mohak noch etwas langsamer werden, könnten wir es schaffen. Moment,« der hagere Soldat vom Planeten Bangalon-Dor lauschte kurz in sich hinein, »ich bekomme gerade die Meldung, dass die Mohak weiter verzögern. Wie es aussieht, werden sie zwar nicht auf Wirkreichweite ihrer großkalibrigen Geschütze an uns herankommen, aber nahe genug, um ein Sperrfeuer zu legen.«

Die Wirkreichweite war definiert als die Entfernung, in der das Geschütz mit einer Wahrscheinlichkeit von fünfzig Prozent ein feindliches Schiff traf. Bei größeren Entfernungen verbesserte sich die Chance des beschossenen Schiffes entsprechend, der anfliegenden Granate auszuweichen.

»Abfangpunkt in zwei Minuten.« Ich hatte mir nun ebenfalls einen schwarzglänzenden VR-Helm aufgesetzt, sodass ich die Stimme des Bangalonen über die eingebauten Lautsprecher vernahm.

Gebannt starrten alle in der Zentrale anwesenden Personen auf die Feindformation, die sich uns unaufhaltsam näherte.

»Eine Minute. Der Schlachtenrechner ermittelt eine Trefferwahrscheinlichkeit von dreiunddreißig Prozent. Günstigster Schusszeitpunkt in zwölf Sekunden.«

»Feuer zum festgelegten Schusszeitpunkt. Unmittelbar danach Ausweichmanöver *Chaos*. Nach Passieren des Abfangpunkts sofort wieder aufschließen«, befahl ich den Kanonieren der ONSLAR und den beiden Marschällen, zu denen die Konferenzschaltung nach wie vor bestand. Mit *Chaos* war eine rein zufällige Kursänderung gemeint.

Als die Geschütze unserer drei Superschlachtschiffe zu feuern begannen, glaubte ich, die ONSLAR würde zerrissen. Zusammen mit dem Dröhnen der Vibrationen der Reflektor-Generatoren konnte man die Geräuschkulisse nur als infernalisch bezeichnen.

Unsere drei Schwesterschiffe stoben auseinander, um die Wahrscheinlichkeit des Treffers einer großkalibrigen Granate durch den Feind weiter zu senken.

»Sperrfeuer im Anflug!«, ertönte es aus den Lautsprechern meines Helmes. General Baltar hatte seinen VR-Bildschirm aus seinem Helm geklappt und saß äußerlich vollkommen entspannt im Navigatorensessel. Er flog die ONSLAR durch Gedankensteuerung mit Unterstützung des Schlachtenrechners.

Auf dem Hauptbildschirm sah ich das Netz bestehend aus den schweren Granaten des Feindes auf uns zu rasen. Dieser optische Eindruck war nur eine aus den Ortungsergebnissen erzeugte Einblendung des Schlachtenrechners. Dann waren wir auch schon durch. Auf dem Bildschirm, der die feindliche Flotte zeigte, blühten jedoch mehrere Explosionswolken auf.

»Die NEBUKAR ist getroffen!«, hörte ich die Stimme Baltars. »Nur die MARDUCK ist durchgekommen!«

Der Teil des Bildschirms, der die Zentrale der NEBUKAR mit Raummarschall Runan zeigen sollte, war schwarz, und auf dem Bildschirm daneben sah ich mehrere Feuersäulen aus dem vorderen oberen Teil des Superschlachtschiffes schießen.

»ONSLAR sofort vor die NEBUKAR setzen!«, schrie ich in das Mikrofon des Helmes.

Baltar hatte verstanden und handelte entsprechend. Keine zwei Sekunden später befand sich das Schwesterschiff in unserem ›Windschatten‹. Es war ein unglaubliches Glück gewesen, dass das Chaos-Manöver die ONSLAR und die NEBUKAR nicht zu weit voneinander entfernt hatte und dass in den wenigen Sekunden, die die NEBUKAR ohne Frontreflektoren flog, kein Flakfeuer in das Schiff schlug.

Ich schaute mir die Front der nur fünfzig Meter hinter uns fliegenden NEBUKAR genauer an. Eine feindliche Granate des schweren Typs hatte den Reflektor bei unserer hohen Geschwindigkeit mühelos durchschlagen und das Schiff aus meiner Perspektive oben links gestreift. Ein glühender Graben zog sich durch die

Außenhaut des Schlachtschiffs. Offensichtlich war die Granate erst detoniert, nachdem sie wieder in den Weltraum hinausgeschossen war, denn ansonsten hätte sie das ungeschützte Schwesterschiff zerrissen.

»Versuchen Sie, die Verbindung mit der NEBUKAR wiederherzustellen«, bat ich den Funkoffizier.

»Ist schon in Arbeit«, klärte mich der hochgewachsene, muskulöse Salorone auf.

Die Arbeit fand aber eher auf der NEBUKAR statt, wie wir wenige Sekunden später feststellten. Der dunkel gewordene Teil des Bildschirms leuchtete wieder auf und zeigte die Zentrale des Schiffes mit Marschall Runan, der einen blutdurchtränkten Kopfverband trug.

»Es hat uns ziemlich übel erwischt«, begann Runan ohne Umschweife. »Durch die Feindgranate wurden beide Generatoren für die Frontreflektoren aus ihren Verankerungen gerissen. Aufgrund der Erschütterungen sind unsere vier Vril-Kraftwerke zerstört worden. Wir haben den Notstromgenerator in Betrieb genommen. Damit reduziert sich unsere Antriebsleistung auf fünf Prozent.«

Erst jetzt erkannte ich das Ausmaß der Schäden am Schiff Runans. Hinter dem Marschall sah ich umherschwebende, abgerissene Bildschirme, Pulte und irgendwelche Kleinteile. Offensichtlich waren die Schwerkraftgeneratoren des Schiffes ebenfalls ausgefallen. Medoroboter versorgten die schwerelos gewordenen verletzten Soldaten.

»Wir brauchen noch etwas mehr als drei Stunden bis Mohak-Dor. Weitere angreifende Feindflotten sind bisher nicht geortet worden. Es sieht ganz so aus, als würden die Echsen ihre Schiffe kurz vor Mohak-Dor konzentrieren, um uns abzufangen. Falls ich mit dieser Einschätzung der Lage richtig liege, verbleibt uns genug Zeit, Ihr Schiff zu evakuieren«, eröffnete ich dem Marschall.

Runan schaute mich einige Sekunden nachdenklich an. Sein graublonder Haarschopf stand fast senkrecht aus dem durchgebluteten Verband. »Ich hätte da noch einen Vorschlag für eine letzte Mission der NEBUKAR.«

*Ende Bericht Imperator Sargon II.*

\*

Der Heckreflektor der ONSLAR hielt die NEBUKAR in einem festen Abstand von nur noch zwanzig Metern, als die MARDUCK sich längsseits des stark angeschlagenen Riesen positionierte. Fünfzig Männer setzten im Schutze der Reflektorfelder der beiden Schwesterschiffe auf die NEBUKAR über. In Zweiergruppen schwebten sie von einem Schiff zum anderen, zwischen ihnen kubische Behälter mit den notwendigen Ausrüstungsgegenständen für die letzte Mission des waidwunden Riesen.

Oberst Turdan schwebte über den einhundert Meter breiten und Millionen von Lichtjahren tiefen Abgrund zwischen der MARDUCK und der NEBUKAR hinweg. Sich am Griff des Transportbehälters festhaltend, blickte er bewundernd auf die Sternenpracht der Galaxis. Mit eigenen Augen durch die beiden dünnen Gläser seines Raumhelms betrachtet, wirkte dieser Anblick auf Turdan erheblich Ehrfurcht gebietender als der Blick auf den schnöden Bildschirm seines Geschützstandes. Es lief ihm kalt den Rücken herunter und er hatte plötzlich das Gefühl, ein Hauch von Ewigkeit würde ihn streifen. Dem Oberst kamen die faszinierenden Aussagen der aldebaranischen Wissenschaftler in den Sinn, die die These vertraten, dieses Universum sei von dem Endprodukt der Evolution geschaffen worden, das es dereinst hervorbringen würde. Wie widersprüchlich klang dies, wenn man die unzulänglichen Zeitmaßstäbe der Menschen heranzog?

Er blickte hinüber zu Major Gurdal, der neben ihm schwebte, den zwischen ihnen befindlichen Transportbehälter auf der anderen Seite haltend. Turdan fragte sich, ob der Anblick der Schöpfung Gurdal ebenso berührte wie ihn.

Die beiden Männer näherten sich einer der geöffneten Schleusen der NEBUKAR. Die Wände des Schleusenraums glänzten matt im schwachen Licht der Notbeleuchtung. Nachdem sie den Raum zusammen mit acht weiteren Kameraden erreicht hatten, schloss sich das Schleusenschott. Turdan hörte das zischende Geräusch hereinströmender Atmosphäre. Wenige Sekunden später leuchtete eine kleine, grüne Lampe neben dem inneren Schleusenschott auf, als Zeichen dafür, dass nun Normaldruck herrschte.

Als sich das innere Schott öffnete, erkannte Turdan seinen alten Freund von der Flottenakademie, Oberst Dalimon, der ebenso wie er selbst Geschützkommandant geworden war.

Der Gesichtsteil von Turdans Helm teilte sich in der Mitte und glitt in die eigentliche Helmschale. Der Kopfschutz sah nun wie ein herkömmlicher Flottenhelm aus: schwarzglänzend, passend zur schwarzen Uniform und mit der typischen geschwungenen Verbreiterung im Nackenbereich. Der Oberst umarmte seinen Freund statt der sonst üblichen militärischen Begrüßung.

»Da seid ihr aber mal ganz schön durchgeschüttelt worden«, stellte Turdan lächelnd fest.

»Ach, das war doch nur ein kleiner Rempler. Diese modernen Schiffe können halt nichts mehr ab. Hier ist so ziemlich alles zu Bruch gegangen«, entgegnete Dalimon, wobei sich ein spitzbübisches Grinsen auf sein Gesicht stahl, denn es gab keine Schiffe in der bekannten Galaxis, die heftigere Rempler ›abgekonnt‹ hätten als aldebaranische Superschlachtschiffe der Galaxisklasse.

»Habt ihr die Bauteile für die Geschützsteuerung dabei?«, fügte Dalimon hinzu, als die Heiterkeit bei Turdan abgeklungen war.

»Nein. In der Kiste«, Turdan deutete auf den Transportbehälter, der offensichtlich die Bauteile enthielt, »befindet sich ein nacktes Mädel, das gleich zu unserem Vergnügen herausspringen wird.«

Schallendes Gelächter der umstehenden Männer erfüllte den Schleusenraum und den dahinter liegenden Gang. Dalimon stimmte ebenfalls in das Gelächter mit ein, obwohl ihm bewusst war, dass die Männer auf seine Kosten lachten. Er hatte eine ziemlich dämliche Frage gestellt und eine freundschaftliche Quittung dafür bekommen. Natürlich hatten die Männer von der MARDUCK die Ersatzteile dabei.

»Dann lass uns gleich mit den Arbeiten beginnen.« Dalimon deutete den Gang hinunter.

Die Männer hangelten sich in der Schwerelosigkeit an Griffen entlang, die an den Gangdecken für genau diesen Fall angebracht worden waren: für den Ausfall der Schwerkraftgeneratoren. Die Transportbehälter zogen sie frei schwebend hinter sich her.

Nach mehreren Verzweigungen kamen Turdan und Gurdal zusammen mit Oberst Dalimon schließlich in dessen Heiligtum an, im Geschützstand für eines der beiden mittleren der Vierundsechzig-Zentimeter-Drillingsgeschütze der NEBUKAR.

Die Steuerung des Geschützes und die Programmierung der Granaten erfolgten über einen VR-Helm, der an den Geschützrechner angeschlossen war. Letzterer war durch die Schockwelle, die die Mohak-Granate ausgelöst hatte, als sie das Schiff gestreift hatte, unbrauchbar geworden.

Die Männer öffneten einen der Transportbehälter und entnahmen ihm die Bauteile für einen neuen Geschützrechner. Man hatte nicht auf Ersatzteile der NEBUKAR zurückgreifen wollen, da diese mit hoher Wahrscheinlichkeit durch die Schockwelle ebenfalls beschädigt worden waren. Anschließend schraubten sie die Wandverkleidung gegenüber der großen Bildschirmwand der Steuerungszentrale ab. Dahinter befanden sich die Komponenten des Geschützrechners, die eine nach der anderen von den Männern entfernt wurden. Das Einbauen der neuen Komponenten war eine Sache von fünf Minuten, sodass Oberst Dalimon seinen VR-Helm bald aufsetzen konnte, um das Geschütz zu testen. Nach seinem ersten Gedankenbefehl flammte der Wandbildschirm auf und zeigte die funkelnden Sterne der Galaxis. Anschließend erschienen drei rote Fadenkreuze, die der Geschützrechner in der Mitte des Bildschirms einblendete.

Auf den Gedankenbefehl des Obersten hin wanderten die

Sterne nach links. Von außen betrachtet hätte man nun sehen können, wie sich die gewaltige, zweihundert Meter durchmessende Geschützkuppel mit den einhundert Meter daraus hervorragenden drei Kanonen nach rechts drehte.

Der Oberst testete noch die vertikale Verstellung der Kanonen, was die Anwesenden in der Feuerzentrale als ein Auf- und Abbewegen der Sterne wahrnahmen. Schließlich veränderte er die Programmierung der Granaten, indem er unterschiedliche Zeiten für den Zeitzündermodus ausprobierte, zum Aufschlagmodus wechselte und verschiedene Abstände für den Abstandsmodus wählte. Letzterer war wichtig für den Beschuss von Raumschiffen ohne Reflektorfeld, damit die Granate schon vor dem Erreichen des Feindes gezündet wurde, sodass sie ihre volle Explosionswirkung erst dann entfaltete, wenn sie die Außenhülle durchdrungen hatte. Bei den hohen Geschwindigkeiten der Granaten relativ zu den Zielen wäre bei einer Aufschlagszündung die Granate auf der anderen Seite des Feindschiffs wieder herausgetreten, bevor die Explosion den Granatenmantel gesprengt hätte.

»Alles klar! Die Geschützsteuerung funktioniert. Jetzt müssen wir nur noch den VR-Helm durch das Funkmodul ersetzen.« Zum Unterstreichen seiner Worte tippte sich Dalimon an seinen Helm. Letzterer bestand genau genommen aus zwei Komponenten: dem eigentlichen Helm und einem Modul im Geschützrechner für die Drahtlosverbindung zum Helm. Genau dieses Modul zog Turdan nun aus einem Schacht des Rechners und ersetzte es durch ein Funkmodul. Letzteres war im Gegensatz zum breitbandigen Drahtlosmodul für große Reichweiten, aber niedrige Bandbreiten ausgelegt. Major Gurdal spielte in der Zwischenzeit ein Spezialprogramm auf den Geschützrechner auf, sodass die Daten über die Ausrichtung der Geschütze an das Funkmodul übergeben wurden.

»Programm installiert!«, meldete Gurdal.

»Testdaten schicken!«, sprach Turdan in das Mikrofon seines Raumhelms. Auf der MARDUCK hatten seine Mitarbeiter einen zweiten Schlachtenrechner in seinem Geschützstand installiert, vor dem Hauptmann Begnul saß und die Testdaten losschickte.

Auf dem Wandbildschirm sah Oberst Dalimon nun die drei Fadenkreuze ohne sein Zutun hin- und herwandern.

»Test erfolgreich«, kommentierte Turdan. Es war nun möglich, das Vierundsechzig-Zentimeter-Drillingsgeschütz Dalimons von der MARDUCK aus zu steuern. Der dort installierte Schlachtenrechner würde die Daten vom Geschützstand der NEBUKAR in ein realitätstreues Bild umrechnen, sodass der Kanonier, obwohl an Bord des anderen Schiffes, genau wusste, worauf er zielte.

»Lasst uns einpacken und verschwinden«, forderte Dalimon seine Kameraden auf. »Ich nehme an, die anderen Gruppen werden auch bald fertig sein.«

»Ich frage mal nach, ob bei den anderen alles glatt gelaufen ist oder ob eine der Gruppen Hilfe braucht.« Turdan sprach ein paar Worte in sein Helmmikrofon. »Nein, alles klar, die übrigen Gruppen machen sich ebenfalls auf den Weg zur MARDUCK.« Damit war sichergestellt, dass die sechs Vierundsechzig-Zentimeter-Geschütze und die sechzehn Zwanzig-Zentimeter-Geschütze des stark beschädigten Riesen erfolgreich umgerüstet worden waren. Die einhundertachtundzwanzig Zwei-Zentimeter-Flakgeschütze waren allerdings aus Zeitgründen nicht entsprechend manipuliert worden.

Erneut hangelten sich die drei Männer durch die verzweigten Gänge und trafen immer wieder mit anderen Gruppen zusammen, bis sie schließlich wieder im Schleusenraum standen. Als sich die Schleusentür vor ihnen öffnete, wurde der Blick freigegeben auf das nur einhundert Meter entfernt längsseits schwebende Schwesterschiff, dessen Ausmaße aus dieser Entfernung nicht zu übersehen waren. Es wirkte, als wolle die MARDUCK das gesamte All ausfüllen. Erst als sich die Männer von der Schleuse abstießen und in das bodenlose Nichts zwischen den Schiffen schwebten, erkannten sie die räumliche Begrenzung des Giganten.

Erneut fühlte Turdan die gleiche Ehrfurcht, die ihn schon auf dem Hinweg überwältigt hatte.

Die beiden Obersten erreichten wenige Minuten später den Geschützstand des Hausherren. Major Gurdal hatte wieder die technische Abteilung aufgesucht, der er angehörte.

Der Raum war bereits von den Technikern verlassen worden, wirkte aber dennoch überfüllt.

»Ein bisschen eng, doch es wird schon gehen«, meinte Dalimon, als er neben der für einen Geschützstand normalen Einrichtung den auf dem Boden stehenden zweiten Geschützrechner, einen Behelfssessel und den provisorisch aufgestellten Wandbildschirm sah. »Ich werde sofort probieren, ob noch alles funktioniert.«

»Tu dir keinen Zwang an. Das werde ich auch machen, wenn wir nach diesem Unternehmen wieder nach Hause kommen und ich meine Frau wiedersehe«, konnte sich Turdan nicht verkneifen, was natürlich einen Heiterkeitsausbruch bei Dalimon auslöste, während er sich seinen VR-Helm aufsetzte.

Er gab einen Gedankenbefehl, und sofort schaltete sich der provisorisch aufgestellte Hilfsbildschirm ein. Die beiden Männer sahen nun das vom Geschützrechner berechnete Bild des Alls mit drei Fadenkreuzen aus der Perspektive des Geschützturms der NEBUKAR. Diese Funkverbindung würde bis zu einer Entfernung von einer Lichtsekunde funktionieren. Darüber hinaus wäre die Sinnhaftigkeit dieser Fernsteuerung durch die lange Reaktionszeit auch mehr als fraglich.

Turdan, der nun ebenfalls seinen VR-Helm aufgesetzt und seinen Bildschirm eingeschaltet hatte, grinste diabolisch, als er mit von Ironie triefender Stimme vorschlug: »Na, dann werden wir die Lurche mal dezent darauf hinweisen, was wir von ihrem Überfall auf unsere Welten halten.«

\*

General Baltar saß im Navigatorensessel in der Zentrale der ONSLAR und konzentrierte sich auf die eingehenden Meldungen.

»Fünfzehn Minuten bis zum Kontakt!«, war die letzte davon gewesen.

In einer Viertelstunde würden sie mit nur drei Schiffen eine Flotte von vierundvierzig Schlachtschiffen, zweihundertachtundsiebzig Kreuzern und achthundertdreiunddreißig Zerstörern angreifen, die zu allem Überfluss von den Abwehrfestungen der drei Monde und der mohakschen Zentralwelt unterstützt wurden.

Baltar hatte keine Zweifel an ihrem Tun. Er war stolz, dabei sein zu dürfen, und er wusste, dass seine Kameraden an Bord der Schiffe Krieger waren, für die es nichts Ehrenvolleres gab, als einen weit überlegenen Feind zu besiegen oder aufrechten Hauptes zu fallen.

Mit großem Respekt betrachtete er Imperator Sargon II., der in der Mitte der Zentrale stand und letzte Anweisungen gab. Sein hellblondes Haar ragte unter dem verbreiterten Nackenteil seines schwarzglänzenden Helms hinaus, über dessen eingebautes Mikrofon er mit den unterschiedlichen Stellen kommunizierte. Durch die Vibrationen der an ihrer Belastungsgrenze arbeitenden Frontreflektoren, in die immer wieder Wellen von Flakfeuer einschlugen, entstand ein Dröhnen, das keine andere Art der Kommunikation als die über die Helme erlaubte.

Dieser Mann hielt die weltliche und geistliche Macht des Imperiums in Händen. Trotzdem war es für ihn selbstverständlich, an vorderster Front zusammen mit seinen Kameraden einen tollkühnen Angriff zu fliegen.

Plötzlich hörte Baltar die Stimme des Imperators aus den Lautsprechern seines VR-Helms.

»Kameraden. Ich habe mich auf Rundruf schalten lassen. Es kommt bei der bevorstehenden Aktion darauf an, dass unsere Planung *exakt* eingehalten wird.« Das Wort »exakt« hatte der Imperator besonders betont. »Dies ist nur möglich, wenn wir alle perfekt koordiniert vorgehen. Ich werde mich nach Kräften bemühen, diesem hohen Anspruch gerecht zu werden, indem ich die Koordination selbst übernehme. Sie müssen sich also damit anfreunden, dass ich Ihnen bis zum Ende dieser Aktion den Nerv raube.«

Das Gelächter der Männer ging im Dröhnen der Reflektoren unter.

Marschall Runan, der sich nun ebenfalls in der Zentrale der ONSLAR aufhielt, dachte an die über fünfzig Verletzten der NEBUKAR, die sich nun in den Schiffslazaretten der beiden Schwesterschiffe befanden. Sie dürften sich ebenso überflüssig fühlen wie er selbst. Sein Schiff befand sich immer noch im ›Windschatten‹ des Flaggschiffes, weil es sonst durch Flakfeuer vernichtet worden wäre. Wie würden sich dann erst die schweren Granaten der Feinde auswirken? Mit großer Besorgnis dachte Runan an die bevorstehenden Minuten, die er in weitgehender Passivität über sich ergehen lassen musste.

Dann hörte er die kurze Ansprache des Imperators. Ein Lächeln stahl sich in sein Gesicht, als ihm auffiel, dass Sargon keinerlei Durchhalteparolen oder pathetische Floskeln benutzte. Die waren auch nicht notwendig, um die Männer zu motivieren.

»Zehn Minuten bis zum Kontakt!«

Es erschien Runan, als wäre das Dröhnen der Reflektoren noch lauter geworden.

»Achtung! Frontreflektoren bei sechsundneunzig Prozent. Dichter Flakhagel.« Es war General Baltar, der die Männer informierte.

»Einhundertzwanzig Prozent. Die Reflektoren brechen jede Sekunde zusammen.«

»Ausgerechnet jetzt!«, schimpfte der Imperator. »Wir sind kurz vor dem Ziel!«

Das war typisch für Sargon. Wenn die Frontreflektoren zusammenbrachen, war das das Ende des Schiffes und der im Schlepptau befindlichen NEBUKAR. Sargon sprach jedoch nicht vom bevorstehenden Tod, sondern sorgte sich um das Scheitern der

Operation, die so wichtig war für das Überleben seines geliebten Volkes.

»Entwarnung. Wir sind durch den Granatschwarm hindurch. Belastung der Reflektoren wieder unter achtzig Prozent.« Die Worte des Generals lösten natürlich Erleichterung bei den Männern aus.

»Marschall Karadon, wie sieht es auf der MARDUCK aus?«, wollte der Imperator wissen.

»Wir hatten ebenfalls eine kurze Belastungsspitze bis einhundertzwanzig Prozent. Alles in Ordnung bei uns, keine Schäden.«

Die MARDUCK flog parallel zur ONSLAR in zehn Kilometern Entfernung. Einer der Bildschirme zeigte das Schwesterschiff mit den flackernden Entladungen des wieder schwächer gewordenen Sperrfeuers an den Frontreflektoren. Die einschlagenden Flakgranaten stammten aus nahen und fernen Flakstationen, wobei Letztere ihre Geschosse wahrscheinlich schon vor Stunden auf die Reise in Raumsektoren geschickt hatten, die die Aldebaraner durchqueren würden.

Regungslos mit halb geschlossenen Augen stand der Imperator neben dem Navigatorensessel General Baltars. Sargon konzentrierte sich auf den bevorstehenden Kampf, indem er die geplanten Phasen immer wieder im Kopf durchspielte.

»Eine Minute bis zum Kontakt. Neunundfünfzig, achtundfünfzig ...«

Deutlich war die Feindflotte auf dem Hauptbildschirm zu erkennen, die in Angriffsformation und grenzenloser Überlegenheit die Ankunft der drei Riesenschiffe erwartete. In sechshunderttausend Kilometern Entfernung von Mohak-Dor hatten sich die Mohak auf einer eintausend Kilometer durchmessenden Halbkugel verteilt, mit den Schlachtschiffen im Zentrum.

»... dreißig, neunundzwanzig ...«

»Schiffe querstellen!«, befahl Sargon.

Die drei Schlachtschiffe stellten sich senkrecht zur Flugbahn, um volle Breitseiten auf den Feind abschießen zu können. Der

Unitall-Stahl der NEBUKAR fing unter dem Bombardement gelegentlich einschlagender Flakgranaten an zu glühen.

»Blendgranaten verschießen!«

Die Vierundsechzig- und Zwanzig-Zentimeter-Geschütze der drei Schlachtschiffe begannen zu feuern. Die Granaten eilten den drei Schiffen mit dreitausend Kilometern in der Sekunde voraus. Ihre Zünder waren so eingestellt, dass sie zweihundert Kilometer vor den gegnerischen Schiffen explodierten. Rasch expandierende Glutbälle entstanden auf einer tausend Kilometer durchmessenden Scheibe unmittelbar vor der Halbkugel, die aus den Feindschiffen gebildet worden war. Nach wenigen Zehntelsekunden verschmolzen die Glutbälle und bildeten so einen in allen Frequenzen des elektromagnetischen Spektrums strahlenden Vorhang, der es den Mohak unmöglich machte, die drei Superschlachtschiffe weiter anzumessen.

»Ausweichmanöver! NEBUKAR auf Zielkurs bringen.«

Die ONSLAR und die MARDUCK beschleunigten unbeobachtet vom Feind mit voller Kraft senkrecht zur Flugbahn. Der Kurs der NEBUKAR wurde von der MARDUCK ferngesteuert und mit der verbliebenen Triebwerksleistung leicht korrigiert.

»Schweres Sperrfeuer im Anflug!«, meldete der Ortungsoffizier. Die Mohak hatten ungezielt einige tausend Granaten verschossen, um einen Glückstreffer zu landen. Die MARDUCK musste ihren Kurs sogar noch einmal leicht verändern, um nicht von einer der großkalibrigen Granaten getroffen zu werden, was bei der hohen Geschwindigkeit, mit der die Schiffe auf den Feind zuschossen, verheerend gewesen wäre.

Als die drei aldebaranischen Raumer in die glühende Scheibe eintauchten, die sie selbst verursacht hatten, wurden die seitlichen Reflektoren der ONSLAR und der MARDUCK noch einmal kurz über einhundert Prozent belastet. Bei der ungeschützten NEBUKAR brachen erste Aufbauten aus der glühenden Schiffsoberfläche. Sogar vier der Zwanzig-Zentimeter-Geschütztürme wurden einfach weggerissen. Nach etwas mehr als einer Hundertstelsekunde passierten die Superschlachtschiffe schließlich den Feind und waren damit zunächst in Sicherheit, denn sie waren zu schnell, um jetzt noch von feindlichen Granaten getroffen werden zu können, die man auf sie abschoss.

»Beschuss der Monde!«, hörten die Männer die Stimme ihres Imperators aus den Lautsprechern der Helme.

Jedes der drei Schlachtschiffe feuerte nun Breitseite um Breitseite auf je einen der Monde von Mohak-Dor.

Turdan und Dalimon ließen die dreifachen Fadenkreuze ihrer Drillingskanonen, wie fünf andere doppelte Geschützbesatzungen an Bord der MARDUCK auch, über die Oberfläche der Monde wandern. Es wirkte, als ob den Fadenkreuzen eine unheimliche Macht innewohnte, denn dort, wo sie entlangwanderten, wurde die Oberfläche des betreffenden Mondes bis in den Weltraum gerissen.

Die mit einem Viertel der Lichtgeschwindigkeit einschlagenden Granaten drangen zig Kilometer in die Himmelskörper ein, bevor ihre Detonation die Mondkruste absprengte. Dies war das Ende der Abwehrforts auf den Monden, bevor diese den ersten Schuss hatten abgeben können. Breitseite um Breitseite fraß sich in das Gestein, sodass die ausgelösten Schockwellen sogar die Bauwerke der Mohak auf den abgewandten Seiten der Monde vernichteten.

Doch dieses Inferno, das die Mohak dreißig Prozent ihrer Werften beraubte, war nur ein Vorgeschmack. Der schlimmste Schlag wurde durch die NEBUKAR geführt, als sie als glühende Metallmasse mit fünfundsiebzigtausend Kilometern in der Sekunde auf Mohak-Dor einschlug. Millionen Tonnen Unitall-Stahl bohrten sich in den Planeten und rissen einen Krater von zweitausend Kilometern Durchmesser und fünfhundert Kilometern Tiefe. Gestein und glühendes Magma schossen in den Weltraum und regneten zu einem Teil durch dessen Gravitation wieder zurück auf den geschundenen Planeten. Der andere Teil der Gesteinsmassen würde jedoch in einer Umlaufbahn verbleiben und in Tausenden von Jahren einen vierten Mond bilden.

Schockwellen rasten durch die Planetenkruste und ließen überall auf Mohak-Dor die pyramidenförmigen Brutstöcke der Mohak einstürzen. Diese ungeheueren Erdbeben und die überall herabregnenden glühenden Gesteinsbrocken wirkten wie die vom Zorn der Götter hervorgerufene Apokalypse, von der alte mohaksche Legenden berichteten.

\*

Als die Schockwelle den Regierungsbrutstock traf, befand sich der Zhort gerade in der Kommunikationszentrale, von wo aus er das Durchbrechen der Feindschiffe beobachtete. Die Taktik der Aldebaraner war ebenso einfach wie effektiv: Sie blendeten seine Flotte, um dann willkürliche Kursänderungen vorzunehmen, sodass sie nur durch einen Glückstreffer aufgehalten werden konnten. Genau dieses Glück blieb seinen Soldaten jedoch versagt.

Das ganze Ausmaß der Katastrophe erkannte der Zhort erst, als die Ortung den Kollisionskurs eines der feindlichen Giganten mit Mohak-Dor meldete. Das Schiff würde gleich auf der anderen Seite des Planeten einschlagen ...

Es war, als hätte die Faust eines Riesen den Regierungsbrutstock getroffen. Der Zhort wurde abrupt von den Füßen gerissen. Die Bildschirme der Kommunikationszentrale fielen auf den Boden und begruben einige Soldaten unter sich. Immer wieder wurde der Zhort vom schwankenden Boden hochgeschleudert. Das dumpfe Dröhnen der Schockwelle mischte sich mit dem Ächzen des Gebäudes, das in seinen Grundfesten erschüttert wurde.

Als die entfesselten Gewalten nach einigen Minuten abklangen, erhob sich der Zhort langsam. Ohne auf die teilweise verschütteten Soldaten zu achten, durchquerte er die Zentrale, bis er schließlich vor der Außenwand aus Panzerglas stand, die von Rissen durchzogen wurde. Aus drei Kilometern Höhe hatte der Zhort einen perfekten Überblick auf die umliegende Landschaft. Die meisten Brutstöcke waren in sich zusammengesackt. Jeder von ihnen hatte Zehntausende von Mohak unter sich begraben. Feurige Bahnen hinter sich herziehend flogen Myriaden hellrot glühender Klumpen, einige nur wenige Zentimeter durchmessend, andere so groß wie ein Schlachtschiff, durch die Atmosphäre und schlugen in die Trümmer der Brutstöcke oder in die dazwischenliegenden kultivierten Gärten, Felder und Weiden.

Eine der Feuerkugeln raste genau auf den Regierungsbrutstock zu, sodass der Zhort den Eindruck hatte, sie würde von Sekunde zu Sekunde immer größer. So also würde er sterben: erschlagen von einem Bruchstück seines Heimatplaneten.

Der Imperator der Aldebaraner hatte ihm prophezeit, dass dieser Vernichtungskrieg den Mohak größere Opfer abverlangen würde, als der Zhort geglaubt hatte. Doch der Herrscher über alle Mohak war davon ausgegangen, dass es sich bei der Vernichtung des Maulack-Systems durch die Aldebaraner um eine Verkettung unglücklicher Umstände gehandelt habe und dass seine Flotten schon bald den endgültigen Sieg über diese so schwächlich erscheinenden Weißhäute davontragen würden. Nun stand er hier und schaute ohnmächtig auf den Untergang seines Heimatplaneten. Wahrscheinlich hatten die Aldebaraner sogar die drei Industriemonde vernichtet, sodass nach den Verlusten der letzten Tage über Jahre hinaus nicht die notwendige Anzahl Schiffe gebaut werden konnte, um erneut in das Herz des gegnerischen Imperiums vorstoßen zu können.

Diesen Gedanken hing der Zhort nach, als die Feuerkugel den Regierungsbrutstock nur um wenige Meter verfehlte und in die dahinter liegenden Gärten einschlug. Erneut wurde das Gebäude von einem heftigen Beben erschüttert, aber die Konstruktion des Regierungsbrutstocks hielt auch diesmal stand.

Der Zhort konnte sich nicht darüber freuen, dem Tode noch einmal entgangen zu sein. Ein nagendes Gefühl des Zweifels stieg in ihm hoch. War es richtig gewesen, die Aldebaraner anzugreifen, ohne ihre Eigenschaften zuvor eingehend studiert zu haben?

Diese Wesen waren hervorragende Soldaten. Der Zhort hoffte inständig, dass er mit dem Angriff auf Aldebaran nicht die Auslöschung seines eigenen Volkes eingeleitet hatte.

*

Triumph leuchtete in den Augen des Imperators, als er das auf den Bildschirmen tobende Inferno auf Mohak-Dor und den drei Monden beobachtete. Sie hatten es tatsächlich geschafft. Die Mohak würden Jahre brauchen, sich von diesem Schlag zu erholen. Diese Zeit würde ausreichen, die ersten Ischtar-Festungen zu bauen, um zunächst die wichtigsten Welten des Imperiums vor den Echsen zu schützen. Die Festungen würden an immer weiteren Stringknoten platziert werden, bis schließlich das ganze Imperium und die Welten befreundeter Völker in Sicherheit sein würden.

»Reduzierung der Geschwindigkeit auf fünfzehn Prozent LG. Das reicht immer noch aus, dass die Mohak uns nicht verfolgen können. Kurs kosmischer String. Lasst uns nach Hause fliegen, Kameraden!« Die letzten Worte lösten bei den Männern ein tiefes Gefühl der Verbundenheit aus.

# Kapitel 2: Die Erscheinung der Isais

*Bericht Nungal*

Einzelne Lichtpunkte leuchteten in der zuvor vollkommenen Dunkelheit auf. Ich erwachte aus einem traumlosen, todesähnlichen Schlaf. Völlig orientierungslos versuchte ich mich darauf zu konzentrieren, wo ich war und wie ich dorthin gekommen war.

Erste Konturen manifestierten sich in meinem Blickfeld, zunächst verschwommen, dann immer deutlicher werdend. Ich erkannte, dass ich in der Kanzel meines Jägers saß. Mit dieser Erkenntnis brach die Erinnerung über mich herein wie die Fluten eines gebrochenen Staudamms.

Deutlich sah ich die feindliche Flotte vor mir, die meine Staffel in der Nähe von Maulack V angegriffen hatte. Mein Jäger war auf eines der riesigen dreiecksförmigen Schlachtschiffe, die durch die dreiecksförmige Aussparung am Heck so fremdartig wirkten, zugerast, ich hatte meine Vrilbombe ausgeklinkt und war auf Ausweichkurs gegangen. Damit endete meine Erinnerung. Offensichtlich war ich getroffen worden und hatte das Bewusstsein verloren.

Die Lichtpunkte, die ich als Erstes wahrgenommen hatte, waren offensichtlich die Sterne des Alls. Ich tastete mit beiden Händen meinen Köper ab, der sich noch in einem Raumanzug befand. Es war, als hätte mir jemand einen Kübel Eiswasser über den Kopf geschüttet, als ich dort, wo einmal mein rechtes Bein gewesen war, nur einen kurzen Stumpen ertastete. Dieser Adrenalinausstoß vertrieb meine Benommenheit endgültig. Ich blickte mich in der Kanzel um und entdeckte einige Löcher, die offensichtlich von Feindgeschossen in die Wandung gerissen worden waren. Überall klebten Fleischfetzen, Blutspritzer und Knochensplitter meines abgerissenen Beines an den Wänden und Instrumenten der Kanzel.

»Automatik, bist Du funktionsfähig?«, sprach ich ruhig in das Mikrofon meines Raumhelmes.

»Ich bin unbeschädigt. Meine Daten sind abrufbar.«

»Berichte!«, befahl ich der Automatik knapp.

»Nach unserem erfolgreichen Angriff auf das Mohak-Schlachtschiff wurden wir von einer Garbe der bei den Mohak gebräuchlichen Einskommasieben-Zentimeter-Flakgranaten getroffen. Unsere Reflektoren brachen zusammen. Zwei der vier Haupttriebwerke wurden irreparabel zerstört, der ebenfalls beschädigte Gravitationsgenerator konnte von unserem Bordroboter repariert werden. Nach Ihrer medizinischen Versorgung und dem Abdichten Ihres Raumanzuges entschieden der Roboter und ich, dass eine Landung auf einem der Monde von Maulack VI die sicherste aller in Erwägung gezogenen Handlungsalternativen sei. Nach fünfzehnstündigem Flug habe ich uns auf dem dritten Mond des Planeten gelandet. Wir haben beschlossen, einen Notruf auszustrahlen, der im Falle eines Sieges unserer Flotte über die Mohak zu Ihrer Rettung führen dürfte.«

Meine durch den Blutverlust hervorgerufene Schwäche und die von der Automatik geschürte Hoffnung auf Rettung ließen mich in einen wohltuenden Dämmerzustand sinken, der mich über Zeit und Raum zu meiner Familie auf Sumeran führte, zu den letzten gemeinsamen Stunden vor meinem Aufbruch zu diesem Einsatz …

\*

Es ist schon ein seltsames Gefühl, wenn morgens der Wecker klingelt und man sich bewusst wird, dass man in diesem Bett für längere Zeit, möglicherweise niemals mehr, schlafen wird. An meiner Seite spürte ich den warmen Körper meiner Frau Saliha, die ihren Unwillen über das Quäken des Weckers durch ein genervt klingendes Knurren äußerte und sich noch enger an mich drückte.

»Müssen wir wirklich schon aufstehen?«, vernahm ich ihre am Morgen etwas raue Stimme. Ich drehte mich zu ihr und schaute in ihre hellblauen Augen und erfreute mich an den langen, roten Haaren, die verführerisch über ihrer Wange lagen. Doch für verführerische Dinge war keine Zeit. Deshalb antwortete ich ihr:

»Wir wollten unseren Kindern einen netten Vormittag bereiten, bevor ich los muss.«

Bei meinen Worten musste ich lächeln, denn »los müssen« war vielleicht eine Formulierung, die für einen Mann passte, der ins Büro ging. Bei mir lagen die Dinge jedoch ›geringfügig‹ anders.

Saliha drückte mir einen Kuss auf den Mund und schlug die Bettdecke beiseite. Für mich war es ein Hochgenuss, sie in ihrer ganzen Schönheit ins Bad gehen zu sehen, bevor ich auch meinen Teil der Decke zurückschlug und ihr folgte.

Nachdem wir unsere Morgentoilette erledigt hatten, kleideten wir uns an und begaben uns ins Kinderzimmer. Unser sechs Jahre alter Sohn Nalor und seine vierjährige Schwester Nunila lagen immer noch im Tiefschlaf in ihren Betten. Saliha befahl der Automatik akustisch, die Vorhänge zu öffnen, sodass kurze Zeit später das Sonnenlicht des noch jungen Tages in das Zimmer fiel. Durch das Licht geweckt sprangen die beiden sofort aus ihren Betten und begrüßten uns stürmisch. Sie wussten, dass wir heute Vormittag den Zoo besuchen wollten, der seit Kurzem zwei Gaal beherbergte, wie die Zeitungen sensationslüstern verkündet hatten. Ein Gefühl der Wärme durchströmte mich, als mich meine kleine Nunila umarmte und mir einen Kuss auf die Wange drückte. Mit ihren goldenen Löckchen, ihren strahlend blauen Augen und ihrem kindlich-unschuldigen Lächeln erschien sie mir wie ein Engel.

Wir frühstückten auf der Terrasse. Von hier hatten wir üblicherweise einen schönen Überblick auf das mehr als hundert Kilometer durchmessende Tal. Es war ein herrlicher Frühlingsmorgen, die Luft war klar und doch war die Aussicht mehr als getrübt. In der Mitte des Tales befand sich statt einer der schönsten Städte des Planeten ein vom zaghaften Grün schüchtern nachwachsender Pflanzen bedeckter Krater, dessen Rand rund dreißig Kilometer von uns entfernt war. Er war das Ergebnis einer Fusionsbombe der Mohak, die Fulmador vor neun Monaten eingeäschert hatte. Mehr als sechs Millionen Sumeraner waren dort gestorben.

Ich hatte das Bombardement des Planeten nur vom Weltraum aus erlebt, als ich mit meiner Jägerstaffel pausenlos Angriffe gegen den unbarmherzigen Feind flog. Immer wieder hatte ich helle Lichtblitze auf der Oberfläche Sumerans aufleuchten sehen, wohl wissend, dass es sich jedes Mal um Explosionen im Bereich einiger hundert Megatonnen Sprengkraft[8] handelte, wobei jeder dieser Blitze Millionen das Leben kostete. Ich war damals fast wahnsinnig geworden, weil ich aus meiner Jägerkanzel heraus nicht hatte beurteilen können, ob eine dieser Explosionen auch mein Haus wie so viele andere zerstört und meine Familie ermordet hatte. Als Folge dieser quälenden Ungewissheit und dem unbezähmbaren Verlangen, weitere Explosionen zu verhindern, hatten meine Männer und ich damals wie im Rausch gekämpft, denn nur tote Mohak warfen keine weiteren Bomben.

Mit Schaudern dachte ich an diese schlimmen Stunden zurück. Saliha schien meine schweren Gedanken zu erraten, denn sie lenkte mich ab, indem sie mit den Kindern herumalberte. Trotzdem schweiften meine Gedanken wieder zu diesen grauenvollen Stunden, doch diesmal aus der Sicht von Saliha, wie sie mir später die Ereignisse geschildert hatte.

*

Saliha verfolgte das Eindringen der Mohak-Flotte in unser Sonnensystem über Aldebaran-TV; die Kinder hatte sie zuvor in ihr Zimmer geschickt. Als der Abwehrkampf unserer Flotte immer aussichtsloser wurde, entschloss sich die imperiale Regierung, Bombenalarm für Sumeran auszulösen. Überall auf dem Planeten

---

[8] Gemessen in der Sprengkraft herkömmlichen TNTs.

wurden Sirenen aktiviert, die auch denen, die sich nicht in der Nähe eines Fernsehgerätes befanden oder aus irgendwelchen Gründen die Sendungen nicht über ihren persönlichen Agenten verfolgten, signalisierten, dass man die Schutzräume aufzusuchen hatte.

Durch den Sirenenlärm bekamen die beiden Kinder Angst und rannten zu Saliha ins Wohnzimmer. Weinend pressten sie sich an ihre Mutter.

»Kommt, wir gehen in das geheime Spielzimmer, das Papa für uns gebaut hat. Dort braucht ihr keine Angst mehr zu haben. Ihr wisst doch noch, was Papa da unten für euch versteckt hat?«

»Jaaa«, rief die kleine Nunila begeistert, »die Überraschungssterne mit Babalu-Glitzer.«

»Genau«, fiel ihr Nalor ins Wort, »und da ist auch die Kiste mit den geheimen Süßigkeiten.« Seine blauen Augen strahlten in der Aussicht, etwas Besonderes zu bekommen.

Die versprochenen Spielsachen und Süßigkeiten hatten die Kinder so weit von ihrer Angst vor dem Sirenenlärm abgelenkt, dass sie Saliha unbefangen in das »geheime Spielzimmer« folgten. Es handelte sich um einen Kellerraum unseres Hauses, den ich als Katastrophenraum umgebaut hatte. Der Raum war luftdicht abgeschlossen, verfügte über eine Luft- und Trinkwasser-Erneuerungsanlage, eine autarke Stromversorgung und war mit Lebensmitteln vollgestopft. An einem kleinen Fernseher verfolgte Saliha dort die weiteren Ereignisse, während die Kinder mit den Überraschungssternen spielten oder sich an den Süßigkeiten erfreuten.

Bereits zwei Stunden später spürten sie ein leichtes Vibrieren der Kellerräume, hervorgerufen von einer Fusionsbombe, die auf der anderen Seite der Bergkette niederging, an deren Hang unser Haus erbaut worden war. Saliha verfolgte gerade die Schadensmeldungen der dortigen Stadt Tusan im Fernsehen, als unser Haus von einem gewaltigen Schlag erschüttert wurde. Staub rieselte von der Decke, Gläser und Teller in den Schränken des ›Katastrophenraums‹ klirrten, der ganze Boden schien hin und her zu schwanken. Nach wenigen Sekunden ging das starke Rütteln in ein Vibrieren über, ähnlich, jedoch stärker als bei der Bombe auf Tusan. Saliha erfuhr über den Fernseher, dass es jetzt auch Fulmador erwischt hatte.

Eine Stunde später meldete Aldebaran-TV, dass Raummarschall Zhalon in einem waghalsigen Manöver einen Keil zwischen die Angreifer getrieben hatte, der die Schlachtordnung des Feindes durcheinanderbrachte, sodass weitere unserer Verbände nachstoßen konnten. Dies ließ dem Feind schließlich nur noch eine Option offen: Rückzug. Erst Tage später wurde bekannt, dass der Wagemut von Imperator Onslar die Wende eingeleitet und dass ihn dieser Wagemut das Leben gekostet hatte. Erst das Opfer Onslars hatte den Vorstoß Zhalons, des heutigen Imperators Sargon II., ermöglicht.

Als Saliha mit den Kindern den Keller verließ, fand sie unsere Einrichtung weitgehend zerstört vor. Die Druckwelle der Bombe auf Fulmador hatte die Fenster unseres Hauses zerplatzen lassen und unsere Möbel durcheinandergewirbelt. Saliha trat mit den Kindern auf die Terrasse und blickte ins Tal. Sie sah eine gigantische, schmutzigbraune Pilzwolke, die dort stand, wo einst Fulmador gewesen war. Unaufhörliche Blitze zuckten durch den oberen Teil der Wolke und ließen die Szenerie noch bedrohlicher wirken.

In den damaligen Wirren erfuhr meine Frau erst einen Tag später, dass ich die Raumschlacht um Sumeran überlebt hatte. Es sollte eine ganze Woche dauern, bis ich sie und die Kinder endlich wiedersah. In dieser Zeit war die Flotte in dauerhafter höchster Alarmbereitschaft, bis die Aufklärung sicher sein konnte, dass keine Folgeangriffe der Mohak unmittelbar bevorstanden.

\*

Erst als mir Saliha mit dem Zeigefinger in die Rippen stach, um mich ebenfalls zum Herumalbern mit den Kindern zu animieren, wurde ich endgültig aus meinen düsteren Gedanken gerissen.

Wir frühstückten, lachten viel und ich erzählte eine frei erfundene Heldengeschichte über fünf Jäger, die die beiden je siebzig Meter langen Gaal, die wir heute besichtigen wollten, nur mit zwei Netzen, Betäubungsgewehren, einer gehörigen Portion Mut und List gefangen hatten. Nalor hörte mir aufmerksam zu, er liebte diese Geschichten, während Nunila auf dem Schoß meiner Frau eher deren Streicheleinheiten als meine Geschichten genoss. Die Vorfreude meines Sohnes hatte nun ein Ausmaß erreicht, das keinen weiteren Aufschub mehr duldete, sodass wir uns wenige Minuten später auf den Weg machten.

Ich holte unseren Gleiter aus der Garage und flog direkt zum Zoo, der am Fuß des Gebirges in zwanzig Kilometern Entfernung vor etwas mehr als achthundert Jahren errichtet worden war. Dieser Zoo war auf ganz Sumeran für die Vielfalt der Lebewesen aus allen Ecken des Imperiums berühmt. Gott sei Dank, war er ebenfalls weit genug von der primären Explosionszone entfernt gewesen, sodass er keinen ernsthaften Schaden davongetragen hatte.

Unser vom Navigationssystem gesteuerter Gleiter überflog den Hang des Gebirges. Er war von Einfamilienhäusern wie dem unsrigen samt den dazugehörenden Gärten überzogen. Die verschiedenfarbigen, verzierten Kuppeln, die sich auf Säulen ruhend aus den bunten Gärten erhoben, waren bereits wieder ein prachtvoller Anblick. Die Schäden, die die Druckwelle erzeugt hatte, waren hier längst beseitigt worden; selbst im Innern des viele Kilometer entfernten Kraters standen bereits Hunderte von Baukränen, um Fulmador wieder aufzubauen. In den dortigen Tiefbunkern hatten immerhin eine Million Menschen überlebt, die der trotzige Wunsch antrieb, ein noch viel schöneres Fulmador als das alte neu zu errichten.

Nach wenigen Minuten kam der Parkplatz des Zoos in Sicht und unser Gleiter verlor an Höhe. Mein Sohn hätte natürlich am liebsten eine Runde über den Zoo gedreht, um die Gaal aus der Luft zu betrachten, doch der Luftraum über dem Zoo war verständlicherweise gesperrt. Nachdem der Gleiter sanft aufgesetzt hatte, konnten es unsere beiden Kinder kaum noch erwarten, zu einer der kleinen Holzbuden am Eingang zu rennen, um die Eintrittskarten zu kaufen. Übermütig zerrten sie an unseren Händen und schleppten uns förmlich zum Eingang. Saliha und ich spielten ihre Begeisterung mit, indem wir in einen leichten Laufschritt verfielen.

Im Innern des Zoos wiesen Hinweisschilder auf die verschiedenen Bereiche, geordnet nach den planetaren Lebensbedingungen der unterschiedlichen Lebewesen hin. »Methan-Ammoniak-Riesen« las ich auf einem Wegweiser, »Chlorgas-Stickstoff-Atmosphäre« auf einem anderen und schließlich »Sumerische Welten«, was bedeutete, dass die dort lebenden Wesen von Planeten stammten, die ähnliche Umweltbedingungen wie Sumeran aufwiesen. Da befanden sich auch die Gaal, also schlugen wir direkt diesen Weg ein, um die Kinder nicht noch mehr auf die Folter zu spannen.

Es war für mich immer wieder erstaunlich, wie oft ich in der Öffentlichkeit Menschen begegnete, die mich anstarrten, aber sofort wieder wegschauten, wenn sie sich dabei von mir ertappt fühlten, oder mir stattdessen freundlich zunickten. Meine Bekanntheit war mir in Fällen wie diesem eher unangenehm. Ich wollte lediglich mit meinen Kindern den Zoo besuchen, und zwar wie die meisten anderen Menschen auch, anonym.

Nach wenigen hundert Metern kam bereits der feinmaschige, siebzig Meter hohe, mattschwarze Zaun in unser Blickfeld. Ich wusste, dass der Zaun aus Unitall-Stahldrähten bestand. Diese auch im Raumschiffbau verwendete Stahlsorte verfügte über eine fünfzig Mal höhere Zugfestigkeit und Härte als herkömmliche Stähle. Die extreme Stabilität dieses Stahls war darauf zurückzuführen, dass der Legierung Kohlenstoff-Nanoröhren beigefügt wurden, um die herum Eisenatome ein Kristallgitter höchster Festigkeit bildeten. Die Verwendung von Unitall-Stahl war wohl auch vonnöten, denn hinter dem Zaun befanden sich zwei Exemplare der gefährlichsten Raubtiere der bekannten Galaxis – wenn man einmal von den Mohak absah: die beiden Gaal.

Über die Menschentraube hinweg, die sich vor der dem Zaun vorgelagerten Absperrung versammelt hatte, konnten meine Frau und ich die gigantischen Tiere bereits sehen. Meine Frau nahm Nunila, ich Nalor auf die Schultern, damit auch unsere Kinder, um die es hier schließlich ging, eine gute Sicht hatten.

Die siebzig Meter langen und über zwanzig Meter hohen Tiere gingen vornübergebeugt auf zwei Beinen, wobei das Gleichgewicht durch einen dreißig Meter langen Schwanz gehalten wurde. Ihre fünf Meter langen Greifarme endeten in fünffingrigen Klauen, die mit fünfzig Zentimeter langen, dolchartigen Krallen bewehrt waren. Am beängstigendsten waren jedoch die Schädel. Sie verfügten über zahlreiche, schneeweiße Hörner und einen vorgestülpten Unterkiefer mit einem Paar eineinhalb Meter langer Reißzähne.

Bereits nach wenigen Sekunden, die wir am Ende der Menschentraube gestanden hatten, ging ein Flüstern durch die Menge und zahlreiche Köpfe drehten sich nach uns um. Es bildete sich ein freier Gang durch die Ansammlung Schaulustiger bis zur Absperrung vor dem Elektrozaun. Meine Frau, mit Nunila auf den Schultern, zögerte nicht, ihn zu beschreiten. Ich folgte ihr unsicher, denn diese Bevorzugung meiner Person war mir peinlich. Erst als ich das freundliche, anerkennende Lächeln in den Gesichtern der Menschen sah, fiel dieses unangenehme Gefühl, das man am ehesten wohl als Scham bezeichnen konnte, langsam von mir ab. Es kam jedoch sofort zurück, als die Menschen auch noch anfingen zu applaudieren. Für mich war es unverständlich, warum so viel Aufhebens um meine Person gemacht wurde.

Als erste Rufe »Nungal, Nungal, …!« laut wurden, die sogar von einem freundlichen Gelächter untermalt wurden, bemerkte ich die Ursache der Heiterkeit: Mein Sohn hielt die Arme über seinen Kopf und umfasste die Handgelenke. Er saß zur Belustigung des Publikums in einer Siegerpose, die einem Zanok-Rennflieger[9]

---

[9] Populärste Sumeranische Rennserie für Gleiter, die in geringer Höhe eine speziell abgesteckte Strecke zurücklegen müssen.

zur Ehre gereicht hätte, auf meinen Schultern. Natürlich war mein Sohn stolz auf mich und meine Popularität, was genau der Aspekt an dieser Situation war, den ich zugegebenermaßen genoss.

Als sich die Menge wieder einigermaßen beruhigt hatte, konzentrierten wir uns wieder auf die Gaal, deren weiß-grünliche Schuppenhaut im Licht der Frühlingssonne funkelte.

Plötzlich entstand Unruhe unter den hinter uns stehenden Menschen. Einer der Giganten stampfte genau auf uns zu. Der Boden vibrierte unter unseren Füßen bei jedem Schritt des Riesen, immer stärker, je näher er herankam. Schon flohen die ersten Zuschauer, Kinder kreischten, und es entwickelte sich innerhalb von Sekunden das reinste Chaos. Lediglich meine Frau und ich blieben davon verschont, da wir direkt vor der Absperrung standen. Selbst unsere Kinder blieben vollkommen ruhig, weil sie die Sicherheit spürten, die von ihren Eltern ausging.

Zwei Sekunden später krachte der Riese direkt vor uns gegen den Zaun, der nur zwei Meter von der Absperrung entfernt war. Ein paar Funken sprühten, als der Räuber einen fürchterlichen Stromschlag versetzt bekam. Die Maschen des Zauns wurden hingegen kaum verbogen. Ich wusste, dass sie stabil genug waren, dass sie den Giganten eher tranchiert hätten, als dass sie gerissen wären.

Durch den Stromschlag irritiert, zuckte der Gaal zunächst zurück und beugte sich dann zu uns hinunter. Er betrachtete uns interessiert mit seinen roten, horizontal geschlitzten tellergroßen Augen. Vielleicht wollte er ergründen, was an uns so Besonderes war, dass wir nicht vor ihm davongerannt waren. In seiner natürlichen Umwelt auf dem Planeten Nalagon gab es jedenfalls keine Lebewesen, die nicht vor dem Angriff eines Gaal flohen.

Obwohl sein Schädel mehr als zwei Meter von uns entfernt war, konnte ich den fauligen Atem des Räubers und Aasfressers riechen.

»Papa, der stinkt. Lass uns gehen«, hörte ich das helle Stimmchen meiner Tochter.

»Nein, ich will noch bleiben. Ist ja irre, den aus so kurzer Entfernung zu sehen«, war Nalor anderer Meinung.

»Deine Schwester hat recht«, entschied Saliha, »wir können den Kleinen«, bei dieser Bezeichnung für das gefährlichste Raubtier der bekannten Galaxis lachten die Kinder schrill auf, »leider nicht nur sehen, wir müssen ihn auch riechen.«

Also drehten wir uns um und begaben uns gemächlich zu den Menschen, die sich in fünfzig Meter Entfernung versammelt hatten. So weit waren sie gekommen, bis sie gemerkt hatten, dass der Zaun tatsächlich hielt. Sie schauten uns teilweise mit weit aufgerissenen Augen an, als ob wir Gespenster wären. Bei anderen erkannte ich Scham in den Gesichtern darüber, dass ihr Selbsterhaltungstrieb dominiert hatte und sie wider besseres Wissen geflohen waren.

Wir verbrachten noch zwei weitere Stunden im Zoo, wobei mich mehrfach ein Gefühl der Ehrfurcht überkam, bei dieser Vielfalt von Leben, die von der Evolution auf verschiedenen Planeten mit unterschiedlichsten Lebensbedingungen hervorgebracht worden war. Selbst die zahlreichen Gasriesen aus Methan und Ammoniak waren trotz der unvorstellbaren Druck- und Gravitationsverhältnisse meist voller Leben, wie wir es in der entsprechenden Abteilung des Zoos bewundern konnten.

Als wir den Zoo gegen Mittag verließen, kaufte Saliha den beiden Kindern noch schnell ein Eis, das sie mit sichtlichem Genuss auf dem Weg zum Gleiter verspeisten.

Nachdem wir wieder zu Hause angekommen waren, kochte Saliha das Mittagessen, während ich meine Sachen packte. Erneut überkam mich dieses ungute Gefühl, das mich jedes Mal bedrückte, wenn ich in den Einsatz musste. Wie immer sagte mir eine innere Stimme, dass dies ein besonders gefährlicher Einsatz werden würde, von dem es eventuell keine Rückkehr gab. Das Hauptargument dieser inneren Stimme war diesmal, dass wir erstmalig in diesem gottlosen Krieg den Feind auf dessen eigenem Territorium angreifen würden.

Als eine Stunde später, wir hatten gerade zu Ende gegessen, eine Vril der Flotte auf dem runden Platz landete, der an einen Weg vor unserem Haus grenzte, war die Zeit des Abschieds gekommen. Ich nahm meine beiden Kinder hoch, gab ihnen fröhlich je einen Schmatzer auf die Wangen, als ob ich lediglich kurz einen ungefährlichen Auftrag zu erledigen hätte. Sie sollten schließlich nichts vom Ernst der Situation erahnen.

Saliha konnte ich allerdings nichts vormachen. Ich schaute in ihre hellblauen Augen, die vor Feuchtigkeit glänzten. Mit der Rechten strich ich ihr über ihre langen roten Haare und flüsterte ihr ins Ohr, dass ich sie liebte und bald wieder bei ihr sein würde. Es gab noch so viel, was ich dieser wunderbaren Frau sagen wollte, doch wie immer brachte ich in Situationen wie dieser nichts weiter heraus.

*

Ich klappte den Pilotensitz hoch, der offensichtlich vom Medoroboter in eine fünfundvierzig Grad-Stellung gebracht worden war. Danach konnte ich über den Rand der Kanzel durch die Scheibe blicken. Eine völlig fremdartige Landschaft lag vor mir. Graugrüne Stalagmiten ragten Hunderte von Metern aus der Mondoberfläche hervor. Zwischen ihnen machte der Boden gleicher Farbe einen ebenen, festen Eindruck. Rechts von mir erhob sich eine rötliche, mit blauen Adern durchzogene Felswand in nur zweihundert Metern Entfernung, deren Höhe ich aus meiner Perspektive nicht abschätzen konnte.

»Gib mir die wichtigsten Daten über diesen Mond«, forderte ich die Automatik auf.

»Keine Atmosphäre, Oberflächentemperatur zwischen minus einhundertzwanzig und plus siebzig Grad. Gravitation nullkommazwei g.«

Nachdenklich schaute ich hinüber zu der steil aufragenden Felswand. Meine Gedanken kreisten um die Schlacht bei Maulack V, die meine Staffel mit einem mehr als waghalsigen Angriffsmanöver eingeleitet hatte. Hatte unser riskanter Angriff das Blatt gewendet? Es hatte für die imperiale Flotte nicht gut ausgesehen. Nur wenn hinreichend viele meiner Kameraden ihre Vril-Bomben erfolgreich auf feindliche Schlachtschiffe gelenkt hatten, bestand die Aussicht, dass Imperator Sargon die Flotte zum Sieg geführt hatte.

Meine Atemluft wurde ebenso wie mein Trinkwasser laufend von den Bordsystemen des Jägers regeneriert, und meine Nährstoffkonzentrate würden für drei Monate reichen. Wenn die Flotte also gesiegt hatte, bestand eine relativ hohe Chance, dass mein Notruf aufgefangen wurde und ich abgeholt werden würde.

Zu sehr war ich in Gedanken versunken gewesen, als dass mir die Höhle in der Felswand nicht schon früher aufgefallen wäre. Rund fünf Meter durchmessend klaffte eine dunkle Öffnung in dem schroffen, rötlichen Gestein. Als wäre er durch meine bewusste Wahrnehmung der Höhle eingeschaltet worden, drang plötzlich ein gelb-goldener Lichtschein aus dem Innern.

»Hast Du eine Erklärung für das Licht?«, fragte ich die Automatik.

»Nein. Aber ich messe eine ungeheuer hohe Strahlungsdichte niederenergetischer Neutrinos. Die Werte können nicht stimmen, sodass ich davon ausgehen muss, dass meine Detektoren beschädigt sind. Ich habe den Bordroboter bereits gebeten, die Systeme zu überprüfen.«

Die wenigen Minuten, die der Roboter brauchte, die Detektoren zu überprüfen, wartete ich noch ab, obwohl mich ein unerklärlicher innerer Drang zwingen wollte, den Jäger zu verlassen und in die Höhle zu gehen.

»Detektoren überprüft. Referenzmessungen alle im Toleranzbereich«, informierte mich die Automatik. Das bedeutete, dass die Systeme einwandfrei funktionierten.

»Ich steige aus und sehe mir das genauer an.«

»Davon ist dringend abzuraten. Sie sind nicht in der körperlichen Verfassung, etwas anderes zu tun, als hier auf Ihre Rettung zu warten, wie mir der Bordroboter mitteilte.«

»Dann soll er mich doch begleiten und auf mich aufpassen«, entgegnete ich in einem Anflug von Zynismus, während ich die Verschlüsse der Kanzel öffnete. Bei diesen Schwerkraftverhältnissen stieß ich die durchsichtige Kuppel der Kanzel ohne Anstrengung auf, sodass sie nach vorne klappte. Mit beiden Händen stützte ich mich auf die Ränder der Bordwand und wuchtete mich in eine aufrechte Position. Ich war zwar geschwächt, trotzdem gelang auch dies ohne Anstrengung, weil mein Körper auf diesem Mond weniger als zwanzig Kilogramm wog.

Vorsichtig setzte ich mich auf den Kanzelrand, schwang mein Bein darüber hinweg und ließ mich einfach an der Bordwand entlang in die Tiefe gleiten. Sicherheitshalber hielt ich mich so lange mit beiden Händen am Rand der Kanzel fest, bis mein Bein den Boden berührte.

Auf einem Bein hüpfend bewegte ich mich in Richtung Höhle. Das hört sich sicherlich schwieriger an, als es unter den herrschenden Schwerkraftverhältnissen war. Der Boden war rau und fest genug, meinem Fuß bei jedem Sprung Halt zu geben.

Mein Weg führte mich zwischen zwei der riesigen Stalagmiten hindurch, bis ich nach weniger als drei Minuten den Eingang der Höhle erreicht hatte. Ich kam mir vor wie eine Motte, die von einer Straßenlaterne angezogen wird, und konnte mich kaum noch gegen den Einfluss des goldenen Leuchtens wehren. Seine hypnotische Kraft schien immer stärker zu werden, je mehr ich mich der Höhle näherte. Hoffentlich würde es mir nicht ähnlich wie der Motte ergehen, die von der Quelle des Lichtes verbrannt wurde.

Vorsichtig bewegte ich mich an der rauen Höhlenwand entlang, die durch das seltsame Licht wirkte, als bestünde sie aus unbearbeitetem Gold.

Nach einhundert Metern verbreiterte sich der Gang und mündete in ein Gewölbe, das rund zweihundert Meter breit, dreihundert Meter tief und einhundert Meter hoch war. Die Wände zeigten keine Spuren von Bearbeitung; der Hohlraum schien natürlichen Ursprungs zu sein. In der Mitte des Gewölbes schwebte der Ursprung des goldenen Lichtes. Es sah aus wie eine goldene Kugel, die von innen heraus glühte. Die unmittelbare Nähe der Kugel hatte auf mich eine geradezu unheimlich beruhigende Wirkung. Ich entspannte mich total, als die Kugel langsam auf mich zuschwebte. Jeglicher Gedanke an Gefahr verschwand aus meinem Bewusstsein. Mit dieser strahlenden Erscheinung verband ich nichts als Gutes.

Zehn Meter vor mir berührte die Kugel den Boden und sank wenige Zentimeter hinein, bevor sie zur Ruhe kam. Schlagartig vervielfachte sich die Helligkeit im Innern, ohne meinen Augen zu schmerzen und klang dann auf ein schwaches Leuchten ab. Langsam hüpfte ich auf das seltsame, mich völlig in seinen Bann ziehende Phänomen zu.

Als ich unmittelbar vor der perfekt ebenmäßigen Oberfläche der Kugel stand, konnte ich die Konturen eines Menschen im Inneren erkennen. Übergangslos entstand eine Öffnung vor mir, sodass ich hineinsehen konnte. Die wohl mit Abstand schönste Frau, die ich jemals gesehen hatte, schritt durch die Öffnung. Ihr langes, glattes, goldenes Haar fiel bis zu ihren Hüften. Ihre ausdrucksvollen blauen Augen mit einem leichten Grünstich schauten direkt in meine. Ihr Schoß und ihre Brüste wurden sehr knapp von goldglänzendem Metall bedeckt, das aus dem gleichen Material zu bestehen schien wie ihr Helm, den zwei goldene Schwingen zierten.

Ihre Haut, die Proportionen ihres Körpers, die Züge ihres Gesichtes, ihre weibliche Ausstrahlung – alles an ihr war perfekt, vollkommen, nicht zu verbessern.

*Eine Göttin,* durchfuhr es mich. In völliger Unangemessenheit der Situation merkte ich, wie ich das Anschwellen einer Erektion trotz meiner körperlichen Schwäche nicht unterdrücken konnte. Wahrscheinlich wurde ich in diesem Moment rot wie ein kleiner Schuljunge.

»Nichts von dem, was hier geschieht, ist widernatürlich und böse«, sprach mich die Göttin mit sanfter Stimme an und schenkte mir ein Lächeln, das wohligen Schwindel bei mir hervorrief. Dann bemerkte ich, dass dieses Lächeln nicht die einzige Ursache meines leichten Schwindels war. Ich schwebte wenige Zentimeter über dem Boden. Die geringe Schwerkraft des Mondes hatte keinen Einfluss mehr auf mich.

»Alles, was du fühlst, denkst und wahrnimmst ist die Verarbeitung von Information. Information ist Geist, letztendlich ist das gesamte Universum schaffender Geist«, hörte ich ihre Worte, deren Tragweite mir seltsamerweise sofort bewusst wurde.

»Ich spreche zu dir und projiziere Gedankenmuster in dein Gehirn, die dich meine Worte sofort verstehen lassen.«

»Bist du eine Göttin?«, fragte ich die unbeschreibliche Schönheit, wobei ich mich Stunden später fragte, warum ich nicht das angemessenere »Sie« verwendet hatte.

»Nenne mich Isais. Ich bin Realität durch Geist, eine notwendige Existenz zwischen Mensch und Gott, das Ergebnis der Evolution kurz vor dem Übergang in die heilige Transzendenz. Sieh in mir den weiblichen Aspekt dessen, was ihr einst sein werdet.«

Ein unbeschreibliches Glücksgefühl durchströmte mich. Wie kaum ein Aldebaraner, so glaubte auch ich nicht an die Existenz eines *über*natürlichen Gottes. Die Worte der Isais hatte ich sofort verstanden: Sie war die weibliche Manifestation einer Superintelligenz, die in den kommenden Jahrmilliarden aus der Biosphäre, also aus der Weiterentwicklung der Lebewesen des Universums, entstehen würde. Durch ihre Gedankenmuster machte sie mir deutlich, dass wir Aldebaraner eine Schlüsselrolle bei der Verwirklichung dieser Superzivilisation spielen würden. Die ins Unendliche steigende geistige Kraft dieser Intelligenz wäre dann schließlich in der Lage, das Universum und damit sich selbst am Beginn der Zeit zu schaffen, wodurch sie zu Gott geworden war, geworden ist und geworden sein wird. Gott war also keineswegs etwas Übernatürliches, ein Widerspruch in sich, sondern eine *lo-*

*gisch notwendige* Existenz, ohne die das Universum nicht existieren konnte. Unsere Wissenschaftler hatten seit fast zweitausend Jahren recht, als sie die Existenz Gottes mathematisch als Endprodukt der natürlichen Evolution beschrieben.

»Weshalb nimmst du Kontakt mit mir auf?«

»Euer Volk ist auserwählt, die divergente[10] Zivilisation zu schaffen. Du bist der beste Krieger dieses Volkes. In deiner Persönlichkeit treffen ein paar Eigenschaften aufeinander, wie sie nur alle paar Tausend Jahre bei einem Menschen auftreten. Deshalb brauche ich dich.«

»Du brauchst mich? Du bist unendlich mächtiger als ich und mein Volk. Wie könnte ich dir dienen?«

»Es gibt gewisse logische Rückbezüglichkeiten, die es mir erlauben, in die Entwicklung der Menschheit einzugreifen, ohne dabei logische Widersprüche zu erzeugen, was ich nicht könnte, selbst wenn ich wollte.

Es ist eine gewisse Entwicklung im Gange, die sogar meine Existenz gefährden würde, was logisch nicht sein kann und deshalb von mir verhindert werden wird, wobei du mein Werkzeug sein wirst.« Besonders bei den letzten Worten lächelte Isais ihr verzauberndes Lächeln, das vollendete weibliche Güte, Weisheit und Erotik ausstrahlte.

»Von welcher Entwicklung sprichst du? Was wäre, wenn ich versage?«

»Die Beantwortung deiner letzten Frage würde zu genau so einem zuvor erwähnten logischen Widerspruch führen, sodass ich sie nicht beantworten *kann*.

Also zu deiner ersten Frage: Im aldebaranischen Imperium ist eine teuflische Verschwörung im Gange. Unter normalen Umständen hätte diese Verschwörung bereits zum Tode des Imperators geführt, als Pentar die Flottenstärke der Mohak hier im Maulack-System bewusst verschwieg. Nur deine mutigen Taten, Nun-

---

[10] Im Sinne von unendlichem Fortschritt.

gal, haben das Gleichgewicht bewahrt, weshalb ich dir nun erscheinen kann.«

»Pentar ist ein Verräter?«, stieß ich entsetzt hervor.

»Das ist er. Und zwar einer der teuflischsten Sorte. Er plant, den Imperator nach dessen Rückkehr nach Sumeran bei den Siegesfeierlichkeiten mithilfe eines Giftgetränks zu töten.«

»Warum ist Imperator Sargon für dich so wichtig?«

»Er ist – ohne es zu wissen – das, was viele Herrscher vor ihm gern gewesen wären: Imperator durch göttliche Legitimation. Nur er ist es, der das Volk durch eine schreckliche Krise führen kann. Nur er kann den Weg bereiten für den dritten Sargon, der den Kampf gegen das dunkle Chaos führen und aus einem Imperium der Brüder stammen wird. Stirbt der Imperator bei seiner Rückkehr, so wird das Imperium eurer Brüder erst in vielen Jahrhunderten entstehen – viel zu spät, um Aldebaran zu retten.«

Dutzende Fragen schossen mir durch den Kopf, doch Isais versagte mir die Antworten.

»Mehr kann ich dir nicht sagen, denn ich kann keine logischen Inkonsistenzen erzeugen. Sobald die Ereignisse eintreten, wirst du meine Worte in ihrer Tragweite verstehen. Nur eins noch: Baldan ist ein Mitverschwörer Pentars. Sieh dich vor!«

»Baldan auch?« Fassungslos schüttelte ich den Kopf. Dieser Mann hatte ein galaktisches Handelsimperium geschaffen, das ihn unermesslich reich gemacht hatte. Was motivierte einen solchen Menschen, gegen den Imperator zu intrigieren? Wollte er noch mehr Macht, indem er selbst Imperator zu werden anstrebte?

Ein leichtes Kribbeln in meinem rechten Bein lenkte mich von meinen Gedanken ab. Mein rechtes Bein? Verblüfft schaute ich an mir herunter. Statt des Stumpens sah ich ein kerngesundes Bein.

»Wie hast du das gemacht?«, fragte ich die Halbgöttin immer noch verblüfft.

»Das ist im Prinzip der umgekehrte Vorgang, den ihr Vril-Technologie nennt. Zum Beschleunigen von Raumschiffen werden hauptsächlich Baryonen durch Quantenkohärenz energetisch über die Marke von 10 TeV[11] gehoben, wodurch sie zu Neutrinos vernichtet werden, deren gerichteter Impuls das Raumschiff vorantreibt. Dein neues Bein habe ich geschaffen, indem ich Neutrinostrahlung zu exakt demjenigen Muster interferieren ließ, das zur Kondensation der Neutrinos zu Baryonen und Leptonen, also den Protonen, Neutronen und Elektronen deines Beins führte. Auf die gleiche Weise habe ich mich selbst hier manifestiert, um mit dir zu kommunizieren.«

»Ich fühle mich seltsam. Es kommt mir so vor, als hättest du noch mehr an mir verändert und nicht nur mein fehlendes Bein ersetzt.«

»Das hast du richtig erkannt. Ich habe die Atome deines Körpers ein wenig umgruppiert«, dabei lachte Isais das schelmische Lächeln eines kleinen Mädchens, das ihrem Bruder einen Streich gespielt hatte. »Deine Muskeln bestehen nun aus einer Substanz, die die hundertfache Zugfestigkeit ermöglicht. Dein Skelett habe ich aus Kohlenstoffröhren aufgebaut, sodass es die Zugkraft deiner neuen Muskeln aushält. Die Neuronen deines Gehirns habe ich durch einen Typ ersetzt, der die hundertfache Denkgeschwindigkeit erlaubt. Mit Energie versorgt wird dein Körper, indem ein kleiner Teil der Nahrung, die du zu dir nimmst, durch den Vril-Prozess in Energie umgewandelt wird. Milliarden molekulare Konstrukteure kreisen jetzt durch deine Adern, um Beschädigungen deines Körpers zu reparieren, wenn die nicht zu schwerwiegend sind. Also pass gut auf deinen neuen Körper auf. Sterben kannst du nur noch gewaltsam, einen Alterungsprozess wird dein Körper nicht kennen.«

Isais machte eine kurze Pause. Tiefer Ernst dominierte ihre Gesichtszüge. »Ich konnte dir diese Fähigkeiten geben, ohne gegen die innere Logik zu verstoßen, die das Universum definiert, weil du genau diese logische Konsistenz bewahrtest, indem du die

---

[11] Teraelektronenvolt. 10 TeV ist die Energie, die ein Elektron beim Durchlauf einer Spannung von zehn Billionen Volt erhalten würde.

Flotte des Imperators rettetest. Dies mag für dich verwirrend klingen, doch – wer weiß – vielleicht sehen wir uns wieder und ich kann dir dann mehr verraten.«

Der Ernst in ihrem Gesicht wich wieder dem mädchenhaften Lächeln, als sich ihre Konturen zu verwischen begannen. Die Isais löste sich zusammen mit der Kugel, der sie entstiegen war, vor meinen Augen auf. Als vollkommene Dunkelheit in der Halle herrschte, schaltete ich meinen Helmscheinwerfer ein und suchte den Ausgang, der mich zurück zu meinem Jäger führen sollte.

Ich stieß mich leicht vom Boden ab, um den Gang nach draußen in einem Satz zu erreichen. Rasend schnell schoss die Felsendecke der Halle auf mich zu, gegen die ich mit mörderischem Tempo krachte. Die beiden Gläser meines Raumhelms zerplatzten, sodass die Atmosphäre zischend aus meinem Anzug entwich. Ich wusste nicht, was mir passiert war, doch was immer es war – es hatte mich getötet. Das Vakuum würde mich in wenigen Sekunden umbringen …

Plötzlich hörte ich das Lachen der Isais. Sie schien sich köstlich zu amüsieren. Völlig verwirrt dachte ich darüber nach, warum sie mir das alles erzählt hatte, mir diese Kräfte verliehen hatte, wenn ich wenige Augenblicke später sterben würde?

»Zwei Dinge vergaß ich dir zu sagen«, hörte ich Isais' vor Belustigung zitternde Stimme. »Du solltest deine neuen Körperkräfte zunächst ein wenig kontrollieren lernen, bevor du große Sprünge wagst – und«, Isais unterbrach sich selbst durch ihr Lachen, »du brauchst nicht mehr zu atmen. Das Vakuum kann dir also nichts anhaben.«

Erneut hörte ich ihr Lachen, das schnell leiser wurde und in der Unendlichkeit verschwand.

\*

Als ich unter der geringen Schwerkraft langsam dem Hallenboden entgegensank, ließ ich das Geschehen noch mal Revue passieren. Es war wie ein Traum, zu unwirklich kam mir meine Begegnung mit der Isais vor. Doch die Augengläser meines Helms waren zerbrochen, ich hatte kein Verlangen zu atmen, und der Unterdruck des Vakuums machte mir nichts aus. Das Erlebte *musste* also wahr gewesen sein. Oder lag ich noch in der Kanzel meines Jägers und hatte einen Fiebertraum?

Als ich wieder Boden unter meinen Füßen spürte, ging ich mit mehr Bedacht vor, um nicht erneut wie eine Rakete gegen die Decke zu schießen. Durch den Höhlengang bewegte ich mich, indem ich mich von den Wänden abstieß und im Zickzack die einhundert Meter bis ins Freie in weniger als zwei Sekunden zurücklegte.

Ein unbeschreibliches Glücksgefühl durchströmte mich, als ich mit hoher Geschwindigkeit aus der Höhle schoss und auf meinen Jäger zuraste.

Noch einmal verstärkt wurde dieses Glücksgefühl, als ich in wenigen Kilometern Höhe ein ungeheuer imposant wirkendes Superschlachtschiff der Galaxisklasse erblickte, aus dem fünf Männer in Raumanzügen zu meinem Jäger herabschwebten. In der Höhle hatte ich ihre Funkrufe nicht gehört. Doch nun übertrugen die Lautsprecher durch Kontakt mit meinen Ohren ihre Stimmen trotz des Vakuums auf mein Gehör:

»Nungal, bitte melden. DONAR hier.«

Leider hatte ich keine Luft in den Lungen, um den Kameraden zu antworten. Deshalb sprang ich einfach weiter zu meinem Jäger und winkte den Männern zu, die immer näher kamen.

Als sie schließlich neben dem Jäger vor mir stehen blieben, sahen sie meine zerbrochenen Augengläser. Hektisch holte einer einen Raumanzug aus einem mitgebrachten Koffer. Ich ließ zu ihrer Verblüffung die beiden Hälften des Gesichtsteils in meinem Helm verschwinden, sodass die Kameraden mein breites Grinsen sehen konnten. Mit dem Daumen deutete ich nach oben[12], um

---

[12] Im Gegensatz zu einigen Terranern ist fast jedem Aldebaraner klar, dass oben „gut" und unten „schlecht" bedeutet.

ihnen zu signalisieren, dass alles in Ordnung war. Regungslos stierten mich die Männer an, als ob sie ein Gespenst sehen würden. Ich konnte ihre Verwirrung verstehen.

Da wir ohnehin nicht kommunizieren konnten, setzte ich mich einfach in meinen Jäger, zündete die beiden verbliebenen Vril-Triebwerke und schwebte zu der majestätisch über mir schwebenden DONAR hinauf. Die fünf Kameraden würden mir mit den Vril-Aggregaten ihrer Raumanzüge folgen.

Aus den Lautsprechern meines Helms schnarrte die Landefreigabe für einen der beiden Jägerhangars des Riesenschiffs. Gemächlich steuerte ich meinen zerschossenen Jäger in die gähnende Öffnung und stellte ihn auf die zugewiesene Parkposition.

Der Parkbereich wurde mit Reflektorfeldern umgeben, sodass eine für alle Menschen, außer neuerdings für mich, lebensnotwendige Atmosphäre einströmen konnte. In den Jägerhangars der modernen Schlachtschiffe gab es keine Schleusen. Hier wurde ausschließlich mit Reflektorfeldern gearbeitet.

Ein Schott öffnete sich und fünf Männer des Wartungspersonals betraten den Parkbereich. Ich hatte die Haube der Kanzel bereits geöffnet und stand auf meinem Pilotensitz, als die Männer den Jäger erreichten. Sie stellten sich in eine Reihe und grüßten militärisch exakt. Das Funkeln in ihren Augen drückte Bewunderung aus, was mir allerdings peinlich war. Deshalb beeilte ich mich, schnell zurückzugrüßen und mich über den Kanzelrand hinwegzuschwingen.

Die fünf Kameraden überschütteten mich mit Fragen über die Raumschlacht bei Maulack V und über die vielen Stunden, in denen ich als verschollen gegolten hatte.

»Marschall Delmor bittet Sie in die Zentrale«, kam es durch die Schall übertragende Atmosphäre nun erheblich deutlicher als zuvor aus den Lautsprechern. Diese Worte waren für mich eine Erlösung, denn so hatte ich den besten Grund, die Männer einfach stehen zu lassen. Was hätte ich ihnen auch sagen sollen? Meine Schilderungen der Begegnung mit der Isais hätten wahrscheinlich dazu geführt, dass mich die Kameraden mit sanfter Gewalt ins Bordhospital gebracht hätten, um mich auf Hirnschädigungen untersuchen zu lassen.

Auf dem Weg zur Zentrale begegnete ich in den Gängen und Gravitationslifts einigen Dutzend Männern, die mich mit Respekt und Neugierde betrachteten. Ich wusste, dass sich um mich als Träger des Schwarzen Sonnenkreuzes unzählige Legenden rankten. Sicherlich würden durch das Eingreifen meiner Staffel vor Maulack V noch einige dazukommen. Meistens behagte mir dieser Personenkult nicht, doch an diesem Tag war ich stolz, dazu beigetragen zu haben, dass diese hervorragenden Soldaten die Schlacht überlebt hatten und dass das Imperium siegreich gewesen war.

Als ich die Zentrale betrat, verstummten augenblicklich alle Gespräche. Die Augenpaare der Anwesenden richteten sich auf mich.

Marschall Delmor trat auf mich zu, blieb im Abstand von einem Meter vor mir stehen und grüßte als Erster. Ein herzliches Lächeln durchzog sein vernarbtes Gesicht. Er wollte gerade ansetzen, etwas zu sagen, als ich ihm zuvorkam:

»Was ist mit meinen Männern? Wie viele von ihnen haben es geschafft?«

Sofort verfinsterte sich die Miene des Marschalls. Er legte mir eine Hand auf die Schulter. »Achtunddreißig«, antwortete er knapp.

Das waren mehr, als ich zu hoffen gewagt hatte, trotzdem traf mich die Gewissheit hart, dass einhunderteinundsechzig meiner Männer gefallen waren. Ich allein hatte den Tod dieser Elitesoldaten zu verantworten, denn ich hatte den Einsatz befohlen.

Der Marschall schien meine Schuldgefühle zu erraten. Er behielt seine Hand auf meiner Schulter und schaute mir eindringlich in die Augen, als er sagte:

»Nur durch den Angriff Ihrer Staffel, der die Echsen um fast alle ihre Schlachtschiffe beraubt hatte, konnte unsere Flotte den Feind besiegen. Ansonsten wären wir vor Maulack V aufgerieben worden, sodass der Weg für die Echsen frei gewesen wäre, das Imperium mit ihren Massen zu überschwemmen.« Die graublauen

Augen Delmors funkelten und schienen ein wenig dunkler zu werden. »Das Opfer Ihrer Männer hat Milliarden Aldebaranern und Angehörigen befreundeter Völker das Leben gerettet.«

»Wo sind die Überlebenden jetzt?«, wollte ich wissen.

»An Bord der ONSLAR, die sich zusammen mit dem Imperator im Mohak-System befindet. Wir sind bereits auf dem Weg zum PÜRaZeT von Maulack VII, um zum kosmischen String zu gelangen. Unser Ziel ist Aldebaran. Dort werden wir die drei Schiffe treffen, falls der kühne Plan des Imperators tatsächlich funktioniert hat.«

Delmor legte eine kurze Pause ein, bevor er fortfuhr:

»Doch was ist Ihnen eigentlich passiert? Wir empfingen den Notruf Ihres Jägers, der dann jedoch abbrach. Stattdessen maßen wir eine ungeheuer hohe Neutrinostrahlung an, deren Quelle sich auf jenem Mond befunden haben muss, auf dem Sie notlandeten. Was war da los? Meine Männer, die Ihnen zu Hilfe eilen wollten, berichteten, dass Sie im Vakuum Ihren beschädigten Helm geöffnet hätten, ohne Schaden davonzutragen. Die Männer des Wartungspersonals meldeten mir kurz vor Ihrem Eintreffen hier in der Zentrale, dass die halbe Kanzel Ihres Jägers blutverschmiert sei – und doch scheinen Sie unverletzt zu sein. Wie passt das alles zusammen?«

»Ich kann hier nicht über die Vorkommnisse sprechen. Was ich zu sagen habe, ist nur für den inneren Orden bestimmt«, entgegnete ich.

Marschall Delmor war natürlich Mitglied des inneren Ordens. Er betrachtete mich einige Sekunden nachdenklich.

»General Solator, ich übergebe Ihnen das Kommando. Meine Anwesenheit hier in der Zentrale ist zurzeit nicht notwendig. Melden Sie sich sofort, wenn auf unserem Rückflug unvorhergesehene Dinge geschehen.« Anschließend wandte sich Delmor wieder mir zu: »Nungal, würden Sie mich in meine Kabine begleiten?«

Ich nickte nur kurz und folgte dann dem Marschall, dem ich die volle Wahrheit unter vier Augen erzählen würde. Mitglieder des inneren Ordens hatten uneingeschränktes Vertrauen zueinander.

# Kapitel 3: Die Stunde der Verraeter

Glühende Geschossbahnen standen in sechs Kilometern Höhe über dem imperialen Palast. Der ohrenbetäubende Lärm der feuernden Geschütze des Superschlachtschiffs ließ den Boden erzittern. Das Jubeln der Millionen Aldebaraner, die rund um den Palast die Siege bei Maulack und Mohak-Dor feierten, ging in dem infernalischen Geschützdonner unter.

Nur die oberen Geschütztürme der ONSLAR feuerten Salut. Die unteren befanden sich in nur vier Kilometern Höhe. Wären sie ebenfalls in Aktion getreten, so hätte dies zu ernsten Gehörschäden bei den Soldaten und Ordensmitgliedern geführt, die in drei Kilometern Höhe auf dem Hauptturm des imperialen Palastes den Sieg feierten.

Eine Formation der wendigen, dreiecksförmigen Jäger nach der anderen raste über die Menge hinweg und zog am Horizont steil nach oben, um im Weltraum zu verschwinden.

Majestätisch langsam zog die ONSLAR weiter. Der waffenstarrende Gigant wirkte in dieser geringen Höhe noch bedrohlicher auf zart besaitete Gemüter, doch unter den ausgelassen feiernden Millionen war kaum jemand, der nicht beim Anblick dieses Monuments aldebaranischer Technologie und Ingenieurskunst Stolz empfand.

Als die Geschütze des Schiffsgiganten schwiegen, hörten die Frauen und Männer in den imperialen Gärten wieder den Jubel des Volkes, für das zumindest die Männer unter Einsatz ihres Lebens siegreich gekämpft hatten. Alle dreißig Sekunden wurde das Jubeln wieder vom Pfeifen einer neuen Welle Jäger oder dem Dröhnen eines Kreuzerverbandes überlagert.

Eine halbe Stunde später hatte sich die ONSLAR fünfzig Kilometer vom imperialen Palast entfernt. Ihre Geschütze setzten den Schlusspunkt der Flottenparade, indem sie Feuerwerksmunition verschossen, die in wenigen Kilometern Höhe über dem Palast explodierte. Hunderte Feuerbälle strahlten in allen Farben, begleitet von trockenen Detonationen hoch über den Köpfen der Menschen.

Als das Leuchten des Feuerwerks abgeklungen war, projizierten die starken 3D-Bildwerfer des Palastes das aldebaranische Hoheitssymbol, das rote Tatzenkreuz vor einer schwarzen Sonne, einen Kilometer durchmessend in den Himmel. Sofort verstärkte sich der Jubel der feiernden Menschen.

Das Hoheitszeichen verschwand und wurde durch das Bild des Imperators und seiner Umgebung ersetzt. Er stand vor einer Reihe von Soldaten in schwarzen Uniformen, schwarzen Lederstiefeln und den typischen im Nackenbereich verbreiterten Helmen. Nur ein Teil der Reihe war in dem projizierten Bildausschnitt zu erkennen.

»Aldebaraner!«, erschallte die Stimme des Imperators aus den leistungsfähigen Lautsprechern der Bildwerferanlage, »vor mir stehen achtunddreißig Männer, die durch ihren selbstlosen Einsatz den Fortbestand des Imperiums ermöglicht haben. Im Angesicht des fast sicheren Todes, der einhunderteinundsechzig ihrer Kameraden ereilte, boten sie dem übermächtigen Feind die Stirn und brachen sein Rückgrat. Für diese heldenhaften Taten zeichne ich die Männer und ihre gefallenen Kameraden mit dem Ordenskreuz aus.«

Tosender Beifall kam von den Millionen um den Palast verteilten Menschen, welche die Zeremonie gebannt verfolgten.

Imperator Sargon schritt die Reihe der Männer ab, gratulierte jedem und sprach ein paar Worte, die jedoch nicht übertragen wurden. Stattdessen nannte ein Sprecher bei jeder Verleihung des Ordenskreuzes den Namen des Mannes, was jedes Mal vom tosenden Beifall der Menge begleitet wurde.

\*

*Bericht Imperator Sargon II.*

Die vergangenen Tage waren die schönsten meines Lebens gewesen. Nicht nur, dass wir die Schlacht um Maulack für uns entschieden hatten, nicht nur, dass wir unser Ziel, Mohak-Dor schwer zu treffen, erreicht hatten. Der Bericht Nungals über seine Begegnung mit der Isais hatte mir etwas *bewiesen*. Es war der unzweifelhafte Beweis erbracht worden, dass das Streben des aldebaranischen Volkes nach Fortschritt und Erkenntnis einem höheren Zweck diente. Wir kämpften für den Sieg des Edlen, Tugendhaften, Höheren über das verkommene schmarotzende Niedere, für den Sieg des ehrenhaften Altruismus über den banalen materialistischen Egoismus und den Sieg göttlicher Weiterentwicklung über satanisches Chaos.

Dieser Kampf war kein Kampf gegen die grausamen, jedoch ihre Chance nach den Gesetzen der Evolution suchenden Mohak, es war ein Kampf gegen die Niederträchtigkeit von skrupellosen Menschen. Natürlich gab es keinen Fortbestand ohne ein erfolgreiches Ringen mit den Mohak um die Krone der Schöpfung. Doch das Erscheinen der Isais hatte mich davon überzeugt, dass wir Menschen dazu ausersehen waren, den Weg zur Göttlichkeit voranzutreiben. Der schlimmste Feind, der uns dabei im Weg stand, waren nicht die gnadenlosen Mohak, sondern auf ihre Karriere versessene, selbstsüchtige Menschen wie Pentar.

Pentar hatte mich verraten. Er hatte einen Mordkomplott gegen mich geschmiedet, um selbst die Macht über das Imperium zu übernehmen. Diese Übernahme hätte nicht dem aus seiner Sicht berechtigten Zwecke gedient, einen unfähigen Herrscher zu ersetzen, sondern nur der persönlichen, also egoistischen Machtbereicherung eines einzelnen Usurpators.

Dunkle Zeiten hätten dem Imperium bevorgestanden. Der Egoismus Pentars und der seiner Schergen hätten das Imperium innerhalb weniger Jahrhunderte dem Untergang geweiht, indem sie alle Werte zerstört hätten bis auf zwei: persönlicher Reichtum und persönliche Macht. Dergleichen hatten wir schon einmal im Zeitalter der Schein-Demokratien erlebt. Pseudoeliten hatten geherrscht, die sich für nichts weiter als die beiden zuvor genannten Werte interessiert hatten und nicht einmal davor zurückgeschreckt waren, ihre ganz persönlichen Interessen durch übelste Heuchelei zu kaschieren, beispielsweise durch Vorgaukeln tiefer innerer Verbundenheit mit ›sozial Schwachen‹ und Minderheiten. Pentar war ein ewig Gestriger. Herrschende Selbstsucht, die fehlende Identifikation mit der Gemeinschaft und die dauerhafte Abwesenheit von Ehrlichkeit waren schon vor zweitausend Jahren der Anfang vom Ende der damaligen staatlichen Unrechtsgebilde gewesen.

Die Ausführungen Nungals waren unzweifelhaft. Männern wie ihm, von denen es allerdings nur wenige gab, weil sie die absolute Spitze aldebaranischer Aristokratie darstellten, konnte man nur bedingungslos vertrauen. Seine Geschichte war jedoch so fantastisch gewesen, dass auch ich erst einmal hatte schlucken müssen, als er mir von der Isais erzählt hatte ...

Ein halbgöttliches Wesen, ein Produkt der Evolution in ferner Zukunft, hatte ihm von den Attentatsplänen Pentars berichtet und ihn mit übermenschlichen Fähigkeiten ausgestattet. Um mir die letzten Zweifel zu nehmen, hatte Nungal einen Aschenbecher aus Marmor meines Besprechungszimmers in die Hand genommen und zu Pulver zerdrückt.

Die Isais, diese Superintelligenz kurz vor Erreichen der transzendenten Göttlichkeit, hatte ihm keine Baupläne für eine kriegsentscheidende Waffe gegen die Mohak mitgegeben, sondern lediglich einen Hinweis auf die heimtückischen Pläne Pentars. Daraus war glasklar abzuleiten, dass die Mohak ein Problem waren, das es zu beseitigen galt, dass aber niederträchtige Machenschaften einzelner Menschen das eigentliche Problem waren.

So stand ich nun vor diesen achtunddreißig Männern, die altruistisch ihr Leben eingesetzt hatten, um den Fortbestand ihrer Spezies, die durch einen unnachgiebigen, grausamen Feind bedroht wurde, zu sichern.

Ich empfand tiefe Zuneigung zu jedem dieser Männer, die mich mit ihren blauen oder grünen Augen anstrahlten, weil für sie ein tiefer Herzenswunsch in Erfüllung ging – der Anerkennung ihres Strebens, der Gemeinschaft zu dienen, durch die Aufnahme in den Orden.

Die Gewissheit, einer Bestimmung zu dienen, machte die Verleihung der Orden für mich zu einem religiösen Akt ohne Bedenken. Immerhin motivierte ich durch mein Tun weitere Männer dazu, ihr Leben für unsere Ideale einzusetzen. Durch die Schilderungen Nungals war ich sicher, dass diese Ideale den möglichen Tod des Einzelnen rechtfertigten.

\*

Nach der Siegesparade und der Ehrung der Kriegshelden feierten die Menschen ausgelassen in den Straßen von Dragor, der Hauptstadt Sumerans, die den Palast umgab. In den Gärten auf dem Hauptturm feierten die frisch dekorierten neuen Ordensmitglieder zusammen mit dreihundert Kameraden und weiteren dreihundert Frauen, die der Vril-Gesellschaft angehörten. Dieser Frauenbund organisierte die Bereiche Erziehung und Bildung und wurde aus den Gewinnen des Vril-Konzerns finanziert, der vor zweitausend Jahren mit der Entwicklung der gleichnamigen Technologie die Energieprobleme gelöst und die interstellare Raumfahrt ermöglicht hatte.

Um den Gründer des Vril-Konzerns rankten sich bis heute fantastische Gerüchte. Nachdem die Massenproduktion der Generatoren und Triebwerke vor zweitausend Jahren begonnen hatte, hatte er das Unternehmen und sein gesamtes Vermögen dem damaligen Imperator Nebukar übergeben, mit der Bitte, sämtliche Gewinne für die Bildung des aldebaranischen Volkes auszugeben.

Danach war er mit einem der ersten jemals gebauten Kreuzer und einer Besatzung von zweihundert Männern und Frauen in den Tiefen des Alls verschwunden. Ich wüsste zu gern, was aus ihm geworden war.

Der Bildungsetat der Vril-Gesellschaft war bis zum Beginn des Mohak-Krieges der größte im aldebaranischen Haushalt gewesen. Mittlerweile wurde er allerdings verständlicherweise vom Rüstungsetat übertroffen.

Ich stand in einer Runde zusammen mit Nungal und den Feldmarschällen Runan, Delmor und Karadon sowie General Baltar, als sich Baldan mit zwei Gläsern Sunal, einem erlesenen Schaumwein, in den Händen zu uns gesellte. Eines der Gläser hielt er in meine Richtung und schaute mich mit seinen hellblauen Augen an, wobei ihm eine blonde Strähne wirr über die Stirn hing.

»Auf Ihre grandiosen Siege, Imperator, die unserem Volk die Hoffnung auf eine Zukunft zurückgegeben haben.«

Freundlich lächelnd nahm ich das Glas entgegen – und schüttete es Baldan sogleich ins Gesicht. Dessen Verblüffung dauerte nur eine Sekunde, dann hatte er begriffen, dass ich von der Verschwörung wusste. Er griff in seine Jacke und holte blitzschnell eine Magnetfeldpistole hervor. Nungal, der neben mir stand, stieß sich mit beiden Beinen ab und flog wie ein Geschoss auf den Verräter zu. Noch ehe Baldan die Waffe in Anschlag gebracht hatte, riss ihn Nungal zu Boden, wobei die Waffe in hohem Bogen davonflog. Nungal stand sofort wieder auf den Beinen. Er umfasste den Hals des am Boden liegenden Verräters, hob ihn mühelos hoch und hielt ihn mit ausgestrecktem Arm vor sich, sodass Baldans Füße in dreißig Zentimetern Höhe über dem Boden baumelten.

»Wer ist sonst noch an diesem ungeheuerlichen Verrat beteiligt?«, zischte Nungal, wobei sich das Gesicht Baldans vor Schmerz verzerrte. Offensichtlich hatte Nungal zum Unterstreichen seiner Frage den Druck seines Griffs ein wenig erhöht. Dass Pentar zu den Verschwörern gehörte, war klar, es ging Nungal darum, die Mitläufer zu enttarnen.

»Ich weiß es nicht!«, krächzte Baldan.

Ein Soldat der Leibwache packte ein Wattestäbchen aus einem zylindrischen Gefäß und strich damit Baldan über die linke Wange. Er wiederholte den Vorgang mit zwei weiteren Stäbchen, die er über Baldans rechte Wange und Stirn strich. Fein säuberlich packte er die Wattestäbchen wieder zurück in das zylindrische Gefäß. Neben dem fast leeren Sunal-Glas, das ich dem Leibgardisten überreichte, würden die an den Wattestäbchen haftenden Substanzen das Gift offenbaren, das die Verräter einzusetzen beabsichtigt hatten.

Kalt lächelnd trat ich neben Nungal und Baldan, dessen Beine frei schwebend leicht zitterten. »Ich denke, dass Nungal das länger aushält als du, dreckiger Verräter!«

Als Baldan anfing, blau anzulaufen, stieß er endlich röchelnd hervor: »Pentar!«

»Sonst noch jemand?«, fragte Nungal in aller Seelenruhe, ohne auch nur die geringsten Anzeichen von Anstrengung erkennen zu lassen. Immerhin hielt er das volle Gewicht Baldans, ich schätzte ihn auf einhundert Kilogramm, an einem ausgestreckten Arm.

»Nein!«, war Baldans Antwort nur noch als Flüstern zu vernehmen.

Nungal stellte den Verräter wieder auf die Beine, der sackte jedoch sofort auf die Knie. Zwei weitere Leibgardisten packten Baldan unter den Achselhöhlen und schleiften ihn durch die fassungslos schweigend dastehende Menge, um mit ihm im Inneren des Palastes zu verschwinden. Erst jetzt erkannte ich, dass sich der Verräter in die Hose gemacht hatte. Angewidert wandte ich mich ab. Man würde den Verräter in irgendeinen freien Raum sperren, in dem eine mit einem Schuss geladene Pistole bereitlag. In diesem Raum konnte Baldan auf seine Verhandlung warten – oder eben nicht.

»Die Herren Raummarschälle, General Baltar und Staffelführer Nungal – bitte folgen Sie mir in den Kommunikationsraum der Kuppel«, wandte ich mich an die Angesprochenen. Die Kuppel der Imperatoren, die einhundert Meter durchmessend auf der Spitze des Hauptturms des Palastes zwischen den Wegen und Pflanzen der imperialen Gärten thronte, beherbergte meine Privatgemächer sowie die Konferenzräume für von mir anberaumte Besprechungen. Der Kommunikationsraum enthielt alle notwendigen Codes, um mit jedem Schiff der Flotte, jedem Ordensmitglied und jeder öffentlichen Einrichtung in Verbindung treten zu können.

Als wir die golden glänzende, mit den Symbolen aldebaranischer Kultur verzierte Kuppel erreichten, öffneten sich die beiden Flügel der Glastür des Haupteingangs automatisch. Die ebenfalls goldene Überdachung des Haupteingangs ruhte auf zwei blauen Marmorsäulen mit den Inschriften »Marduck« und »Ischtar«, des männlichen und weiblichen Aspektes Gottes zum Schutze der für das Gerechte kämpfenden Soldaten.

Wir durchschritten die großzügige Eingangshalle und erreichten über einen Seitengang den mit roten Manarenholzmöbeln eingerichteten Kommunikationsraum. Die Stirnwand des Raumes war ein einziger Bildschirm, der den gelben Marmor täuschend echt nachahmte, den wir an den anderen Wänden in natura bewundern konnten.

»Bitte meine Herren, bitte stellen Sie sich außerhalb des Aufnahmebereiches an den Wänden auf. Ich möchte, dass Sie das nun folgende Gespräch bezeugen können, nicht jedoch, dass Sie darin eingreifen.«

Die schwarz uniformierten Soldaten nickten stumm und nahmen die erbetene Aufstellung ein.

»Kommunikationsrechner, bitte verbinde mich mit der THUL-BARAN.« Mit diesen Worten setzte ich ohne es zu wissen eine Kette von Ereignissen in Gang, die in rund einhundertfünfzig Jahren das Schicksal des Imperiums entscheiden sollten. Erst nach diesem Zeitraum sollte die Tragweite des Eingreifens der Isais klar werden ...

*Ende Bericht Imperator Sargon II.*

»… führten die vor fast elftausend Jahren in Richtung des galaktischen Zentrums ausgewanderten Capellaner und Regulaner einen Krieg gegen Aldebaran, den sie allerdings verloren. Aldebaran verzichtete darauf, diese beiden Völker wieder dem Imperium einzuverleiben. Stattdessen werden die Auswanderer seither verächtlich als *die Entarteten* bezeichnet. Ende.«

Nachdenklich lauschte Pentar den Worten Unaldors. Die beiden Männer hielten sich auf zwei Raumschiffen auf, die sich in kommunikationstechnisch unerschlossenen Systemen befanden. Mikroskopisch kleine Wurmlöcher, die die Funkwellen direkt bis zum jeweiligen kosmischen String transportierten, fehlten in beiden Systemen. Stattdessen nahmen die Wellen den Weg über die PÜRaZeT, wobei einige Lichtsekunden Strecke bis zum String zu überwinden waren. Aus diesem Grunde brauchten die Signale fünf Sekunden von Schiff zu Schiff.

»Haben Sie die Koordinaten der Systeme, die die Capellaner und Regulaner damals besiedelten? Ende«, lautete die naheliegende Frage Pentars.

»Selbstverständlich. Datenübertragung läuft bereits. Ende.«

Pentar bedankte sich für die hervorragende Arbeit Unaldors und unterbrach die Verbindung. Der Bildschirm, der soeben Unaldor gezeigt hatte, wurde schwarz. Pentar erkundigte sich kurz im Rechenzentrum der THUL-BARAN, ob die Daten gespeichert und bereit zur Auswertung seien. Als er die Bestätigung erhielt, erhob er sich vom Kommunikationspult und wollte schon die Männer der Funkzentrale wieder hereinbitten, die er vor seinem Gespräch mit Unaldor hinausgeschickt hatte.

Plötzlich flammte der Bildschirm erneut auf. Er zeigte das imperiale Hoheitszeichen, wobei über das Tatzenkreuz zwei Schwerter gelegt waren.

Pentar wandte sich wieder dem Bildschirm zu. Die Männer draußen auf dem Flur mussten noch warten.

*Das Zeichen des Imperators,* durchfuhr es Pentar. *Was mag der von mir wollen? Die Siegesfeier muss doch in vollem Gange sein, also warum ruft der mich an?*

Zögernd drückte Pentar den Knopf auf dem Kommunikationspult, der die Verbindung freigab. Das Zeichen des Imperators auf dem Bildschirm wurde durch das Abbild des Imperators selbst ersetzt.

»Sieg und Ehre dem Imperator. Ende.« Pentar konnte ein Zittern in seiner Stimme vor Aufregung nicht unterdrücken.

War etwas schiefgegangen? War Baldan aufgeflogen?

»Warum sind Sie nicht, wie befohlen, auf der Siegesfeier erschienen?«, stellte Sargon seinen Geheimdienst-Chef zur Rede.

»Ich befinde mich im Trahack-System der Mohak. Hier findet ein gigantischer Flottenaufmarsch statt. Es scheint so, als wollten sich die Echsen unverzüglich für ihre Niederlagen rächen«, log Pentar, der sich in Wahrheit im Tangalon-System aufhielt, wo die Überreste des Ersten Imperiums gefunden worden waren. Schnell fügte er hinzu: »Ende.«

Sargon hatte kein Interesse, den Lügen Pentars weiter Gehör zu schenken. »Bitten Sie Ihre Offiziere in die Funkzentrale der THUL-BARAN. Ich habe auch mit ihnen zu sprechen. Ende.«

Wie eine Schrot-Ladung aus Eiskügelchen durchfuhr Pentar eine übermäßige Adrenalinausschüttung. Er war aufgeflogen. Der Imperator wollte den Offizieren befehlen, ihn festzunehmen. Schweiß bildete sich in den Handflächen und auf der Kopfhaut Pentars. Er strich sich mit beiden Händen über den Kopf, wodurch sein schütterer Haarkranz zu klebrigen Strähnen wurde. Plötzlich lag ein Funkeln in Pentars Augen, das den herannahenden Irrsinn ankündigte. Ein schrilles Lachen ging seinen Worten voran:

»Ich weiß nicht, welche Götter dir diesmal zur Seite standen« – Pentar konnte nicht ahnen, wie nah er damit der Wahrheit kam – »doch eines kann ich dir versprechen: Du wirst mich niemals kriegen, du naiver, gutgläubiger und deshalb unfähiger Herrscher über ein dem Untergang geweihtes Imperium! Ich werde nach Sumeran zurückkehren, aber nicht als Bittsteller, sondern als Eroberer.«

Mit dem letzten Wort unterbrach Pentar die Verbindung. Er hielt dem eiskalten Blick Sargons nicht länger stand.

*Ruhe bewahren.* Er hatte einen Plan für den schlimmsten aller Fälle: die Aufdeckung seiner Pläne. Durch die Informationen Unaldors ergab sich sogar noch eine weitere interessante Komponente. Die Capellaner und Regulaner hatten das Erste Imperium im Streit verlassen. Ihre Zivilisationen mussten fast elf Jahrtausende weiterentwickelt sein als die aldebaranische. Vielleicht konnte er bei ihnen, in der Nähe des Zentrums der Galaxis, die Machtmittel finden, seine Drohung der Rückkehr als Eroberer wahr zu machen. Ein Funken Hoffnung glomm in Pentar auf, aus dem sein Wahnsinn, in Verbindung mit seiner Ausweglosigkeit, ein loderndes Feuer entfachte.

*Also noch mal: Ruhe bewahren.* Pentar zwang sich mit aller Macht, den Gefühlssturm, der in ihm tobte, zu unterdrücken. Bedächtig öffnete er die Tür der Kommunikationszentrale und blickte in die Gesichter der auf dem Flur wartenden Thule-Männer. Die schauten verwundert auf ihren nur einsfünfundsechzig kleinen Vorgesetzten hinunter, dessen aschfahles Gesicht und die schweißverklebten Haare ihre Neugier weckten.

»Absolute Funksperre«, ordnete der offensichtlich verstörte Mann an. »Folgen Sie mir in die Zentrale, alle.« Pentar beglückwünschte sich innerlich, dass sein klar erkennbarer desolater Zustand und auch der soeben gegebene Befehl absolut konsistent in die Geschichte passen würden, die er den Offizieren in der Zentrale gleich auftischen würde.

Mit den Männern der Funkzentrale im Gefolge betrat Pentar die Kommandozentrale der THUL-BARAN. Fragend blickten die anwesenden Offiziere in seine Richtung. Pentar beachtete sie überhaupt nicht, sondern begab sich auf direktem Wege zum Pult für die interne Schiffskommunikation. Er schaltete auf Rundruf, sodass jedes Besatzungsmitglied des Schlachtkreuzers seine Worte hören konnte. Mit zitternder Stimme begann er seine Ansprache:

»Kameraden. Ich hatte soeben ein Gespräch mit Imperator Sargon II. Unser Angriff auf Maulack ist gescheitert. Die imperiale Flotte wurde dort fast vollständig aufgerieben. Der Imperator konnte mit den wenigen flugfähig gebliebenen Schiffen fliehen und befindet sich zurzeit auf der kaum noch raumtauglichen ONSLAR im heimatlichen Aldebaran-System. Er berichtet von sofortigen Gegenangriffen der Mohak, die unsere grauenhaften Verluste bei Maulack nun ausnutzen, das gesamte Imperium mit einer groß angelegten Invasion zu überrennen. Eine mächtige Feindflotte ist in das Aldebaran-System eingedrungen. Die Echsen machen unbarmherzig Jagd auf die Reste unserer Truppen und haben bereits Sumeran unter Beschuss genommen. Der Imperator berichtete, die Oberfläche des Planeten sei eine Hölle aus brodelndem Magma geworden.«

Pentar ließ seine Worte kurz wirken. Er musste innerlich über die Leichtgläubigkeit der Menschen lächeln, denn in den Gesichtern der Frauen und Männer in der Kommandozentrale las er das nackte Entsetzen, jedoch keinerlei Zweifel an seinen Worten. Diese Menschen glaubten ihm unbesehen, dass sie gerade alles verloren, was sie liebten, woran sie glaubten und wofür sie kämpften. Ungerührt von dem furchtbaren Grauen, das er verbreitete, fuhr er fort:

»Der Imperator berichtete weiter, dass die Mohak alles, was sie haben, in die Schlacht führen – und das ist nach unseren Verlusten bei Maulack eine mehr als erdrückende Übermacht. Sie greifen alle zweihundertsechsundvierzig aldebaranischen Systeme gleichzeitig an. Unsere Verteidigung existiert praktisch nicht mehr.

Hoffen wir, Kameraden, dass einige Kolonistenschiffe fliehen können, um irgendwo in den Tiefen des Alls einen Neuanfang zu wagen.«

Erneut ließ Pentar seine Worte wirken. Denn was nach diesen Lügengeschichten kam, war die Enthüllung seines eigentlichen Plans, natürlich erneut in Lügen gekleidet:

»Auf einen möglichen Neuanfang bezog sich auch der letzte Befehl des Imperators. Er trug uns auf, einen geeigneten Planeten zu finden und ihn mit der Besatzung der THUL-BARAN zu besiedeln. Er befahl eine strickte Funksperre, um dem Feind keine Gelegenheit zu geben, uns anzupeilen, denn die Mohak verfolgen im Moment alles Aldebaranische, was sie entdecken, um unser Volk endgültig und unwiderruflich auszuschalten. Dies waren wahrscheinlich die letzten Worte des Imperators, denn ich konnte eine schwere Erschütterung der Funkzentrale der ONSLAR wahrnehmen, bevor die Verbindung abriss.«

In seinem übersteigerten Narzissmus konnte Pentar es nicht unterlassen, seine Person erneut in den Vordergrund zu rücken, indem er dem Imperator dessen letzten Befehl an seine eigene Person andichtete.

»Es mag göttliche Vorsehung sein«, mystifizierte Pentar seine Lügengeschichte, »dass wir kurz vor den katastrophalen Ereignissen die Überreste des Ersten Imperiums fanden. Wir erhielten Informationen über zwei alt-aldebaranische Völker, die Capellaner und Regulaner, die sich vor fast elftausend Jahren vom Imperium abspalteten, um in der Nähe des galaktischen Zentrums zu siedeln. Wir sind im Besitz der Koordinaten der ersten Siedlungswelten dieser Völker. Deshalb werden wir zu diesen Systemen in der Nähe des Zentrums aufbrechen, wo wir gute Chancen haben, Schutz und eine neue Heimat zu finden.«

Nach seinen Worten schaute Pentar in die Runde, um an den Gesichtern seiner Mitarbeiter abzulesen, ob sie ihm die Geschichte und die Schlüsse, die er daraus gezogen hatte, abgekauft hatten. Pentar konnte keinen Widerstand oder Zweifel erkennen. Lediglich Oberst Mondur, Navigator der THUL-BARAN, ein hochgewachsener Hüne mit harten Gesichtszügen, stellte eine Zwischenfrage:

»Warum fliehen wir nicht nach Lemur? Wir wissen doch mit Sicherheit, dass dort Nachfahren aldebaranischer Kolonisten leben. Die Reiche der Regulaner und Capellaner könnten hingegen schon längst vergangen sein.«

»Ein guter Punkt. Das war auch mein erster Gedanke«, entgegnete Pentar jovial, »doch Lemur ist zu nahe an den Mohak, nur achtundsechzig Lichtjahre von Aldebaran entfernt. Lemur kann also jederzeit von den Mohak entdeckt werden. Der primitive Entwicklungsstand der dortigen Bevölkerung würde einen Widerstand gegen die Invasoren in den kommenden Jahrzehnten illusorisch erscheinen lassen. Die Systeme der Capellaner und Regulaner sind jedoch Tausende Lichtjahre vom Reich der Mohak entfernt. Deshalb haben wir die Möglichkeit, dort entweder zu neuer Stärke zu wachsen oder in den Zivilisationen der beiden Völker, sollten sie noch existieren, mächtige Bundesgenossen zu finden. Bedenken Sie, dass diese Völker vor elftausend Jahren ein Entwicklungsstadium erreicht hatten, das mit dem des heutigen Imperiums vergleichbar ist.«

Natürlich ging es Pentar darum, weit genug vom Imperium weg zu sein, weit genug entfernt vom Zugriff des Imperators. Doch seine Geschichte vom allumfassenden Sieg der Mohak ließ seine Argumente äußerst plausibel und unverfänglich erscheinen. Mondur schwieg beeindruckt. Er gab Pentar recht. Hätte er um die wahren Hintergründe gewusst, wäre Pentar sofort von ihm verhaftet worden.

»Kurs auf das uns am nächsten liegende System der Regulaner oder Capellaner!«, befahl Pentar. »Oberst Mondur, die Koordinaten befinden sich im Zentralrechner.«

Der Oberst nickte nur kurz, begab sich zum Navigatorensessel und setzte den VR-Helm zur Steuerung des Schiffes auf.

Äußerst befriedigt lächelte Pentar still in sich hinein. Vielleicht war es gut so, wie alles gekommen war. Vielleicht würde er in der Nähe des galaktischen Zentrums tatsächlich auf Machtmittel stoßen, um diesen Emporkömmling Zhalon, aus dem Hause der

Zhaliten, der sich heute Imperator Sargon II. nannte, auf den ihm gebührenden Platz zu verweisen: aufs Schafott.

Doch zuerst musste Pentar seine Spuren verwischen. Es gab noch jemanden, der über die Koordinaten der Systeme der beiden uralten Völker verfügte. Er durfte nicht zulassen, dass diese Daten dem Imperator in die Hände fielen, nur so konnte er die Verfolgung durch imperiale Kräfte ausschließen.

Zur Ausführung des letzten Teils seines Planes begab sich Pentar erneut in die Funkzentrale …

# Kapitel 4: Geburtsstunde der dritten Macht

Myriaden Eiskristalle tanzten chaotisch in der nur vom Sternenlicht erhellten Berglandschaft der Antarktis. Angetrieben wurden sie von den Sturmböen, die vom offenen Meer kommend eine Seenlandschaft überquerten, die einmal Schirmacher-Oase genannt werden würde. Die Berglandschaft, an der sich die Böen brachen, würde einmal Wohlthat-Massiv heißen.

Mitte Juli 1868 herrschte der antarktische Winter über das von Menschenhand unberührte Land. Plötzlich wurde der dreitausendneunhundert Meter hohe Mentzelberg von einer heftigen Explosion erschüttert. Ein aus Gesteinsmassen bestehender Strahl schoss glühend aus einer Höhle in zweitausend Metern Höhe. Es handelte sich um die letzte der zweitausenddreihundert Vril-Bomben unterschiedlicher Sprengkraft, mit deren Hilfe die Aldebaraner einen beachtlichen Teil des Mentzelbergs ausgehöhlt hatten.

Im Licht der Sterne und der ausglühenden Gesteinsmassen wirkte die vereiste Berglandschaft wie ein unwirkliches, einem düsteren Märchen entsprungenes Land. Noch surrealer erschien die Szenerie, als sich ein gigantischer Schatten an der Flanke des Berges herabsenkte, bis er auf einer Höhe mit der Höhle war, die vor einer Stunde noch Glut gespien hatte.

Unvermittelt bildete sich in dem Schatten ein heller Spalt, der sich langsam vergrößerte. Das aus ihm hervordringende Licht wurde von dem vereisten Berghang reflektiert, sodass der Schatten immer deutlicher als ein dreihundert Meter langes Raumschiff erkennbar wurde, aus dem eine Rampe von oben nach unten aufklappte. Als sich die Rampe schließlich in horizontaler Stellung befand, manövrierte das Raumschiff vorsichtig und lautlos an den Berghang heran, bis die Rampe auf einer Höhe mit dem Höhlenboden war und den Berghang berührte. Kaum war dies geschehen, quoll eine Kolonne von Kettenfahrzeugen mit eingeschalteten Scheinwerfern über die Rampe und verschwand im Inneren der

Höhle. Sekundenlang herrschte eine nur vom Heulen des Windes unterbrochene Stille. Dann drang ein infernalischer Lärm aus dem Innern des Berges.

\*

Zufrieden beobachtete Mendor die Arbeiten der dreißig Glättungsroboter, die auf ihren Ketten durch die Gänge, Räume und Hallen des in den Berg gesprengten Stützpunktes fuhren und mit ihren Vibrationshämmern die Decken, Wände und Böden bearbeiteten, um den Räumlichkeiten die endgültige Form zu geben. Die dreißig Maschinen würden die drei Millionen Quadratmeter der ersten Ausbaustufe in nur sechzig Stunden bearbeitet haben.

Jeder der Roboter war mit vier Teleskoparmen ausgestattet, die in den Vibrationshämmern endeten, sodass die Maschinen den Boden, die beiden Wände und die Decke eines Raumes gleichzeitig bearbeiten konnten. Wieselflink huschten die Räumungsroboter zwischen den Glättungsrobotern hin und her, schmissen den entstandenen Schutt auf Karren, die sie wegen ihres Kettenantriebes mühelos über das Geröll hinter sich herzogen, und kippten den Aushub einfach über den Rand der Höhle in die Tiefe.

»Das ist wirklich unglaublich. Diese Geschwindigkeit. Phänomenal«, hörte Mendor die Stimme Elnans aus den Lautsprechern der Überwachungsanlage. Elnan war der einzige Mensch, der die KEMBULA verlassen hatte. Er hatte noch niemals Glättungsroboter bei der Herstellung eines Stützpunktes beobachtet, also hatte er den Wunsch geäußert, sich das aus der Nähe ansehen zu dürfen. Mendor, als wissenschaftlicher Leiter der KEMBULA auch für die Durchführung der Arbeiten, d.h. für die Programmierung der Roboter verantwortlich, hatte keine Einwände gehabt.

»Passen Sie nur auf, dass Sie keinem der Roboter im Wege stehen, sonst werden Sie auch noch geglättet«, hatte Mendor unterlegt mit einem trockenen Lachen entgegnet.

Elnan schritt in seinem Raumanzug hinter einem der Glättungsroboter her, der gerade einen zwanzig Meter breiten und sieben Meter hohen Gang bearbeitete. Hin und wieder musste Elnan in einen leichten Trab verfallen, um dem Roboter folgen zu können. Das war auf dem Schutt, den der mechanische Arbeiter hinterließ, gar nicht so einfach. Es war faszinierend zu sehen, wie die Maschine sauber geglättete Flächen hinterließ, während sich vor ihr die zerklüfteten Umrisse der aus dem Gestein herausgesprengten Grundform befanden. Die vier Vibrationshämmer an den Teleskoparmen bewegten sich dabei so schnell, dass Elnan ihnen mit den Augen kaum folgen konnte.

Seinen Raumanzug hatte Elnan geschlossen. Dies hatte drei Gründe. Erstens war der Lärm, den ein Glättungsroboter verursachte, durchaus geeignet, dem ungeschützten Gehör eines Menschen erhebliche Schäden zuzufügen. Zweitens war der bei den Arbeiten entstehende Staub keineswegs mit menschlichen Atmungsorganen kompatibel und drittens herrschten ziemlich unfreundliche minus fünfundzwanzig Grad Celsius in dem Höhlensystem.

Nachdem sich der Doktorand galaktischer Geschichte noch angeschaut hatte, wie die Glättungsroboter eine riesige Halle bearbeiteten, machte er sich auf den Weg zurück zum Ausgang. Mehrfach musste er ausweichen, um nicht mit einem der Räumungsroboter zusammenzustoßen. Die letzten fünfhundert Meter vor dem Höhlenausgang waren bereits komplett vom Schutt, den die Vibrationshämmer hinterlassen hatten, geräumt.

Als Elnan schließlich die Rampe erreichte, die zur KEMBULA führte, blieb er einige Sekunden auf ihr stehen, um die ovale Silhouette des Kreuzers zu betrachten. Langsam ließ er seinen Blick an dem riesigen Raumschiff entlanggleiten, denn von der Rampe aus sah er immer nur einen kleinen Ausschnitt des Riesen.

So imposant der Raumer auch sein mochte, er war ein Winzling im Vergleich zu den Superschlachtschiffen der Galaxisklasse, die Elnan bei seinem Abflug von Sumeran beobachtet hatte. Was wohl aus der Flotte geworden war, die sich damals in der Nähe des PÜRaZeTs Sumerans gesammelt hatte? Gedankenverloren legte der Doktorand den Kopf in den Nacken und blickte in den Sternenhimmel der Antarktis. Irgendwo da oben lag die Antwort auf seine Fragen.

Die Stimme seines Freundes Alibor riss ihn aus seinen Gedankengängen.

»In einer Viertelstunde ist Lagebesprechung in der Messe«, drang es aus den Lautsprechern des Raumhelms Elnans. »Dein Erscheinen wäre natürlich eine echte Bereicherung. Kommst du?« Alibor war für seinen Zynismus, den Elnan sehr an ihm schätzte, berüchtigt.

»Natürlich komme ich. Ich möchte die Besprechung doch nicht unbereichert lassen.«

»Dann bis gleich.«

Der promovierende Historiker verschwand in der Hauptschleuse und betrat von dort eine der Nebenschleusen. Nachdem er die beiden Hälften des Gesichtsteils in den Raumhelm eingefahren hatte, öffnete er die innere Schleusentür und machte sich auf den Weg zu seiner Kabine, um den Raumanzug gegen seine Zivilkleidung zu tauschen.

\*

Unaldor, Kommandant der KEMBULA und Leiter der Expedition, stand auf einem Podium an der Stirnwand der Messe, die ein einziger Bildschirm war. Zu seiner Rechten hatte Mendor, der wissenschaftliche Leiter, auf einem Stuhl Platz genommen. Dreihundert Augenpaare waren auf die beiden Männer gerichtet.

»Ich habe Sie alle in die Messe gebeten, um Sie über die nun vorliegenden Messergebnisse zu unterrichten, die Mendor bei seinen Untersuchungen eines von uns entführten Lemurers namens Edward Bulwer-Lytton, einem Mitglied der Oberschicht des British Empire, gewonnen hat. Dazu übergebe ich nun das Wort an Mendor.« Unaldor deutete mit einer ausladenden Bewegung auf den sitzenden Wissenschaftler, der sich dann langsam erhob.

Der eher schmächtige Mendor wirkte in seinem weißen Kittel mit seinen einsachtzig neben dem dreißig Zentimeter größeren und fast doppelt so breiten Unaldor ein wenig verloren. Die einzige Gemeinsamkeit der beiden Männer waren die Bürstenhaarschnitte und die hellblonde Haarfarbe.

»Zunächst einmal zur Genanalyse. Der untersuchte Lemurer ist unzweifelhaft von aldebaranischer Herkunft. Die für unser Volk typischen Gensequenzen sind bei ihm vollständig vorhanden. Kameraden, wir haben die hundertprozentige Bestätigung, mit Lemur tatsächlich einen Planeten gefunden zu haben, auf dem Nachfahren unserer gemeinsamen Ahnen leben.«

Applaus brandete unter den Zuhörern auf. Mendor erkannte in ihren Gesichtern ehrliche Freude.

»Nun zu den Gehirnstrommessungen. Edward Bulwer-Lytton hat einen etwas höheren Intelligenzquotienten als der aldebaranische Durchschnitt. Seine besonderen Fähigkeiten liegen im organisatorischen und sprachlichen Bereich. Die Auswertung seines Bewusstseinsinhalts lässt darauf schließen, dass wir im British Empire, in Europa und Amerika auf eine große Zahl fähiger Menschen treffen werden.« Die Bildschirmwand hinter Mendor zeigte nun Aufnahmen der erwähnten Kontinente. »Dieses Potenzial der Nachkommen unserer Ahnen werden wir nicht ungenutzt lassen. Näheres dazu wird Ihnen Unaldor vorstellen.«

Der Hüne, der auf dem Stuhl saß, auf dem zuvor Mendor gesessen hatte, tauschte erneut die Position mit dem Wissenschaftler und begann die Enthüllung der Pläne der Expeditionsleitung:

»Der Krieg gegen die Mohak hat unserem Volk einen hohen Blutzoll abverlangt. Aus diesem Grunde ist jedes Mehr an fähigen Soldaten, Wissenschaftlern und nicht zuletzt an Industriekapazität für unser Volk Gold wert. Deshalb haben wir uns entschlossen, geeignete Lemurer zu rekrutieren, um mit ihrer Hilfe in den kommenden Jahrzehnten in diesem Sonnensystem eine galaktische

Großmacht, eine dritte Macht neben dem Mohak-Reich und dem Imperium, im Verborgenen aufzubauen. Die Dritte Macht wird sich, sobald signifikante militärische Stärke erreicht ist, dem Imperium anschließen.

Der Stützpunkt in der Antarktis, der in diesen Stunden fertiggestellt wird, ist nur der Anfang. Weitere Stützpunkte im Himalaya, den Anden, auf dem Mond Lemurs, dem zweiten und vierten Planeten, sowie den Monden des fünften und sechsten Planeten werden folgen.« Wieder wurden die angesprochenen Örtlichkeiten auf der Bildschirmwand visualisiert.

Elnan reckte seinen linken Arm in die Höhe, womit er anzeigte, dass er etwas zu fragen oder beizutragen hatte. Unaldor nickte ihm auffordernd zu. Elnan erhob sich, bevor er das Wort ergriff:

»Wie genau soll die Rekrutierung fähiger Lemurer vonstatten gehen? Geben wir uns offen zu erkennen, fordern die Lemurer auf, sich uns anzuschließen, oder gehen wir im Geheimen vor und sprechen diejenigen, die wir für geeignet halten, direkt an?«

»Das steht noch nicht fest«, entgegnete Unaldor. »Gäben wir uns offen zu erkennen, hätte dies einen gewaltigen Einfluss auf die Kulturen Lemurs. Eine solche Maßnahme wäre eine politische Entscheidung, die wir nicht befugt sind zu treffen. So etwas kann nur die imperiale Regierung entscheiden.«

Unaldor machte eine kurze Pause, bis das zustimmende Gemurmel aus dem Publikum abgeklungen war.

»Ich werde in zwei Tagen mit der Kembula nach Aldebaran aufbrechen, um Maschinen zur Werkzeugproduktion zu holen und um den Imperator um weitere Befehle zu bitten. Nach meiner Rückkehr werden wir entsprechend diesen Anweisungen weiter verfahren. Bis dahin dürfen wir uns nicht offen zu erkennen geben.«

»Warum holen Sie sich keine Anweisungen von Pentar? Wir sind doch Mitarbeiter Thules«, rief jemand dazwischen.

»Selbstverständlich werde ich Pentar informieren. Hier geht es jedoch um Fragen der aldebaranischen Außenpolitik, und dafür ist nicht der Geheimdienst, sondern die Regierung zuständig.«

Wieder war zustimmendes Gemurmel aus dem Publikum zu hören. Auch der Fragesteller, den Unaldor nicht hatte ausmachen können, schien mit dieser Erklärung zufrieden zu sein, denn er meldete sich nicht erneut.

»Lediglich die vierzig Mann Kernbesatzung fliegen mit mir nach Aldebaran. Alle anderen bleiben im Stützpunkt zurück, um ihn einzurichten und auszubauen. Wir werden in spätestens einer Woche zurück sein«, schloss Unaldor seine Ausführungen ab.

\*

Zweihundertundsechzig Männer und Frauen arbeiteten fieberhaft an der Einrichtung des Stützpunktes. Heizungen wurden installiert, ein Rechenzentrum eingerichtet, die Frischluftversorgung sichergestellt und wissenschaftliche Laboratorien aufgebaut. Besonderen Wert legte Mendor auf das großzügig ausgestattete biogenetische Labor. Es war ihm nach wie vor ein Rätsel, warum die Kolonisten des Ersten Imperiums vor mehr als zehntausend Jahren Menschen auf diesem Planeten vorfanden, die ihnen genetisch nahe genug standen, um sich theoretisch mit ihnen fortpflanzen zu können. Möglicherweise ergab die Untersuchung der dunkelhäutigen Rassen Aufschluss über diesen Umstand. Außerdem war zu klären, ob auf Lemur eine lückenlose evolutionäre Kette nachgewiesen werden konnte, die schließlich zum Menschen führte. Daraus ergäbe sich der Hinweis, ob sich die von den ersten Kolonisten vorgefundenen Menschen überhaupt auf Lemur entwickelt hatten.

Während seine Gedanken um das biogenetische Labor kreisten, kontrollierte Mendor den Generatorenraum, der vor ein paar Stunden eingerichtet worden war. Zwei mannshohe Vril-Generatoren standen hier bereit, um über Fourier-Felder den gesamten Stützpunkt drahtlos mit Strom zu versorgen. Einer der Generatoren war in Betrieb, der andere würde nur beim Ausfall des ersten anspringen.

Genau diese Funktion gedachte Mendor zu testen. Dieser Test war reine Routine, da es sich um eine narrensichere Technologie handelte. Also drückte Mendor unbefangen auf einen großen roten Schalter auf dem Steuerungspult der Generatoren. Sofort stellte Generator Nummer eins seine Tätigkeit ein. Allerdings wurde seine Arbeit nicht von Generator Nummer zwei übernommen. Stattdessen wurde es von einer Sekunde zur nächsten stockfinster im gesamten Stützpunkt.

Völlig überrascht kramte Mendor eine kleine Taschenlampe aus seinem Kittel und schaltete sie ein. Im Schein der Lampe entdeckte er sofort den grünen Einschalter von Generator Nummer eins. Nachdem Mendor ihn gedrückt hatte, wurde es übergangslos wieder hell.

*Seltsam,* dachte Mendor, *so was habe ich noch nie erlebt. Wieso springt der verfluchte Generator Nummer zwei nicht an?*

Der Wissenschaftler kontrollierte die Verbindung zwischen den beiden Generatoren mit dem Überwachungsmodul, das den einen Generator in Gang setzte, wenn der andere ausfiel.

Mendor öffnete einen Schaltschrank und erkannte sofort die Ursache der Misere. Das Überwachungsmodul war zu einer schwarzen Masse verkohlt.

*Die Anschlüsse sind vertauscht worden,* stellte Mendor gedanklich fest, *was für eine Schlamperei.*

»Gib mir Unaldor«, forderte er seinen Kommunikationsagenten auf, der sich in seinem rechten Ohr befand. Unaldor war wahrscheinlich noch im Sol-System, hoffte Mendor.

»Was gibt's?«, hörte der Wissenschaftler die vertraute Stimme Unaldors aus dem winzigen Lautsprecher des Agenten.

»Irgendein Supertechniker hat das Überwachungsmodul für die Generatoren falsch angeschlossen. Das ist jetzt nur noch ein Stück Kohle.«

»Verdammt! Wir sind gerade im Anflug auf das PÜRaZeT. Na gut, ich breche den Anflug ab. Auf eine halbe Stunde soll es wohl nicht ankommen. Ich bringe dir ein neues Überwachungsmodul.

Es ist das letzte an Bord, also hoffe ich mal, dass wir es auf unserem Flug nach Aldebaran nicht vermissen werden.«

»Keine Sorge. Wenn die Geräte nicht von einem Schwachsinnigen falsch angeschlossen werden, halten die ewig. Mir ist kein Fall bekannt, dass ein solches Modul je im laufenden Betrieb ausgefallen wäre«, klärte der Wissenschaftler den Expeditionsleiter auf.

»Ist ja gut! Ich nehme eine Vril. In einer Viertelstunde hast du dein verdammtes Modul.«

*

Auf dem Weg zur Funkzentrale der THUL-BARAN begegnete Pentar Menschen mit kreidebleichen Gesichtern; viele hatten Tränen in den Augen, andere starrten ausdruckslos vor sich hin. Zu tief saß der Schock, den die Nachricht vom Untergang des Imperiums ausgelöst hatte.

Befriedigt darüber, aus seiner Sicht alles richtig gemacht zu haben, betrat Pentar die menschenleere Funkzentrale. Ein diabolisches Grinsen stahl sich auf sein Gesicht, als er einen kleinen Datenspeicher aus der Hosentasche holte und in den dafür vorgesehenen Schlitz des Kommunikationsrechners steckte.

»Code für KEMBULA auswählen«, befahl er dem Rechner knapp.

»Ausgewählt«, kam die Antwort der Maschine prompt.

»Senden!« Damit besiegelte Pentar das Schicksal des Kreuzers und seiner Besatzung. Er hatte unbemerkt von der Besatzung eine tennisballgroße Vril-Bombe in dem Schiff verstecken lassen, die er über einen Code aktivieren konnte. Ursprünglich war die Bombe für den Fall gedacht gewesen, dass die Besatzung der KEMBULA irgendwelche Superwaffen auf Lemur finden würde. Um diese für sich allein zu haben, hätte er den Kreuzer gesprengt, sobald Unaldor angedeutet hätte, den Imperator über den Fund informieren zu wollen.

Nun galt es lediglich, sein Fluchtziel zu verschleiern. Die Männer der KEMBULA hatten sicherlich schon ein PÜRaZeT im Sonnensystem Lemurs aufgebaut, also würde das von ihm ausgesandte Signal schon in wenigen Sekunden sein Ziel erreichen ...

\*

Unaldor hatte das Überwachungsmodul aus dem Lager geholt und befand sich bereits an Bord der Vril. Er löste die magnetische Verankerung, die das Beiboot nahtlos in der Außenwand der KEMBULA gehalten hatte. Langsam schwebte die Allzweck-Flugscheibe in den freien Raum.

Über den Kuppelbildschirm, der ihm das Gefühl gab, frei im All zu sitzen, betrachtete er den schwarzen Kreuzer mit seinem ovalen Querschnitt und den je zwei mächtigen, an der Ober- und Unterseite verbauten doppelläufigen Zwanzigzentimetergeschützen.

Plötzlich schoss eine Feuerfontäne aus der Wandung des Schiffes. Eine halbe Sekunde später zerbarst der Raumer in Millionen Bruchstücke, zwischen denen rote Glut den Raum ausfüllte. Dann ging eine neue Sonne auf. Unaldor nahm nichts anderes als ein alles hinwegfegendes Weiß wahr, das durch vollkommene Dunkelheit ersetzt wurde, als die Trümmerstücke die Vril erreichten.

\*

Blau und weiß vermischten sich in einem rasenden Strudel. Unaldors Kopf dröhnte, als wäre er eine Glocke, die mit einem Hammer bearbeitet wurde. Langsam nur ordnete sich das Chaos in seinen Wahrnehmungen.

Der Expeditionsleiter hing in den Gurten des Pilotensitzes. Etwas Warmes rann über seinen Nacken. Ein spinnenförmiger Medoroboter war an ihm hochgeklettert und versorgte eine klaffende Wunde am Hinterkopf des Hünen.

Der Autopilot hatte den Flug der abstürzenden Vril stabilisiert. Sie schwebte einen Kilometer über den weißen Wolken, die über den Süden Australiens zogen.

»Schadensmeldung«, röchelte der Verletzte, wobei ihm ein Schwall Blut aus den Mundwinkeln rann.

Die Antwort der Automatik kam prompt: »Es wurden siebzehn Bruchstücke der KEMBULA registriert, die die Reflektorfelder und die Außenhülle der Vril-7 durchschlugen. Die Bruchstücke hatten eine Größe von drei Millimetern bis zu vier Zentimetern Durchmesser. Die Schäden im Einzelnen: Schwerkraftgenerator zerstört, Reflektorfeldgeneratoren zu fünfzig Prozent zerstört, Triebwerksleistung bei zwei Prozent, Außenhülle leck, Funkgerät ausgefallen.«

*Um Gottes willen! Triebwerksleistung bei zwei Prozent, das reicht ja gerade, die Vril in der Luft zu halten,* schoss es dem entsetzten Thule-Mann durch den Kopf.

»Kurs Stützpunkt Antarktis«, befahl er der Automatik mit kraftloser Stimme. »Agent, verbinde mich mit Dantolmur.«

Sofort trat das kleine Kommunikationsgerät in Unaldors Ohr in Aktion. Nur drei Sekunden später vernahm er die Stimme seines Stellvertreters und Freundes, der in seiner Abwesenheit den Stützpunkt leiten sollte.

»Wir haben eine gewaltige Explosion in der Nähe des PÜRaZeT angemessen. Als wir danach keine Verbindung mit der KEMBULA erhielten, gingen wir davon aus, dass ihr alle tot seid. Gott sei Dank, du lebst. Was ist passiert?«, sprudelte es aus dem Minilautsprecher des Agenten.

»Ich weiß nicht, warum die KEMBULA detonierte. Hör zu, mich hat es ziemlich heftig erwischt. Bin auf dem Weg zum Stützpunkt. Sorge dafür, dass die Automatik die Vril ungehindert in den Stützpunkt fliegen kann. Sanitäter sollen mich abholen.«

»Werde ich alles veranlassen. Mach dir keine Sorgen. Wir haben dich schon auf dem Radar.«

\*

Dantolmur, Mendor und Professor Bendalur standen am Fußende des Krankenbettes Unaldors. Die Ärzte hatten dem Verletzten strikte Ruhe verordnet, worüber er sich jedoch kommentarlos hinweggesetzt und die drei genannten Personen zu sich gebeten hatte.

»Ich habe eine schwere Gehirnerschütterung und ein paar innere Verletzungen, deren Blutungen jedoch von Ärzten gestoppt werden konnten. Mir geht es so weit ganz gut. Mendor, können wir die Vril mit den Mitteln des Stützpunktes reparieren, um damit nach Aldebaran zu fliegen?«

»Wir haben die Löcher in der Wandung geschweißt, das Funkgerät ersetzt und den Gravitationsgenerator ausgetauscht. Ersatztriebwerke haben wir hier im Stützpunkt jedoch nicht, und reparieren können wir die auch nicht. Wie Sie wissen, braucht man Quantenverschränker, um den Vril-Prozess in Gang zu setzen. Um die herzustellen, bräuchten wir die notwendigen Nano-Werkzeuge. Die gibt es auf keinem Schiff, sondern nur in den Fertigungsstraßen des Vril-Konzerns.«

»Verdammt! Mit nur zwei Prozent Triebwerksleistung würde ein Flug nach Sumeran Wochen dauern!«, entfuhr es Dantolmur.

»Wochen?«, hakte der Bettlägerige nach.

»Ja. Die Explosion der KEMBULA hat das PÜRaZeT zerstört. Wir müssten also das halbe Sonnensystem bis weit hinter die Pluto-Bahn bis zum kosmischen String durchqueren«, klärte der Angesprochene seinen Freund und Vorgesetzten auf.

»Das Risiko eines derart langen Fluges mit einem beschädigten Schiff dürfen wir auf keinen Fall eingehen«, ergänzte der Professor.

»Vielleicht bin ich durch meine Gehirnerschütterung etwas langsam«, der Verletzte tippte sich mit dem Zeigefinger gegen die Stirn, »aber warum dürfen wir diesen Flug nicht riskieren?«

»Ganz einfach«, entgegnete der Gelehrte. »Die stark beschädigte Vril ist unser einzig verbliebenes Raumschiff. Wenn wir unseren Plan umsetzen wollen, Lemurer für uns zu rekrutieren, müssen wir sie erreichen können. Schwimmen durch die antarktische See fällt da wohl eher aus. Sollte die Vril auf dem Flug nach Aldebaran verloren gehen, säßen wir hier endgültig fest.«

Nachdenklich schaute Unaldor in die Runde. »Dann sieht es wohl so aus, als müssten wir die Dritte Macht nicht nur unbemerkt von den Mohak, sondern auch unbemerkt vom Imperium aufbauen.«

»Genau so sieht es aus«, pflichteten ihm der Professor und der wissenschaftliche Leiter wie aus einem Munde bei.

Der Historiker wechselte das Thema und fragte Unaldor: »Erinnern Sie sich an meine Vorbehalte gegenüber Pentar, die ich auf unserem Flug nach Lemur äußerte?«

»Natürlich erinnere ich mich daran. So schlimm ist meine Gehirnerschütterung auch wieder nicht. Ich erinnere mich zudem daran, dass Sie mich mit Ihrer Vermutung über einen möglichen Verrat Pentars ganz schön nachdenklich gemacht hatten. Sie meinen doch nicht etwa …«

»Doch, genau das meine ich. Kreuzer aldebaranischer Herstellung explodieren nicht einfach. Mir fällt keine andere plausible Erklärung für die Vernichtung der KEMBULA ein, als die, dass das Schiff gesprengt wurde. Für eine solche Tat kommt eigentlich nur Pentar in Frage.« Der Blick des Gelehrten ruhte auf dem Expeditionsleiter, in dessen Augen sich Fassungslosigkeit widerspiegelte.

»Warum sollte Pentar ein derart ungeheuerliches Verbrechen begehen?«

»Weil er aus einem Grund, den wir nicht kennen, die Informationen über das Erste Imperium geheim halten will. Seine einzigen Mitwisser sind wir und die Besatzung der THUL-BARAN.«

»Wie dem auch sei. Wir sitzen hier fest, und das einzig Sinnvolle, was wir jetzt tun können, ist mit Hochdruck am Aufbau der Dritten Macht zu arbeiten. Das wird ein Jahrhundertprojekt, denn auch wenn wir *wissen,* wie man Vril-Triebwerke, Reflektor-Generatoren und Magnetfeldkanonen baut, so wird es viele Jahrzehnte dauern, bis wir die Werkzeuge herstellen können, um diese Dinge auch *bauen* zu können.« Unaldor ließ seine Worte wirken, bevor er zu seinen kurzfristigen Plänen kam:

»Als Erstes brauchen wir Unterstützung von Lemurern, um weitere zu rekrutieren. Durch die Hirnstrommessungen von Edward Bulwer-Lytton wissen wir, dass er überdurchschnittlich intelligent und ein Organisationstalent ist.

Die Ärzte sagen, dass ich durch die wundheilenden Medikamente in drei Tagen wieder voll gefechtsklar sein werde«, Unaldor grinste von einem Ohr zum anderen, »dann werde ich dem lieben Bulwer-Lytton mal einen Besuch abstatten.«

\*

Verstört öffnete Edward Bulwer-Lytton die Augen. Irgendetwas war hier in seinem Schlafzimmer und hatte ihn an der Schulter berührt. Stimmten die Geschichten über den Spuk, der gelegentlich alte Gemäuer, zu denen auch sein Anwesen gehörte, heimsuchen würde? Es fröstelte Edward leicht, als er nach den Streichhölzern auf dem Nachttisch tastete, um die Öllampe zu entzünden.

»Seien Sie ganz ruhig«, hörte der Schriftsteller und ehemalige Kolonialminister eine angenehme und seltsam vertraute Stimme aus der Dunkelheit.

Endlich hatte er die Streichhölzer gefunden. Als er das erste anzündete, fand er seine Vermutung, die in den letzten Sekunden in ihm gereift war, bestätigt. Vor ihm stand der große Blonde, der ihn ins Innere der Erde entführt hatte und sich als Unaldor vorgestellt hatte.

Nachdem er die Öllampe angezündet hatte, richtete Edward seinen Oberkörper vollständig auf.

»Wir sind nicht aus dem Innern der Erde«, hörte er den Fremden sagen. »Wir kommen aus dem Weltraum und benötigen Ihre Hilfe.«

Dann erfuhr der verblüffte Engländer die Geschichte über den Krieg zwischen dem Imperium und den Mohak, sowie über die Pläne Unaldors, eine dritte Macht auf Lemur zu errichten, um dem bedrängten Imperium zur Hilfe zu eilen.

»Wir brauchen dringend Mittelsmänner zur Rekrutierung geeigneter lemurischer Männer und Frauen«, schloss Unaldor seine Ausführungen ab.

»Terranischer Männer und Frauen«, entgegnete Edward.

»Terranisch?« hakte der Kommandant des noch kleinen aldebaranischen Stützpunktes nach.

»Wenn man von der Erde als eine von vielen Planeten innerhalb der Galaxis spricht, so sollte man den Namen verwenden, den einheimische Menschen ihm gaben: Terra! Lemur klingt mir zu sehr nach aldebaranischer Kolonie«, klärte Bulwer-Lytton ihn auf.

*Sieh an, kaum hören sie was von galaktischer Politik, schon wollen diese unterentwickelten, aber hochbegabten Nachkommen der Ahnen eine eigene Geige im galaktischen Konzert spielen.* Unaldor lächelte innerlich, als er dem Wunsch des Briten nachkam. Sicherlich hätte er nicht gelächelt, wenn er geahnt hätte, welcher Machtfaktor sich aus Terra entwickeln würde.

»Auf Terra!« Unaldor prostete Edward mit einem imaginären Bierglas zu.

»Auf Terra!«, stimmte der in den Augen Unaldors liebenswert lokalpatriotische Terraner ein.

# Kapitel 5: Die Invasion von Bangalon

Arlor beobachtete mit der ihm eigenen Sorgfalt und seinem weniger sorgfältigen Kollegen Umnur den Hauptbildschirm, der die Ergebnisse der Ortung anzeigte. Überwacht wurde der Raumzeitbereich des kosmischen Strings durch eine kleine Sonde, die ihre Daten kontinuierlich an die Bodenstation von Bangalon-Stol[13] schickte, den äußeren der insgesamt einundzwanzig Planeten des Systems.

Arlors schwarze Uniform saß absolut perfekt, kein Einziges seiner roten Haare lag in einer unpassenden Richtung und seine Stiefel waren wie immer auf Hochglanz poliert. Hätte er nicht zwei entscheidende Nachteile gehabt, wäre Arlor ein Vorzeigesoldat gewesen: Er war nur einen Meter und siebzig groß und wog gerade mal fünfzig Kilogramm. Diese körperlichen Nachteile hatten ihm im Wege gestanden, sich bei der Leibgarde des Imperators zu bewerben.

Im krassen Gegensatz zu Arlor lotete Umnur die Toleranz seiner Vorgesetzten immer wieder aufs Neue aus. Seine Uniformjacke wies bei genauerem Hinsehen einige Flecken auf und spannte sich faltig über Umnurs Bauch. Bezüglich seiner widerspenstigen blonden Locken gab sich Umnur von vornherein keine Mühe, seiner Haartracht irgendeine geordnete Form zukommen zu lassen. Vor ihm auf dem Pult lagen die leeren Verpackungen verschiedener Süßigkeiten, denen Umnur mit Leidenschaft zugetan war, was wohl die Ursache für seine sich spannende Uniformjacke und seine Pausbacken war.

»Ortung!«, schrie Arlor wie vom aldebaranischen Äquivalent einer Tarantel gestochen, während Umnur in seiner Tasche voller Süßigkeiten nach der passenden Geschmacksrichtung kramte.

Gelangweilt blickte Umnur auf den Hauptschirm, auf dem sich ein roter Punkt abzeichnete, der sich entlang des kosmischen

---

[13] „Stol" ist aldebaranisch für „Der Äußere".

Strings, welcher als goldener Faden dargestellt war, schnell näherte und größer wurde.

»Frachter?«, war alles, was der Blondgelockte dazu zu sagen hatte.

Arlor richtete seinen Oberkörper um zwei Grad weiter auf, womit er die perfekte Vertikale erreichte. Offensichtlich hatte er sich zuvor ein wenig gehen lassen.

Der schnell wachsende rote Punkt spaltete sich in eine ständig größer werdende Zahl kleiner Punkte auf.

»Das ist eine ganze Flotte!« Die Tarantel schwang immer noch in seiner Stimme mit.

»Frachter?«

»Ist Dein Hirn völlig verfettet? Eine ganze Flotte Frachter?« Arlor war außer sich über so viel Blödheit, die er bei Umnur zu erkennen glaubte. Der betrachtete die Zahl der Einheiten, die die Sonde auflösen konnte und unten rechts auf dem Bildschirm dargestellt wurde. *Arlor hat recht. Das wären in der Tat ein bisschen viele Frachter. Aber das mit dem verfetteten Hirn zahle ich ihm heim.*

Mittlerweile stand die Zahl bei über einhundertsiebzig und lief immer weiter hoch.

Zweihundert. Zweihundertundfünfzig. Dreihundert. Bei dreihundertachtundvierzig kam die Zahl endlich zur Ruhe. Kurze Zeit später hatten die georteten Einheiten die Sonde erreicht. Die roten Punkte verschwanden vom Bildschirm. Die Sonde funkte keine Daten mehr. Offensichtlich war sie ihrerseits von den Fremden geortet und vernichtet worden.

Eine Sekunde später waren die Punkte wieder zu sehen. Die Ortung wurde von einem der drei Kreuzer, die als Wachschiffe zwischen dem kosmischen String und dem PÜRaZeT fungierten, das direkt zu Bangalon-Dor führte, übernommen und an Bangalon-Stol weitergeleitet.

Schon kam die Verbindungsanfrage der S<small>UNOSA</small>, die zu den drei Wachschiffen gehörte, in Form eines blinkenden Fensters auf dem Hauptschirm herein.

Hektisch setzte sich Arlor den schwarzglänzenden, im Nackenbereich verbreiterten VR-Helm auf, der zuvor auf dem Pult vor dem Bildschirm gelegen hatte. Dann gab er den Gedankenbefehl zur Verbindungsannahme.

»Leutnant Arlor, Bodenstation Bangalon-Stol«, gab er sich zu erkennen.

»Kapitän Okran, Kommandant der Sunosa.« Ein kantiges, vernarbtes Gesicht mit wasserblauen Augen war in dem Kommunikationsfenster des Hauptschirms zu sehen, während auf dem Rest des Schirmes die georteten Einheiten von Punkten zu den für die Mohak üblichen Dreiecken mit den am Heck dreiecksförmigen Ausbuchtungen wurden.

»Die Mohak haben den Raumzeitbereich des Strings verlassen und steuern auf das PÜRaZeT zu.« Der Kapitän sprach mit einer für Arlor unverständlichen Ruhe und Gelassenheit. Nach einer kurzen Pause fügte der Kreuzerkommandant hinzu: »PÜRaZeT abschalten!«

»Verstanden!«, entgegnete Arlor, wohl wissend, dass der Kapitän nicht befugt war, das PÜRaZeT abschalten zu lassen. Wenn das künstliche Wurmloch erst einmal kollabiert war, wofür es sechs Stunden benötigte, würde es mindestens zwei Tage dauern, es neu zu installieren. Für diese Zeit war Bangalon-Dor vom String aus nur im Direktanflug zu erreichen, was rund zweieinhalb Tage dauern und erheblichen finanziellen Schaden nach sich ziehen würde. Deshalb startete Arlor per Gedankenbefehl eine Verbindungsanfrage an General Button, dem Befehlshaber auf Bangalon-Stol. Sofort erschien ein weiteres Fenster mit dem Gesicht seines guten Bekannten Solal, einem der Verbindungsoffiziere der Zentrale des Stützpunktes.

»General Button! Sofort! Die Mohak greifen mit einer großen Flotte an! Das PÜRaZeT muss abgeschaltet werden! Die Echsen werden es in zwei Minuten erreicht haben!«, bellte Arlor.

»Der General ist zurzeit unabkömmlich. Bitte gedulden Sie sich«, meinte der Verbindungsoffizier in aller Ruhe, bei diesem dienstlichen Akt das »Sie« wahrend.

»Verdammt! Die Mohak gedulden sich aber nicht. In zwei Minuten durchfliegen sie das PÜRaZeT und werden direkt über Bangalon-Dor erscheinen. Also her mit dem General!«

»Wie gesagt, er ist unabkömmlich!«

»Was kann so unabkömmlich sein, dass der General keine Zeit für eine Mohak-Invasion hat?«, echauffierte sich Arlor.

Solal, mit dem Arlor schon einige gesellige Kartenspielabende durchlebt hatte, schaute ihn nur mit völlig ausdruckslosem Gesicht an und klärte die Situation mit monotoner Stimme auf:

»Der General ist scheißen.«

»Ihr habt sie doch nicht mehr alle!« Umnur lachte zutiefst belustigt auf und wuchtete seine Hand auf den roten, pilzförmigen Knopf, der seit dem Angriff auf Maulack auf jedem Ortungspult angebracht war. Natürlich rechnete man damit, dass die Mohak den Coup der aldebaranischen Flotte bei Maulack unter Sargon II. kopieren würden, indem sie in ein PÜRaZeT des Gegners einzufliegen versuchten, um unvermittelt über dem Zielgebiet zu erscheinen. Folglich musste man die Besatzungen von Ortungsstationen im Falle eines Kommunikationsverlustes zur Flottenführung in die Lage versetzen, das Schlimmste verhindern zu können.

»Was hast Du getan?«, stammelte Arlor.

»Den Menschen auf Bangalon-Dor den Arsch gerettet oder zumindest ein paar Stunden verschafft. Das wird sich noch herausstellen«, entgegnete Umnur ungerührt und kramte einen Riegel Süßigkeiten aus seiner Tasche.

Arlor unterbrach fassungs- und wortlos die Verbindung zu Solal.

Umnur schaute hingegen den Riegel kauend auf den Bildschirm und meinte trocken:

»Dir ist schon klar, dass wir uns direkt auf der Linie *String-PÜRaZeT-Bangalon-Dor* befinden? Oder mit anderen Worten: Die Echsen kommen hier direkt vorbei.«

»Was?«, schoss es aus Arlor heraus, der sich durch die Bemerkung seines von ihm nicht unbedingt geschätzten Kameraden bewusst wurde, dass er selbst in Kampfhandlungen verwickelt werden könnte. Die Helden in seiner Vorstellung waren zwar immer gefährdet, überlebten aber jede aussichtslose Situation mit Bravour. Würde das bei ihm auch so sein? Arlor überkamen Zweifel, die ihm höllische Angst einjagten.

Plötzlich öffnete sich ein Kommunikationsfenster auf dem Hauptbildschirm, das keiner Bestätigung bedurfte.

»Was? Die Mohak greifen an? Haben Sie das PÜRaZeT abgeschaltet?« General Button schien tatsächlich etwas ungehalten zu sein, was normalerweise überhaupt nicht seine Art war.

»J…ja«, verfiel Arlor erneut ins Stammeln, »das PÜRaZeT ist abgeschaltet.«

»Hervorragend, Soldat! Wir brauchen Männer, die im richtigen Moment eigenständig die richtigen Entscheidungen treffen.«

»Vielen Dank!« Arlor bewies Rückgrat, indem er hinzufügte: »Ich möchte darauf hinweisen, dass Ihr Lob meinem Kameraden Umnur gebührt, der das PÜRaZeT im Angesicht der Invasion abschaltete.«

»Soldat Umnur, welchen Dienstgrad Sie auch immer bekleiden«, der General konnte nicht jeden kennen, »bitte treten Sie in den Aufnahmebereich der Kamera.«

Umnur tat, wie ihm geheißen, und stellte sich mit am Bauch spannender, leicht befleckter Uniformjacke, den Riegel kauend, hinter Arlor.

»Sieg und Ehre dem Imperator«, fiel Umnur nichts Besseres ein, dem General mit vollem Mund darzubieten.

Mit einem Blick auf die zerzausten Locken seines Gegenübers und der auch ansonsten Autoritätsgläubigkeit nicht unbedingt dokumentierenden Erscheinung, konnte der General ein herzhaftes Auflachen nicht unterdrücken.

»Na, Sie sind mir genau der Richtige, von dem ich einen solchen Mumm erwartet hätte, das PÜRaZeT eigenmächtig auszuschalten.«

Der General machte eine kleine Pause, um fortzufahren, wurde aber von Umnur unterbrochen:

»Wieso?« Umnur konnte sich nun wirklich nicht vorstellen, warum Button ihn für den Richtigen hielt.

Button lachte erneut schallend auf. »Lass gut sein, Soldat, Sie haben alles richtig gemacht.« Nach diesen Worten beendete er die Verbindung.

\*

»Kapitän Orkan, warnen Sie den Oberbefehlshaber der Bangalon-Flotte, General Por-Dan. Ich setze mich mit Bangalon-Dor in Verbindung, damit dort die Evakuierung eingeleitet werden kann. Die Abwehrfestungen auf den Planeten und Monden des Systems informiere ich ebenfalls.« Der General stützte seinen Oberkörper mit beiden Armen auf das Kommunikationspult der Zentrale auf Bangalon-Stol. Sein Gesicht mit der etwas zu großen Nase nahm einen eindringlichen Ausdruck an, als er hinzufügte: »Und ziehen Sie sofort Ihre drei Kreuzer ab, damit können Sie eh nichts ausrichten. Die Mohak würden kurzen Prozess machen. Por-Dan wird die Abwehr organisieren, dazu braucht er jedes verfügbare Schiff.« Damit schaltete Button die Videoübertragung ab.

»Major Lonar, Sie informieren die Abwehrzentrale der Festungen auf Bangalon VII. Major Hunal, kümmern Sie sich um die Hauptwelt. Ich verständige den Imperator.« Die beiden Angesprochenen salutierten zackig und begaben sich an je eins der insgesamt zwanzig Kommunikationspulte der kuppelförmigen, einhundert Meter durchmessenden Zentrale der Abwehrfestung.

General Button gab den Gedankenbefehl, mit dem imperialen Palast auf Sumeran verbunden zu werden. Seine Gedanken wurden vom Helm erfasst und in elektromagnetische Wellen umgewandelt, die vom Kommunikationspult als elektrische Signale an den Kommunikationsrechner weitergegeben wurden.

Auf dem Kommunikationsbildschirm erschien das aldebaranische Hoheitszeichen, das aber nach weniger als einer Sekunde durch den Oberkörper eines breitschultrigen Mannes ersetzt wurde, der auf dem Kragen die beiden aldebaranischen Buchstaben trug, die das Wort ›Leibgarde‹ abkürzten. Dieser Mann gehörte zur gefürchtetsten Elitetruppe der bekannten Galaxis.

»Was kann ich für Sie tun, General? Ich muss leider sofort zur Sache kommen, denn hier ist die Hölle los.«

Verwirrt schaute Button in die freundlichen Augen des Gardisten. »Wir werden von einer größeren Flotte der Mohak angegriffen. Ich muss dringend den Imperator darüber informieren. Doch was meinen Sie damit, dass bei Ihnen die Hölle los ist?«

»Der Imperator befindet sich an Bord der ONSLAR und leitet den Abwehrkampf gegen eine Mohak-Flotte, die in unser System eingedrungen ist.«

»Aldebaran wird direkt angegriffen? Wie schlimm ist es?«

»Meine Männer und ich bekommen hier in der Zentrale der Kuppel der Imperatoren das Kampfgeschehen ganz gut mit. Deshalb kann ich Ihnen sagen, dass keine unmittelbare Gefahr für Sumeran besteht. Die Mohak verhalten sich auffallend defensiv. Sobald wir sie zum Kampf stellen wollen, ziehen sie sich sofort wieder zurück.«

Der Leibgardist unterbrach sich an dieser Stelle, und ein verstehendes Lächeln stahl sich auf sein ebenmäßiges Gesicht. »Jetzt wird mir deren Taktik klar: Die Mohak wissen, dass sie niemals bis Sumeran durchkommen würden. Sie wollen lediglich unsere Flotte binden. Der eigentliche Angriff gilt Bangalon. Ich versuche, Sie mit der ONSLAR zu verbinden.«

Das imperiale Hoheitszeichen erschien wieder auf dem Schirm vor dem General. Wenige Sekunden später verschwand es. Dafür blickte Button in die stahlblauen Augen des Imperators. Kurz verwirrt durch die Tatkraft und das Charisma, das von Sargon II. ausging, schlug sich der General mit der rechten Faust auf die linke Brust.

»Sieg und Ehre dem Imperator!« Derartige Förmlichkeiten waren während Kampfhandlungen eher unüblich und waren lediglich auf die kurzzeitige Verwirrung des Generals zurückzuführen. Dann beeilte sich Button, schnell zu erklären: »Bangalon wird von einer starken Flotte der Mohak angegriffen. Nach meiner Einschätzung ist sie unseren eigenen Verbänden in etwa vier zu eins überlegen.«

»Können Sie Angaben über die Anzahl der Feindschiffe machen?«

»Drei Schlachtschiffe, sechsundachtzig Kreuzer, zweihundertneunundfünfzig Zerstörer.«

Sargon, der die Stärke der auf Bangalon stationierten Flotte sehr gut kannte, war sich nach diesen Angaben des Generals darüber im Klaren, dass General Por-Dan die Mohak nicht würde aufhalten können.

»Ich kann Ihnen keine weiteren Schiffe schicken. Der Großteil der Flotte ist hier im Aldebaran-System gebunden.« Tiefes Bedauern lag in den Gesichtszügen des Imperators. »Ich werde hier alles daransetzen, so schnell wie möglich den Feind aus dem System zu vertreiben, um Ihnen dann zu Hilfe zu kommen. Halten Sie durch! Ich wünsche Ihnen viel Glück. Richten Sie General Pan-Dor meine besten Wünsche aus und erklären Sie ihm die Situation.«

»Das werde ich. Wir tun unser Bestes. Auch Ihnen viel Glück.«

Die Verbindung war unterbrochen. General Button schaute in die Runde seiner Offiziere, die sich im Halbkreis um ihn versammelt hatten. Er sah Entschlossenheit und Kampfgeist in ihren Gesichtern. Diese Männer gehörten eher einer Glaubensgemeinschaft denn einem Militärapparat an. Sie glaubten an die Richtigkeit ihrer Ideale, an die Bestimmung ihres Volkes und an den Imperator, der seit seiner Ernennung wahre Wunder vollbracht hatte.

»Kameraden! In zweiundzwanzig Minuten werden die Mohak in Reichweite unserer Geschütze diesen Planeten passieren«, begann der General seinen Plan zu erläutern, den er niemals ohne die Zustimmung dieser Männer ausführen würde. »In dem Moment, in dem wir das Feuer eröffnen, wissen die Echsen von uns.

Wir können mit unseren Waffen diese Feindflotte nicht aufhalten, aber wir können ihnen deutliche Verluste beibringen. Die Antwort der Mohak, vorgetragen aus dieser Unzahl von Schiffen, wird schließlich unsere Reflektorschirme zusammenbrechen lassen und unser Ende sein. Also, was sollen wir tun? Lassen wir die Feinde ungeschoren nach Bangalon-Dor ziehen oder fordern wir ihren Tribut, was unseren Tod bedeutet?«

»Ich kann mir nicht vorstellen, mit der Schmach weiterzuleben, vor den Echsen gekniffen und mein Volk verraten zu haben«, meinte einer der Männer.

»Wenn wir ein paar der gegnerischen Schiffe abschießen, hat Por-Dan vielleicht eine kleine Chance, die Mohak doch noch aufzuhalten. Außerdem verschaffen wir den Evakuierungstruppen mit einer Schlacht um Bangalon-Stol ein wenig mehr Zeit. Möglicherweise können so Hunderttausende gerettet werden«, fügte ein anderer hinzu.

Jeder der in der Zentrale anwesenden Soldaten wusste, dass es reines Wunschdenken war, Por-Dan auch nur die geringste Chance einzuräumen. Das Argument mit dem Zeitgewinn war jedoch das entscheidende. Zustimmendes Gemurmel wurde laut.

»Also ist es entschieden«, fasste General Button zusammen, »wenn die Echsen nahe genug heran sind, eröffnen wir das Feuer. Diese Zentrale hier liegt tief im Gestein dieser öden Eiswelt verborgen. Es ist noch nicht einmal sicher, dass wir getroffen werden.«

Die Männer wussten, dass dies der zweite Fall von Wunschdenken innerhalb einer Minute war.

»Alle Mann auf Gefechtsstation. Raumanzüge verwenden, es ist mit Vakuumeinbruch zu rechnen!«

\*

Deutlich waren die Formationen der Mohak-Raumer auf dem Hauptbildschirm der Zentrale zu erkennen. Die Echsen mussten eine Vorliebe für Dreiecke haben, denn nicht nur ihre Schiffe waren dreiecksförmig mit dreieckiger Aussparung am Heck, sondern auch ihre Formationen hatten diese geometrische Form. Ganz vorne flogen die drei Schlachtschiffe und bildeten ein gleichseitiges Dreieck mit ungefähr zehn Kilometern Seitenlänge. Es folgten in ähnlicher Formation dreiundzwanzig gemischte Verbände, die aus Kreuzern und Zerstörern zu je fünfzehn Schiffen bestanden.

Der Aufmarsch des Feindes war ein imposantes Bild, was die Männer in der Zentrale mit verkniffenen Gesichtern zur Kenntnis nahmen.

»Die Schlachtschiffe werden in zwanzig Sekunden den Punkt erreicht haben, der unseren Geschützen auf diesem Teil des Planeten am nächsten ist. Gefechtdistanz: zehntausend Kilometer.« Die Stimme des Feuerleitoffiziers war so ruhig, fast unbeteiligt, als hätte er ein Kochrezept verlesen.

»Alle fünfzehn Geschütze auf das vorderste der drei Schlachtschiffe ausrichten«, befahl der General.

An fünf weit voneinander entfernten Stellen richteten sich die Vierundsechzig-Zentimeter-Drillingstürme mit ihren etwas mehr als einhundert Meter langen Geschützrohren aus, die eine Granate pro Sekunde verschießen würden. Gezielt wurde auf eine acht Kilometer durchmessende Kugel, die gedanklich um das Schlachtschiff gelegt wurde, denn selbst wenn der Mohak die anfliegenden Granaten sofort nach dem Verlassen der Geschützrohre anmessen würde, so konnte das Feindschiff mit knapp einhundert g Beschleunigung innerhalb der drei Sekunden Flugdauer der Granaten diese Kugel nicht verlassen.

Fünf Sekunden, bevor die Schlachtschiffe den kürzesten Abstand erreichten, befahl Button: »Feuer!«

Der Schlachtenrechner stellte die anfliegenden Granaten grafisch dar. Die zweite Salve war schon unterwegs, als der dreikommazwei Kilometer lange Mohak mit dem Ausweichmanöver begann. Keine Granate der ersten Salve traf. Bei der zweiten wurde ein Treffer erzielt, der sonnenhell aufleuchtete, die Reflektorfelder des Schlachtschiffes aber nicht zum Zusammenbruch brachte. Doch der Riesenraumer trudelte, deshalb trafen zwei der eine Sekunde später eintreffenden Granaten. Die Reflektorfelder mussten an einigen Stellen durchschlagen worden sein, denn Teile der Oberfläche inklusive zweier Geschütztürme wurden in den Raum gerissen. Eine Sekunde später schlugen drei Granaten ein, von denen mindestens eine eine Stelle getroffen haben musste, die ihres Schutzes durch Reflektorfelder beraubt war. Das Schiff wurde in einer gigantischen Explosion zerrissen.

Die beiden anderen Schlachtschiffe hatten sich mit Höchstbeschleunigung von Bangalon-Stol entfernt, was natürlich die günstigste Taktik für die Echsen war. Je weiter sie von den planetaren Geschützen entfernt waren, umso leichter konnten sie den anfliegenden Salven ausweichen – ein Vorteil, den die starren Festungsgeschütze natürlich nicht hatten. In den zehn Sekunden, die zur Vernichtung des ersten Schlachtschiffes geführt hatten, legten die beiden anderen einhundert Kilometer zurück. Ihre erste Salve traf zu diesem Zeitpunkt einen der Drillingsgeschütztürme. Zwölf Granaten schlugen gleichzeitig in die überstarken Reflektorfelder, die von fünfhundert Meter durchmessenden Gigant-Generatoren unterhalb des Turms erzeugt wurden.

»Beanspruchung fünfundsechzig Prozent«, kommentierte der Feuerleitoffizier. Die zweite Salve schlug ein.

»Siebenundachtzig Prozent.«

Eine Sekunde später: »Einhundertacht Prozent.«

Mit dem Eintreffen der nächsten feindlichen Salve geschahen zwei Dinge gleichzeitig: Der Drillingsturm verging in der Glut der Gigatonnen-Detonationen, und die erste aldebaranische Granate traf das Schlachtschiff, auf das man sich nach der Vernichtung des ersten konzentriert hatte.

Die Kreuzer und Zerstörer begannen nun ebenfalls mit dem Beschuss der verbliebenen vier Geschützstellungen. Drei Sekunden später wurde ein zweiter Drillingsturm vernichtet. Dann stand jedoch eine neue Sonne im Raum: Das zweite Mohak-Schlachtschiff war nur noch eine Wolke aus Millionen Grad heißem Plasma, die sich schnell ausdehnte und an Leuchtkraft verlor.

Die drei verbliebenen Drillingsgeschütze hätten niemals ausgereicht, um auf die immer größer werdende Distanz auch noch das dritte Schlachtschiff zu erwischen, also konzentrierte man sich auf die Verbände aus Kreuzern und Zerstörern, die, um ihre schweren Waffen einsetzen zu können, mit dem ganzen Schiff zielen mussten, sich also nicht weiter von Bangalon-Stol entfernen konnten.

Mittlerweile hatten die Schockwellen der unaufhörlichen Explosionen an der Oberfläche die Zentrale erreicht. Wie unter dem Hammerschlag eines Riesen dröhnte es auf. Bildschirme rissen und wurden sofort dunkel. Soldaten stürzten auf den Boden. Teile der Decke brachen herab und begruben die Unglücklichen.

Siebzehn Kreuzer des Feindes wurden zu Glutbällen, bevor das letzte aldebaranische Geschütz vom feindlichen Granathagel zum Schweigen gebracht wurde.

Gigantische Risse zogen sich durch die Oberfläche des gequälten Eisplaneten. Auf Hunderte von Kilometern um die fünf Geschütztürme herum war die Kruste des Planeten eingebrochen. Wütend stürzte glühendes Magma daraus hervor.

Der General hatte es mit fünf weiteren Offizieren geschafft, auf den Beinen zu bleiben. Um sein Gleichgewicht zu halten, stand er breitbeinig in der Mitte der schwankenden Zentrale. Stolz und trotzig streckte er sein Kinn vor. Neben ihm wurde einer der stehenden Offiziere von einem scharfkantigen Stück herabfallender Decke erschlagen und in zwei Teile zerrissen. Von einer Sekunde auf die andere verlor er die Hälfte seines Gewichtes.

Der Schwerkraftgenerator, der die sumeranische Normalschwere hergestellt hatte, setzte schlagartig aus. Button merkte, dass ihn das Atmen immer mehr anstrengte. Vakuumeinbruch! Per Gedankenbefehl ließ er die beiden Gesichtshälften aus seinem Raumhelm gleiten, der zuvor äußerlich nicht von einem normalen, schwarzglänzenden Truppenhelm mit den typischen verbreiterten Nackenteilen zu unterscheiden gewesen war.

Der General atmete tief durch, als sich die Gesichtsteile luftdicht verschlossen und frische Luft in den Helm strömte. Als das Beben endlich nachließ und der Staub in der Zentrale langsam zu Boden fiel, erhoben sich vier weitere Männer, die überlebt hatten, weil sie sich unter Pulten versteckt hatten, die nicht von schwereren Deckenstücken getroffen worden waren.

Gemeinsam durchsuchten sie den Stützpunkt und fanden nur einen einzigen Überlebenden, der weinend den Kopf eines toten Kameraden hielt. Es war Arlor, dessen Körper im Raumanzug unter seiner Trauer immer wieder verkrampfte und seinem Freund, den er zuvor nie für einen solchen gehalten hatte, die blonden Locken aus dem fahlen Gesicht strich.

*

Was für ein paradiesischer Urlaub! Saliha und Nungal schlenderten zusammen mit ihren beiden Kindern die Promenade von Akamandur, der Hauptstadt des Planeten, entlang. Die Sonne stand hoch am Himmel, denn es war früher Nachmittag. Das Rauschen des Meeres, die Stimmen der Urlauber und einheimischen Sonnenhungrigen am Strand sowie die fröhlichen Gesichter der entgegenkommenden Menschen auf der Promenade ließen Nungal die Ereignisse der letzten Wochen, diesen grauenhaften Krieg, für ein paar Stunden vergessen. Hier war nichts davon zu bemerken, dass sich das Imperium in einem gnadenlosen Ausrottungskrieg mit den Mohak befand.

»Schau mal hier, was für eine schöne Kette!« Saliha deutete auf ein Schmuckstück, das an einem der vielen Verkaufsstände auf der Promenade angeboten wurde.

Nungal zückte ein wenig Bargeld[14], die Kette war zwar hübsch, aber nicht teuer, und reichte es dem Händler, einem Ongatar. Das

---

[14] Aldebaraner empfinden ihre Einkäufe als Privatsache, weshalb sich elektronische Zahlungsmittel niemals durchsetzten.

bunt gefiederte, flugunfähige Vogelwesen bedankte sich mit schriller Stimme.

»Papa, ich möchte ein Eis.« Obwohl sie erst vier Jahre alt war, wusste Nungals kleine Tochter Nunila ganz genau, wie sie ihren Vater anschauen musste, um ihm jede Möglichkeit des Widerstandes zu rauben.

»Ich auch!«, schloss sich Nalor natürlich an.

»Na, dann kommt mit, da vorne ist ein Eisverkäufer.«

»Die Kinder sollen doch nicht so viele Süßigkeiten essen«, tadelte Saliha.

»Aber wir sind doch im Urlaub …«, versuchte sich Nungal zu rechtfertigen.

Saliha winkte gespielt genervt ab.

Als sie den Eisstand erreichten, erkundigte sich Nungal nach den bevorzugten Geschmacksrichtungen seiner Kinder und gab die Bestellung auf. Der freundlich lächelnde, leicht untersetzte Verkäufer reichte den beiden Kindern die gewünschten Eistüten und nahm von Nungal die Bezahlung entgegen.

Plötzlich heulten die Sirenen in der Hauptstadt auf. Das typische Auf- und Abschwellen des Heultons war das Zeichen für den Anflug einer feindlichen Flotte.

Weder Saliha noch Nungal trugen einen Kommunikationsagenten, man wollte schließlich im Urlaub ungestört sein; somit wussten sie nichts Genaueres. Sicherlich ließ der Gouverneur von Bangalon-Dor gerade Einzelheiten über die bevorstehende Invasion per Rundruf an alle Kommunikationsagenten senden.

Der Eisverkäufer trug einen Agenten im linken Ohr, was Nungal zunächst auffiel, weil der Mann in sich hineinzulauschen schien. Dann erkannte er den feinen Draht, der aus seinem linken Ohr einen Zentimeter herausragte.

Panik brach unter den Menschen aus. Plötzlich rannten alle. Nungal hielt den Eisverkäufer fest, um ihn zu fragen, was geschehen sei.

Nackte Angst spiegelte sich in den Augen des Mannes wider.

Seine Pausbacken kamen durch das verzerrte Gesicht noch mehr zur Geltung.

»Die Mohak sind mit einer riesigen Flotte in das System eingedrungen! Die planetare Regierung geht davon aus, dass unsere Verteidigungslinien durchbrochen werden. Es sollen so viele Menschen wie möglich evakuiert werden. Frauen und Kinder zuerst. Die Echsen werden in sechzig Stunden hier sein.«

Nungal ließ den Mann los, der dann auch sofort losrannte. Er lud sich Saliha auf den Rücken, bat sie, sich gut an ihm festzuhalten, klemmte sich seine beiden Kinder unter die Arme und stürmte los. Mit Sprüngen über die panische Menge hinweg hätte er seine Frau und die Kinder gefährdet, weil dabei gewaltige Andruckkräfte entstanden wären. Also begnügte sich Nungal damit, seine Geschwindigkeit auf einhundert Kilometer in der Stunde zu begrenzen.

Überall in der stilvoll gestalteten Sechs-Millionen-Stadt stiegen Gleiter auf, die alle das gleiche Ziel hatten: den Raumhafen Akamandurs.

Eine Minute später erreichte auch Nungal seinen Mietgleiter, setzte seine Frau und die beiden Kinder hinein und startete das Fluggerät.

Erst jetzt fiel ihm auf, dass Nunila und Nalor weinten. Natürlich taten sie das, bei der ganzen Panik auf den Straßen und den angstvollen Gesichtern der Menschen. Saliha tröstete die Kinder.

»Wird alles gut. Papa und Mama sind doch bei euch.«

Wenige Kilometer vor dem Raumhafen teilte die Verkehrsautomatik Nungal einen Einflugkorridor und einen Landeplatz neben seiner Vril zu. Das Kleinraumschiff war ein Geschenk des Ordens für seine Verdienste bei Maulack gewesen.

Nungal konnte sieben der dreihundert Meter langen zigarrenförmigen Frachter erkennen, die auf dem Raumfeld standen. Roboter trugen alle Arten von Gütern aus den Schiffen und verstreuten sie wahllos auf dem Beton des Feldes. Offensichtlich wurde für die zu evakuierenden Menschen Platz geschaffen. Polizeieinheiten riegelten den direkten Zugang zu den Raumschiffen ab, um nach dem Entladen die Menschen geordnet auf die Frachter aufteilen zu können.

Tausende Vrils erhoben sich aus der Stadt und deren Umland, um ihre Besitzer, deren Familien, Freunde und Bekannten, aber auch Fremde, wenn noch Platz war, in Sicherheit zu bringen.

Kurz nachdem Nungal gelandet war, senkte sich ein achter Frachter auf das Raumfeld herab. Nungal nahm seinen Kommunikationsagenten aus dem Handschuhfach des Gleiters, steckte ihn sich ins Ohr und befragte ihn nach dem Frachter.

Der Agent recherchierte kurz im Universalnetz.

»Frachter LEVARA. Eigentümer: Novubaran[15]-Konzern, vormals Baldan-Konzern. Die neue Konzernleitung hat den bereits beladenen und gestarteten Frachter umkehren lassen, um die Evakuierungsmaßnahmen zu unterstützen. Auf das Frachtgut verzichtet der Konzern entschädigungslos.«

Nungal lächelte still in sich hinein. Die Zeiten, als der Baldan-Konzern unter seinem damaligen Eigentümer gegen den Imperator und damit gegen das Imperium gearbeitet hatte, waren endgültig vorbei. Der neue Konzernlenker, Thalon, war ein verdienter Mann des Ordens, dessen Loyalität zu Sargon unzweifelhaft war.

Die Kinder, Saliha und Nungal verließen den Gleiter.

»Hier, mein Schatz, dein Agent. Den hättest du beinahe im Gleiter vergessen.«

Saliha steckte sich das nur zwei Zentimeter lange Gerät ins linke Ohr und befahl dem Agenten, den Öffnungscode an die Vril zu senden.

Als sich die Schleuse des Kleinraumers öffnete, schaute Saliha ihrem Mann tief in die Augen und drückte sich eng an ihn.

»Du kommst nicht mit, habe ich recht?«

---

[15] Sumeranisch für „Neuer Stern". Der ehemalige Baldan-Konzern ist spezialisiert auf die Kolonisation neuer Sonnensysteme und auf die dortige Förderung von Rohstoffen.

»Ich bin Soldat und hier wird ein Krieg geführt. Es ist meine Pflicht, meine Kameraden an Ort und Stelle zu unterstützen.«

»Aber vielleicht wird Bangalon ja auch kampflos geräumt«, gab sich Saliha noch nicht geschlagen.

»Wenn dem so ist, werde ich wie alle anderen Soldaten rechtzeitig ausgeflogen.«

Die rothaarige Schönheit wusste, dass sie ihren Mann nicht umstimmen konnte. Sie liebte ihn, weil er so war, auch wenn dies in Momenten wie diesen schmerzhaft sein konnte. Sie gab ihm einen Kuss und versuchte so verständnisvoll, wie es ihr möglich war, zu lächeln.

Nungal verabschiedete sich wehmütig von seinen Kindern und wartete auf dem Raumfeld, bis seine Vril abhob, im strahlend blauen Himmel zu einem Punkt wurde und schließlich verschwand.

*Noch nicht einmal im Urlaub hat man seine Ruhe vor diesen verdammten Echsen,* schoss es dem durch die Isais geadelten und gestärkten Krieger durch den Kopf.

Nachdem er wieder in seinen Gleiter gestiegen war, nahm der Träger des Schwarzen Sonnenkreuzes Kurs auf Akamandur, um sich in der dortigen Garnison zu melden.

\*

»Wir müssen Bangalon räumen! Die Übermacht der Echsen ist zu groß! Wenn wir hier aufgerieben werden, ist niemandem außer den Mohak damit geholfen.« Oberst Zator hieb mit der Faust auf den Tisch, wobei ihm eine blonde Strähne ins Gesicht fiel.

Unbeeindruckt nahm General Pan-Dor den Gefühlsausbruch des Obersten hin. Sein markantes, von tiefen Falten durchzogenes Gesicht zeigte keine Regung. Der Oberkommandierende der aldebaranischen Streitkräfte im Bangalon-System hatte seinen Helm abgesetzt und trug ihn lässig in der linken Armbeuge. Sein Schädel war an den Seiten und am Hinterkopf kahl rasiert, wobei seine glatten hellblonden, fast weißen Haare nach rechts gekämmt waren. Wie es seine Art war, sprach er ungewöhnlich leise, mit sehr tiefer Stimme, dafür aber extrem schnell.

»Was ist Ihre Meinung, Nungal?«

Nachdem er sich in der Garnison gemeldet hatte, war er als Träger der höchsten militärischen Auszeichnung und als Mitglied des inneren Ordens natürlich sofort zum Oberkommando der Bangalon-Streitkräfte gebracht worden.

»Wie Sie alle wissen«, Nungal blickte in die Runde der fünf Offiziere, die um den Planungstisch mit Hologramm-Projektor standen, »läuft die Produktion der Teile für die ersten Ischtar-Festungen auf Hochtouren. Nachdem diese Festungen betriebsbereit sind, können die Stringknoten von den Mohak praktisch nicht mehr passiert werden.

Um die Zeit zu haben, die Festungen zu errichten, haben wir die Mohak bei Maulack und Mohak-Dor angegriffen und glücklicherweise vernichtend geschlagen.«

»Na, ja, Glück war das wohl eher nicht«, sprudelte es kaum verständlich leise aus dem General hervor. Einen Schulterklopfer für Nungal konnte sich Pan-Dor ebenfalls nicht verkneifen.

Der Kriegsheld lächelte kurz peinlich berührt und fuhr dann fort: »Sinn unserer Angriffe auf die Mohak war es, sie zur Defensive zu zwingen. Nur so können wir die benötigte Zeit für den Bau der Ischtar-Festungen gewinnen. Wir haben hier und heute eine weitere, gewaltige Chance, den Echsen zu zeigen, dass wir keinen Meter Boden freigeben, dass wir, wenn nötig, bis zum letzten Mann kämpfen, um ihnen möglichst hohe Verluste beizubringen. Wenn die Mohak merken, dass Eroberungen nur unter grauenhaften Verlusten möglich sind, werden sie erst wieder angreifen, wenn sie sich von ihren Rückschlägen bei Maulack und Mohak-Dor vollständig erholt haben. Sollten sie dann eines Tages wiederkommen, werden sie auf einsatzbereite Ischtar-Festungen treffen.«

Fragend schaute der General in die Runde, als Nungal geendet hatte. Unvermittelt lachte er trocken auf.

»So, meine Herren, ge – nau – so, wird Krieg geführt!« Pan-Dor sprach mit normaler Lautstärke, was auf seine Erregung hinwies, aber immer noch mit der gewohnten Schnelligkeit. »Den Planeten räumen? Dass ich nicht lache! Möchte hier vielleicht noch jemand vorschlagen, gleich das gesamte Imperium zu räumen? Nehmen Sie sich ein Beispiel an Nungal!« Mit Blick auf Oberst Zator fügte er hinzu: »Ich weiß, dass ich mich auf jeden Einzelnen von Ihnen hundertprozentig verlassen kann. Führen Sie Ihre Truppen so in die Schlacht, dass jeder unserer Gefallenen vom Gegner so teuer wie möglich bezahlt werden muss. Ich habe einen Plan, wie wir das von Nungal vorgeschlagene Kriegsziel der maximalen Verluste für den Gegner erreichen können …«

Dann erläuterte der Oberkommandierende seinen Plan. Mit jedem seiner Worte wuchs Nungals Achtung für diesen Mann.

\*

*Das listige Beutetier ist gefährlicher als das starke,* lautete ein alter Spruch aus der mohakschen Frühgeschichte. Diese Weisheit ging Pentalz Dragortz durch den Kopf, als er an den überraschenden Angriff der Weißhäute bei Bangalon-Stol dachte, der ihn immerhin zwei Schlachtschiffe und sechzehn Kreuzer gekostet hatte. Zusätzlich vorgewarnt durch die Erfolge dieser von der Natur Benachteiligten gegen Pentalz Grotz im Maulack-System, beschloss er, äußerste Vorsicht walten zu lassen.

Als die Flotte noch einen Gigameter[16] von der Bahn des Mondes von Bangalon-Dor entfernt war, schickte der Pentalz fünfzig einsitzige Jäger zur Erkundung des Mondes, der Planetenoberfläche und vor allem der Rückseite des Planeten. Er wollte nicht von einer Feindflotte überrascht werden, die sich irgendwo versteckt hielt.

Doch wie es aussah, hatten die Aldebaraner das System geräumt. Da das PÜRaZeT rechtzeitig abgeschaltet worden war,

---

[16] Eine Million Kilometer.

hatte der Pentalz die Evakuierung des Planeten leider nicht verhindern können. Millionen dieser wohlschmeckenden Beutetiere, wovon er sich schon selber überzeugt hatte, waren entkommen. Doch das primäre Ziel, einen wohltemperierten Sauerstoffplaneten zu erobern, war offensichtlich gelungen.

Als die Jäger zurückkamen, berichteten sie von keinerlei Anzeichen des Vorhandenseins feindlicher Streitkräfte. Niemand hatte auf die Jäger geschossen, selbst das Licht in der einzigen Stadt der jungen aldebaranischen Kolonie, die sich auf der Nachtseite befand, war erloschen. In dem die Stadt weitläufig umgebenden Gebirge hatte man Explosionskrater gefunden, die immer noch nachglühten. Offensichtlich waren die dort einstmals vorhandenen Abwehrstellungen gesprengt worden, um sie dem Feind nicht in die Hände fallen zu lassen.

Trotzdem blieb Dragortz vorsichtig. Er schickte seine zweihundertneunundfünfzig nur knapp siebzig Meter langen Zerstörer vor und gab ihnen den Befehl, sich gleichmäßig über die Planetenoberfläche zu verteilen und diese in geringer Höhe nach Verdächtigem abzusuchen.

Zwei Stunden später, als immer noch keinerlei Sichtungen gegnerischer Streitkräfte gemeldet wurden, gab der Pentalz seine Zurückhaltung auf. Er befahl die konzentrierte Landung der Bodentruppen bei Akamandur in zwei Wellen. Er selbst würde mit seinem Schlachtschiff, wie es sich für einen Anführer gehörte, mit der ersten Welle die an Bord seines Schiffes befindlichen Streitkräfte des Zhort voller Stolz absetzen.

*

Mardal und Nuna waren seit sieben Monaten verheiratet. Beide liebten die Abgeschiedenheit und die weitgehend unberührte Natur. Deshalb waren sie vor einem halben Jahr nach Bangalon-Dor ausgewandert und hatten vom Staat ein sechsunddreißig Millionen Quadratmeter großes Land zur Bewirtschaftung erhalten.

Ihre ganzen Ersparnisse hatten die frisch Vermählten in Rodungs-, Saat- und Ernteroboter investiert und natürlich in den Bau des Wohnhauses, umgeben von Stallungen und Scheunen.

Ihr Besitz lag am Meer genau zwischen Akamandur und dem von der Stadt einhundert Kilometer entfernten Looth-Gebirge, das die Metropole mit einem dreiviertel Kreis umschloss. Vor fünfzig Millionen Jahren war hier ein mächtiger Asteroid eingeschlagen und hatte einen Krater gerissen, dessen Rand das heutige Looth-Gebirge war, das zangenförmig bis ins Meer hineinragte.

Nachdem der Invasionsalarm ausgelöst worden war, hatten die beiden mit ihrem betagten Gleiter zum Raumhafen fliehen wollen, doch das altersschwache Fluggerät hatte seinen Dienst versagt.

Über ihre Kommunikationsagenten hatten sie darum gebeten, jemand möge sie abholen. Die Antwort war niederschmetternd gewesen: Zwei Millionen Menschen mussten auf Bangalon-Dor zurückbleiben, weil einfach nicht genug Transportkapazität vorhanden war.

Schließlich erhielten die beiden immer noch frisch Verliebten über ihre Agenten ein paar Verhaltensregeln mitgeteilt: Man solle sich mit Lebensmitteln eindecken und möglichst bewaffnet in den Wäldern verstecken. Der Imperator werde in wenigen Tagen mit seiner Flotte eintreffen und eine Gegenoffensive starten.

Nuna hatte schreckliche Angst bei dem Gedanken, dass bald echsenähnliche Intelligenzen auf diesem Planeten landen würden, von denen bekannt war, dass Menschen auf ihrem Speisezettel standen.

Nur vom Licht der Sterne und des Mondes geleitet, trottete sie hinter ihrem schwerbepackten Mann Mardal her, der gelegentlich mit einem Buschmesser den Weg frei schlug.

»Bitte warte kurz«, bat Nuna, als sie ein Plateau auf einem einhundertfünfzig Meter hohen Hügel erklommen hatten. »Ich muss den Rucksack mal kurz ablegen.«

Mardal, mit zwei Metern und zwanzig selbst für aldebaranische Verhältnisse ungewöhnlich groß, nahm seine zierliche Frau in die muskulösen Arme, küsste sie und sagte: »Wir sind da. Von hier aus haben wir direkte Sicht bis Akamandur. Wenn sich irgendetwas tut, bekommen wir das hier mit.«

Wie zur Bestätigung seiner Worte erschien ein Lichtpunkt am Himmel, der schnell größer wurde. Das Licht der Sterne reichte aus, um zu erkennen, dass es sich um einen dreiecksförmigen Mohak-Raumer handelte, der sich in wenigen Kilometern Entfernung bis in eine Höhe von fünfhundert Metern herabsenkte, um dann in Richtung der Hauptstadt zu verschwinden. Weit hinter Akamandur sah das Paar zwei weitere Lichtpunkte vom Himmel fallen.

»Das Schiff war nicht besonders groß. Wahrscheinlich handelt es sich um einen Zerstörer«, mutmaßte Mardal, während seine nur einssiebzig große Frau sich ängstlich an ihn drückte.

»Ich bin mal gespannt, ob noch ein paar von unseren Jungs geblieben sind, um den Echsen einzuheizen. Es wäre doch eine Schande, eine so schöne Welt diesen Räubern kampflos zu überlassen.« Doch die hellen Punkte strichen ungestört über die Landschaft dahin. Nichts geschah. Mardals Hoffnungen verpufften, er war enttäuscht.

Sie warteten fast zwei Stunden, ob endlich etwas von einer Abwehr gegen den Feind zu sehen war, doch das Einzige, was sie ausmachen konnten, waren immer neue Lichtpunkte, die in geringer Höhe unbehelligt über aldebaranisches Hoheitsgebiet flogen. Missmutig begann der Landwirt, ein grünes Zelt auf dem moosigen Untergrund zu errichten. Es würde auch am Tage aus der Luft nicht entdeckt werden.

Nuna baute einen Elektrokocher auf, der von einem faustgroßen Vril-Generator mit Strom versorgt wurde. Anschließend brühte sie eine bereits zu Hause vorbereitete Suppe auf.

Der Hüne holte eine Vril-Säge aus seinem riesigen Rucksack und lief zu einem umgestürzten Baum in der Nähe. Er trennte eine achtzig Zentimeter lange Scheibe aus dem Stamm, rollte sie in die Nähe des Zeltes und warf sie auf eine der Schnittflächen. Den

Vorgang wiederholte er mit zwei vierzig Zentimeter hohen Scheiben, sodass sie jetzt über einen Tisch mit zwei Hockern verfügten.

Während des Essens waren beide zunächst in Gedanken versunken, bis Mardal endlich damit herausplatzte, was ihn beschäftigte:

»Du hast es heute Mittag ja mit eigenen Augen gesehen: Unsere Flotte ist gestartet. Ich sage dir, die haben sich dem Gegner nicht gestellt, sondern sind *geflohen!* Warum sonst hätten sie die Geschützstellungen in den Bergen sprengen sollen?« Dabei hatte er all seine Verachtung in das Wort »geflohen« gelegt.

»Falls sich die Flotte wirklich zurückgezogen hat«, entgegnete Nuna tadelnd, »wird diese Entscheidung schon richtig gewesen sein. Du kannst über unsere Soldaten sagen, was du willst, aber feige sind die ganz bestimmt nicht. Denke doch nur einmal an diesen Nungal, was der geleistet hat.«

»Das kann aber auch eine schöne Geschichte sein, die vom Orden erfunden wurde, um das gemeine Volk bei der Stange zu halten.«

Jetzt brauste Nuna auf. »Wie kannst du nur so etwas sagen? Der Orden führt uns seit zweitausend Jahren zu persönlicher Freiheit, Fortschritt und Wohlstand. Das sind ehrbare Leute, keine Lügner. Uns haben sie ein riesiges Stück Land geschenkt. Sieht so deine Dankbarkeit aus?«

Die Worte seiner Frau brachten den durch die Bedrohung seiner Existenz an allem zweifelnden Bauern wieder auf den Boden der Tatsachen zurück. Das war auch bitter nötig, denn vom Himmel herab senkten sich viele hundert Lichtpunkte über das ganze Looth-Tal verteilt herab.

Mardal erkannte einen besonders großen Punkt, der hinter Akamandur, ungefähr siebzig Kilometer von ihrem Standort entfernt, auf das dortige Raumfeld niederging. Das konnte nur ein Schlachtschiff sein.

»So ein Mist! Ich habe vergessen, den Kocher auszuschalten«, vernahm der Hüne die ärgerliche Stimme seiner Frau. Gleichzeitig stieg ihm der Geruch der verbrannten Suppe in die Nase.

Seine Frau sprang auf, rannte zum hinter ihnen stehenden Kocher. Mardal wandte seinen Blick kurz von den Lichtpunkten ab und drehte sich nach Nuna um.

Das Versäumnis, den Kocher auszuschalten, rettete dem Paar das Augenlicht. Gleißende Helligkeit stand plötzlich über dem Tal. Der Bauer verstand sofort, sprang auf, ohne seinen Blick zurück nach Akamandur zu richten, wuchtete sich gegen seine Frau, riss sie zu Boden und begrub sie unter sich. Er fühlte eine sengende Hitze auf seinem Rücken und robbte, die Augen fest geschlossen, mit einer Hand auf den Augen Nunas (der gar nichts anderes übrig blieb, als sich mitschleifen zu lassen) hinter den provisorischen Holztisch.

Mit eingezogenen Beinen lag das Paar im Schatten des Holzstammes und wartete auf ein Abebben der Helligkeit, die sie durch ihre geschlossenen Lider wahrnehmen konnten.

Als sie die Augen wieder öffnen konnten, wollte die zierliche Frau aufstehen. Der Hüne hielt sie jedoch zurück.

»Warte! Es ist noch nicht vorbei!«

Zur Bestätigung seiner Worte pfiff eine gewaltige Druckwelle mit ohrenbetäubendem Knall über sie hinweg. Mardal fühlte, wie der mindestens dreihundert Kilogramm schwere Holzstamm in seinen Rücken gedrückt wurde. Der ›Tisch‹ schob das Paar einen Meter vor sich her, bevor er durch die Erde, die er vor sich auftürmte, zur Ruhe kam. Mehrere Bäume in ihrer Nähe wurden entwurzelt und flogen wie weggepustete Federn davon.

»Bleib liegen!«

Der Hüne sprang auf, rannte in den Wald und holte seinen Rucksack zurück, der sich im dichten Geäst der geschundenen Bäume verfangen hatte. Er kramte zwei VR-Brillen hervor, die normalerweise die Eigenschaft hatten, auf halbtransparenten Bildschirmen virtuelle Welten über die reale Welt zu legen, wie zum Beispiel eine rote Linie über eine Straße als Navigationshilfe. Die halbtransparenten Bildschirme passten sich der äußeren Helligkeit in Bruchteilen einer Nanosekunde an. Genau aus diesem

Grunde hatte Mardal die Brillen mitgenommen. Sollte es zu Kampfhandlungen kommen, so ließen sich entfernte Explosionen von Vril-Bomben ohne Gefahr für das Augenlicht betrachten.

»Hier!« Er reichte Nuna eine der Brillen, die andere hatte er längst selbst aufgesetzt.

Das Paar stand, sich an den Händen haltend, am Rande der Hochebene und blickte auf Akamandur, von dem nichts mehr übrig war als eine gigantische Pilzwolke, die bis in die Stratosphäre reichte.

Doch dies war erst der Auftakt zu einer Orgie der sich gegenseitig zu übertreffen trachtenden Hochtechnologie-Waffen.

In die innerhalb der Atmosphäre blau glühenden Geschossbahnen, die von den keineswegs zerstörten Geschützständen des Looth-Gebirges abgefeuert wurden, fielen Salven mit ein, die offensichtlich vom Meer her kamen. Erneut blitzte gleißende Helligkeit an mehreren Stellen im Tal auf. Mardal zog seine Frau wieder hinter den Baumstamm, um Schutz vor der Hitze zu suchen.

\*

*Fünf Minuten zuvor ...*

Die kleine Robotersonde auf der Spitze des höchsten Gebäudes von Akamandur übertrug eine Dreihundertsechzig-Grad-Aufnahme der Stadt und ihrer Umgebung als gepulste Neutrino-Bündelstrahlung auf die Spezialempfänger an Bord der Schiffe Por-Dans.

So konnten der General mit seinen Offizieren in der Zentrale des Schlachtkreuzers Vusor und die Kommandanten der zwölf Kreuzer und achtundvierzig Zerstörer den Beginn der Invasion beobachten. In etwa die Hälfte der Mohak-Flotte senkte sich auf das Looth-Tal hinab, mit dabei das einzig verbliebene Schlachtschiff der Echsen, dessen Ziel das Raumfeld von Akamandur war.

Por-Dans Raumschiffe waren zurzeit eher U-Boote, denn sie befanden sich in drei Kilometern Wassertiefe über dem fünf Kilometer tiefen Ologan-Graben, der sich in knapp hundert Kilometern Entfernung von der Küstenstadt Akamandur parallel zur Küste durch den Meeresboden zog.

Über die abhörsichere Neutrino-Bündelstrahl-Kommunikation gab der General seine Befehle.

»Auftauchen in fünfzehn Sekunden ab jetzt. Beschleunigung drei g. Die VUSOR und die Kreuzer BILAT, DORUNTH sowie die VLADUMUR feuern volle Breitseiten auf das feindliche Schlachtschiff. Alle anderen richten sich nach den Zielvorgaben des Schlachtenrechners der VUSOR.«

Vierzehn Sekunden nach dem Zünden der Triebwerke durchstieß die Flotte die Wasseroberfläche.

Der achthundert Meter lange, vierhundert Meter breite und zweihundertfünfzig Meter hohe Schlachtkreuzer VUSOR erzeugte dabei eine gigantische Flutwelle, die von den Kreuzern und Zerstörern noch erheblich verstärkt wurde und als Tsunami bis weit in die Stadt Akamandur hinein alles unter sich begraben würde. Doch bis die Welle dort eintraf, würde es in der evakuierten Stadt nichts mehr zu zerstören geben.

Sechs Vierundsechzig-Zentimeter-Granaten aus den beiden Drillingsgeschützen der VUSOR und weitere sechs aus den starr eingebauten doppelten Bugkanonen der drei Zerstörer schlugen zusammen mit vierundzwanzig Zwanzig-Zentimeter-Granaten als blauviolett glühende Strahlen in das im Schutze ihrer Reflektorfelder Landungstruppen ausschleusende Schlachtschiff.

Die Gesamtsprengkraft lag bei rund dreißig Gigatonnen und ließ die Reflektorfelder des Mohak sofort zusammenbrechen. Weite Teile der Schiffswandung verdampften.

Die Bodentruppen, die gerade ausgeschleust wurden, gingen auf der Stelle in den gasförmigen Aggregatzustand über.

Eine Sekunde später schlug die nächste Salve der aldebaranischen Kriegsschiffe in das ungeschützte, dreikommazwei Kilometer lange Riesenschiff der Echsen ein. Es verging in einer ungeheuren Detonation.

Der Einsatz von Vril-Granaten gegen feindliche Truppen innerhalb der Atmosphäre hatte natürlich eine ungleich verheerendere Wirkung als der Einsatz dieser ultimativen Vernichtungswaffen im Weltraum. Die Druckwellen der beiden Gigatonnen-Salven fegten über das Looth-Tal, rissen feindliche Kreuzer und Zerstörer mit sich, ebneten das nur zwanzig Kilometer entfernte Akamandur vollständig ein, entwurzelten Bäume und brachen sich schließlich an den auf der einen Seite achtzig Kilometer und auf der anderen Seite hundertzwanzig Kilometer entfernten Berghängen des Looth-Gebirges.

Die umhergewirbelten Feindschiffe waren die Ziele der ersten Salven der imperialen Kreuzer, Zerstörer und der Abwehrfestungen im Gebirge, die man natürlich keineswegs gesprengt, sondern deren Vernichtung man nur vorgegaukelt hatte. Ab der dritten Salve fielen die drei Kreuzer und die Vusor mit in das gandenlose Vernichtungsfeuer gegen die taumelnden Feinde ein.

Die Mohak wurden auf den Boden oder gegen die Berghänge geschmettert, einige wurden direkt zu Sonnen, als ihre Schutzschirme durchschlagen wurden.

Zehn Sekunden später waren alle Schiffe der Mohak zerstört. Das letzte Schlachtschiff des Feindes sowie fünfunddreißig Kreuzer und einhundertdreißig Zerstörer lagen zerborsten am Boden oder zerstoben als glühende Plasmawolken in den Druckwellen.

»Alarmstart! Auseinanderfächern! Volle Beschleunigung in den Raum!«, befahl Por-Dan über Rundruf. Ein Beschuss durch die zweite Welle der Mohak, die sich noch im Weltraum befand, würde sich innerhalb der Atmosphäre ähnlich katastrophal auswirken – nur dieses Mal gegen die aldebaranischen Schiffe.

Eile war daher geboten. Doch bereits in siebzig Kilometern Höhe schlugen die ersten Treffer in die Reflektorschirme der imperialen Kriegsschiffe. Drei Kreuzer und acht Zerstörer trudelten durch die Druckwellen der ersten Salve schwer beschädigt dem Boden entgegen. Die Antwort der Aldebaraner ließ mehrere Glutbälle in zweitausend Kilometern Höhe entstehen.

Bis der taktisch günstigere freie Raum erreicht war, fielen rund die Hälfte der aldebaranischen Kampfraumer dem wütenden Beschuss der Mohak zum Opfer, deren Reihen trotz der ungünstigen Position der Menschen in ungefähr gleicher Zahl gelichtet wurden.

Die VUSOR erzielte mit ihren beiden mächtigen Vierundsechzig-Zentimeter-Drillingstürmen einen Abschuss nach dem anderen. Deshalb konzentrierten die Echsen ihr Feuer auf den stolzen Schlachtkreuzer.

»Abdrehen, Haken schlagen, das volle Programm!«, befahl der General dem Navigator des Schiffes, als die Belastung der Reflektoren in die Höhe schoss und die durch die Einschläge der Granaten hervorgerufenen Vibrationen so stark wurden, dass jeder Mann an Bord des Schiffes, der nicht saß, von den Füßen geholt wurde.

Obwohl der unstete Kurs der VUSOR das Zielen auf den Feind erheblich erschwerte, erreichten die erfahrenen Kanoniere siebzehn weitere Abschüsse, bis die Reflektoren schließlich zusammenbrachen.

Ein fünfzig Meter langes Stück des rundlichen Bugs brach ab und ein erheblicher Teil der Schiffswandung verdampfte. Das Licht in der Zentrale flackerte.

»Wir stürzen ab!«, rief der Navigator, während er das Schiff um hundertachtzig Grad drehte, um dem Feind die unbeschädigte Seite mit noch funktionierenden Reflektoren zuzuwenden.

Die nächste Salve der Feindschiffe durchschlug die Schutzschirme mühelos, verdampfte das Schiff bis in siebzig Metern Tiefe und drückte es zurück in die Atmosphäre.

An Bord herrschte Schwerelosigkeit, als das Schiff steuerlos der schnell näher kommenden Oberfläche Bangalon-Dors entgegentrudelte.

Die Mohak ließen von dem geschlagenen Gegner ab, um sich um die wenigen verbliebenen Raumer der imperialen Flotte zu kümmern.

»Hilfstriebwerke sind angesprungen!«, verkündete der auf seinem Sitz festgeschnallte Navigator und schürte damit die Hoffnung der Besatzung, den Absturz zu überleben.

Das mit dem zerstörten Bug voran fallende Wrack richtete sich langsam in die Horizontale auf.

»Triebwerksleistung zu gering. Ich kann die Fahrt nicht mehr aufheben«, machte er die Hoffnungen sofort wieder zunichte.

Obwohl natürlich alle Außenkameras ausgefallen waren, zeigte der Hauptbildschirm die näher kommende Landschaft in Flugrichtung. Es waren vom Navigationsrechner der VUSOR erzeugte Bilder, die von echten Außenaufnahmen nicht zu unterscheiden waren. Wenn sich seit ihrem Abflug nichts verändert hatte, waren die Darstellungen des Rechners wirklichkeitsgetreu.

»Versuchen Sie den Kurs Richtung Looth-Gebirge zu korrigieren«, befahl Por-Dan dem Navigator.

Langsam schob sich das Gebirge vom linken Teil des Bildschirms in dessen Mitte. In flachem Winkel raste das Wrack auf die Berggipfel zu. Dann fuhr ein fürchterlicher Schlag durch den geschundenen Leib des Schlachtkreuzers. Der Bildschirm und die Beleuchtung der Zentrale erloschen sofort. Sekunden später erfolgte ein zweiter Schlag, der jedem Mitglied der Besatzung das Bewusstsein raubte.

In zweitausend Kilometern Höhe zerbarst zum gleichen Zeitpunkt das letzte aldebaranische Kriegsschiff, doch von der einst stolzen Flotte der Mohak waren nur noch sechs Kreuzer und achtzehn Zerstörer übrig.

\*

Auf den Knien krochen Mardal und Nuna zum Rand des Plateaus, um auf die verwüstete Landschaft zu blicken. Gehen konnten sie nicht, denn ein Sturm war aufgezogen, der mehr als Orkanstärke hatte. Die durch die zahlreichen Gigatonnen-Explosionen erhitzte Luft war nach oben gestiegen, sodass kühlere Luft über die Berghänge in die Zone des Unterdrucks strömte.

Mehrere, teilweise ineinander übergehende Pilzwolken standen um den Ort herum, der einmal Akamandur gewesen war. Deutlich war zu erkennen, dass der Sturm die Wolken langsam, aber sicher zersetzte. Immer noch glühte der Boden an mehreren Stellen rot.

Ein ohrenbetäubendes Donnern ließ das Paar den Blick zum Meer wenden. Sie sahen eine ganze Reihe von Explosionen am Himmel über dem Meer. Der Lärm stammte vom Alarmstart der Flotte Por-Dans, der vor fünf Minuten in einhundert Kilometern Entfernung stattgefunden hatte. Die Lichtblitze am Firmament zeugten von der Raumschlacht, die sich ihrem Ende neigte.

Doch da war noch etwas anderes, Unheimliches, das sich vom Meer her näherte. Das Paar sah im Licht der ersten Sonnenstrahlen, die sich über den Horizont schoben, eine mindestens einhundert Meter hohe Wasserwand auf die Küste zurasen. Als die Monsterwelle den Strand erreichte, brach sie und fiel tosend über Bäume, Ferienhäuser und ausglühende Bombenkrater her. Mit Entsetzen sahen Nuna und Mardal, wie ihr zwischen dem Hochplateau und der Küste liegendes Anwesen, beziehungsweise das, was die Druckwellen und der Sturm davon übrig gelassen hatten, unter den Wassermassen begraben wurde.

Dann erreichte die Flut den Fuß des Hügels. Gischt spritzte bis in zweihundert Metern Höhe und durchnässte die Kleidung der beiden soeben obdachlos gewordenen Landwirte. Überspült wurde das Plateau jedoch nicht.

*Beim Baal! Feuer fällt vom Himmel, Höllensturm fegt über das Land, und eine Flut ertränkt alles von Wert.* – So lautete eine alte Prophezeiung aus vortechnologischer Zeit über das Ende der Welt. Nuna lief es bei dem Gedanken an die wahr gewordene altaldebaranische Beschreibung der Apokalypse kalt den Rücken herunter.

Als ob dies noch nicht genug war, erzitterte der Boden unter dem Schlag eines Giganten.

»Ach ja, Erdbeben hatten wir noch nicht«, presste Mardal von Sarkasmus triefend hervor. Das war seine Methode, mit seiner

Angst umzugehen. Gleichzeitig beruhigte es Nuna, dass ihr Mann nicht in Panik verfiel.

Etwas Riesiges, Qualmendes hatte den Gipfelrand des Looth-Gebirges durchstoßen und raste genau auf ihren Hügel zu. Mit vor Schrecken geweiteten Augen sah das Paar den Koloss fünf Kilometer von ihrem Standort entfernt in den Boden krachen. Sand und Gestein vor sich auftürmend kam das Raumschiffswrack, nur um ein solches konnte es sich handeln, kurz vor Erreichen der ihnen abgewandten Seite des Plateaus zur Ruhe. Es musste sich um einen Schiffsgiganten handeln, denn er überragte das Plateau um rund einhundert Meter.

»Komm!« Mardal nahm seine Frau bei der Hand. »Es ist zwar nicht mehr zu erkennen, was genau dieses Wrack einmal war, die typisch dreieckige Grundform eines Mohak-Raumers hat es jedoch nicht. Also muss es eins von unseren sein. Lass uns nachsehen, ob da noch jemand am Leben ist.«

In geduckter Haltung, der Sturm hatte merklich nachgelassen, überquerten die beiden das Plateau, bis sie vor dem Berg aus Unitall-Stahl standen, der sich vor ihnen auftürmte.

»Wie sollen wir da hineinkommen?« Nuna blickte ihren Gatten aus hellblauen Augen an. Ihr Gesicht war mit einer Mischung aus Schweiß und Dreck bedeckt. Die roten schulterlangen Haare klebten an ihren Wangen.

»Das weiß ich auch noch nicht so genau. Komm, wir suchen nach einer Öffnung.«

Das Raumschiff war überall zerbeult, verschmolzen und zerrissen, doch nirgendwo war eine Öffnung zu finden, über die man das Wrack hätte betreten können. Nach einer Stunde intensiven Suchens wollten Mardal und Nuna schon aufgeben, als in zwanzig Metern Höhe eine Explosion ein Loch in den monströsen Schrotthaufen riss. Wenige Sekunden später erschien ein Soldat am Rand des Loches, bemerkte das Paar und winkte ihm zu.

Drei Seile fielen aus dem aufgesprengten Loch bis auf den Boden des Plateaus. Sofort kletterten Soldaten daran herunter. Sanitäter mit Flugaggregaten evakuierten Verwundete auf Tragen, andere schwebten mit Kisten voller Medikamente, Waffen oder sonstiger Ausrüstungsgegenstände herab.

Ein Soldat mit markanten Zügen, tiefen Falten im Gesicht und sonnengebräunter Haut baute sich vor den beiden Landwirten auf. Mardal erkannte an den Rangabzeichen auf den Schulterklappen, dass es sich um einen General handelte. Sein Kopf war in Stirnhöhe verbunden, was jedoch zum größten Teil vom üblichen Truppenhelm verdeckt wurde.

»Mein Name ist Por-Dan. Ich befehlige die Verteidigung Bangalons. Ich rate Ihnen, sich uns anzuschließen, denn die zweite Welle der Invasion durch die Mohak steht unmittelbar bevor. Von unserer Flotte wird nicht mehr viel übrig sein. Wir werden versuchen, mit den Landstreitkräften Kontakt aufzunehmen, die unter dem Kommando von Staffelführer Nungal stehen. Die regulären Truppen bewachen die rund zwei Millionen Bewohner Bangalon-Dors, die hier zurückbleiben mussten und in den Looth-Bunkern untergebracht wurden, während sich eine Division der Leibgarde sehr fürsorglich um die Echsen im Geländekampf kümmern wird.«

Nuna hatte natürlich schon von den ausgedehnten Bunkeranlagen unterhalb des Looth-Gebirges gehört. Derartige Schutzräume für Millionen waren auf allen imperialen Planeten seit dem Beginn des Mohak-Krieges zum Standard geworden.

»*Der* Nungal?«, hakte Mardal nach. Der Träger des Schwarzen Sonnenkreuzes hatte einen Bekanntheitsgrad von annähernd einhundert Prozent.

»Ja, *der* Nungal«, bestätigte der General. »Und er wird es den Mohak sicherlich nicht leicht machen, die Zurückgebliebenen als Verpflegung zu missbrauchen.« Pan-Dor grinste spöttisch, wobei sein Gesicht noch faltiger wirkte. Mardal schloss aus diesem Grinsen ganz richtig, dass Nungal noch ein paar Überraschungen für die Echsen bereithielt.

\*

Widersprüchliche Gefühle tobten durch den scharfen Verstand des Grüngeschuppten. Einerseits war Arnatz[17] Krox nun Oberbefehlshaber der Flotte, was bei ihm Selbstzufriedenheit und Machteuphorie auslöste, andererseits graute es ihm bei dem Gedanken, dass der Sieg über die Futtertiere neunzig Prozent der Flotte gekostet hatte. Mit derartigen Verlusten konnte man keine Kriege gewinnen – das Volk der Mohak würde ausbluten.

Unvermittelt war die Flotte vom äußeren Planeten dieses Systems beschossen worden und ebenso unvermittelt hatten die Weißhäute die erste Landungswelle innerhalb der Atmosphäre angegriffen. Ohne Rücksicht hatten sie durch ihren Angriff auf die Schiffe des Zhort ihre eigene Siedlung in einen Haufen nachglühenden Gesteins verwandelt. Warum waren sie nicht geflohen, wie sie es zunächst vorgegaukelt hatten? Diejenigen, die sich Aldebaraner nannten, mussten doch wissen, dass sie diese Schlacht nicht gewinnen konnten. Warum stellt sich jemand zur Schlacht, wenn klar ist, dass er sie verliert? Diese seltsame, von der Natur im Punkte Wehrhaftigkeit benachteiligte Art schien über eine gänzlich andere Mentalität als ein Mohak zu verfügen, der nur dann jagte, wenn die Erfolgsaussichten über neunzig Prozent lagen.

Diese Handlungsweise war für eine räuberische Spezies ein gewaltiger Selektionsvorteil.

Doch die Verluste waren nicht mehr rückgängig zu machen. Die Schiffe waren voller Landungstruppen gewesen, sodass neben den wertvollen Raumern mehr als zwanzig Millionen hervorragend ausgebildeter Soldaten ihr Leben verloren hatten. Nun galt es, die Früchte zu ernten, die so teuer bezahlt worden waren, indem er, Arnatz Krox, diesen herrlichen Sauerstoffplaneten für sein Volk in Besitz nahm.

---

[17] Oberst

Die beige uniformierte Echse, mit einem halbkugelförmigen, ebenfalls beigefarbenen Helm auf dem Kopf, betrachtete die demütig dreinblickenden Offiziere, die dem Kreuzerkommandanten und neuen Oberbefehlshaber der Flotte damit ihren Respekt zollten.

Dann gab er den Befehl, auf den alle gewartet hatten und der nur aus einem einzigen Wort bestand:

»Invasion!«

\*

General Pan-Dor hatte bei der Festlegung der Gesamtplanung darauf bestanden, dass Staffelführer Nungal die Bodentruppen kommandieren sollte. Diesem war dies gegenüber Oberst Dratan ziemlich peinlich, dem der General durch diese Maßnahme das Kommando entzogen hatte.

Dratan gehörte nicht den regulären Truppen, sondern der imperialen Leibgarde an. Diese Elitetruppe, ausgebildet in fast allen Kampfsport- und Waffentechniken, galt im Bodenkampf als unbesiegbar.

Der vierschrötige Oberst hatte die Entscheidung des Generals jedoch keineswegs als Zurücksetzung empfunden.

»Es ist mir eine ganz besondere Ehre, unter Ihrem Kommando in die Schlacht zu ziehen«, hatte er den Kriegshelden mit einem ehrlichen Lächeln wissen lassen.

Die Aldebaraner verfügten auf Bangalon-Dor über siebentausendachthundert Leibgardisten, denen eine Sahal-Panzerdivision[18] und tausend Exoskelette zur Verfügung standen. Im Rahmen des Plans des Generals hatten Dratan und der Träger des Schwarzen Sonnenkreuzes die Truppen über das Looth-Tal verteilt und den Befehl gegeben, sich einzugraben.

Weitere dreihunderttausend Soldaten der regulären Truppen

---

[18] Sahal-Panzer wurden nach einer furchtlosen aldebaranischen Raubkatzenart benannt.

und einberufene Kolonisten waren im Bunkersystem zurückbehalten worden, um es den Mohak zu erschweren, der zwei Millionen Zivilisten, die dort Schutz gesucht hatten, habhaft zu werden. Sie würden nur dann in Erscheinung treten, wenn die imperiale Leibgarde zum ersten Mal in ihrer Geschichte versagte.

»Achtung! Die Mohak sind im Anflug auf das Looth-Tal«, hörte Nungal die Stimme des Verbindungsoffiziers, der in der Kommandozentrale des Bunkers saß und die Ortungsergebnisse an die Anwesenden weitergab. Die Kommunikation geschah mittels gerichteter Neutrinos, was einerseits Abhörsicherheit garantierte und andererseits die Übertragung von Bild und Ton durch feste Materie hindurch erlaubte, die eine Kommunikation über elektromagnetische Wellen unterbunden hätte. Von dem kleinen Gerät in der Kommandozentrale des Bunkersystems ausgehend durchdrangen die Partikel etliche Kilometer Gestein, bis sie von den hochempfindlichen Empfangsgeräten der Panzer und Exoskelette registriert wurden.

»Ankunft in drei Minuten. Es ist davon auszugehen, dass sie sofort mit dem Ausschleusen ihrer Raumlandeverbände beginnen werden.«

Das Innere des Sahal, in dem sich der unfreiwillige Kommandant der Bodentruppen befand, wirkte bedrückend eng, zumal er als viertes, überzähliges Besatzungsmitglied zusätzlichen Platz in Anspruch nahm. In den Gesichtern der drei Elitesoldaten, umrahmt von den typischen schwarzglänzenden Helmen, war eiserner Kampfeswille und das unumstößliche Bestreben, ihren Mythos der Unbesiegbarkeit aufrechtzuerhalten, zu erkennen.

Ein leichtes Zittern fuhr durch den Panzer.

»Die Mohak haben mit dem Beschuss unserer Abwehrfestungen im Gebirge begonnen«, kam die prompte Erklärung des Verbindungsoffiziers aus dem Empfänger.

Planetare Abwehrfestungen waren nur so lange hilfreich, wie der Feind ihren genauen Standort nicht kannte. Durch den Beschuss der ersten Invasionswelle war dem Feind die genaue Position der Festungsgeschütze jetzt natürlich bekannt, weshalb er nun aus einer sicheren Entfernung, aus der er wegen der Flugzeit der Granaten Gegenfeuer leicht ausweichen konnte, eins der aldebaranischen Festungsgeschütze nach dem anderen ausschaltete.

Doch das war natürlich als unvermeidbar einkalkuliert worden. Die letzte Phase des Plans Pan-Dors setzte voraus, dass sie den Feind hinreichend dezimiert haben würden, sodass er nach dem Absetzen seiner Raumlandetruppen gezwungen war, seine Schiffe abzuziehen, um frische Soldaten und Ausrüstung aus den Tiefen des Mohak-Reiches zu holen.

Für dieses Ziel hatte sich die weit unterlegene Flotte der Menschen geopfert. Die ehemals gewaltige Feindflotte war auf einen kleinen Bruchteil ihrer ursprünglichen Größe geschrumpft und hielt in den Bäuchen der Schiffe sicherlich nicht genug Truppen und Ausrüstung bereit, um mehr als einen provisorischen Stützpunkt zu errichten.

»Die Mohak sind gelandet. Die ersten Soldaten und Kampfläufer verlassen die Schiffe«, informierte der Verbindungsoffizier die imperialen Bodentruppen über Rundruf.

Mohaksche Kampfläufer waren am ehesten mit aldebaranischen Exoskeletten vergleichbar. Man hatte den Exoskeletten eine humanoide Form gegeben, weil eine solche Maschine durch einen Menschen am leichtesten intuitiv gesteuert werden konnte. Ähnliche Gedankengänge schienen die Mohak beim Bau der Kampfläufer verfolgt zu haben. Wie ihre Schöpfer, gingen die mechanischen Monstrositäten auf zwei Beinen, wobei das kantige Vorderteil mit den beiden Fünfkommasieben-Zentimeter-Geschützen eine waagerechte Linie mit dem Rumpf und dem Schwanz bildete. Letzterer diente zur Aufrechterhaltung des Gleichgewichts, besonders bei schnellen Richtungsänderungen. Zusätzlich verfügten die Maschinen über zwei doppelläufige Einskommasieben-Zentimeter-Geschütze an den Seiten.

Zwanzig Minuten lang lauschte die vierköpfige Panzerbesatzung den Kommentaren des Verbindungsoffiziers zu den Bildern, die er ihnen schickte und die auf dem Hauptbildschirm des Panzers dargestellt wurden.

Verteilt über das ganze Looth-Tal schwebten Mohak-Raumer in geringer Höhe über dem Boden, sodass deren geöffneten Schleusenklappen den Boden berührten. Soldaten, Transportfahrzeuge und Kampfläufer bewegten sich in geordneten Formationen über die Rampen hinab auf den Boden des von ihnen beanspruchten Planeten. Doch dann versiegte der Strom der Raumlandetruppen allmählich. Die Zählautomatiken des Bunkersystems hatten achthundert Kampfläufer und einskommaacht Millionen Soldaten registriert.

Die Feindschiffe schlossen ihre Schleusen, und erwartungsgemäß hob eins nach dem anderen ab, um im wolkenlosen, blauen Morgenhimmel zu verschwinden.

Die aldebaranischen Elitetruppen warteten noch bis zum frühen Nachmittag, damit die Mohak keine Chance hatten, ihre Schiffe zur Unterstützung zurückzurufen. Dann schlugen sie los …

\*

»Ausgraben!«, bellte Nungal in das Mikrofon des Neutrino-Richtfunkgeräts. Dreihundert Panzerkettenpaare wühlten sich durch die Erde, um an verschiedenen Stellen des Tals die mächtigen Unitall-Stahl-Körper aus dem Boden zu heben. Als ob sich Totgesagte aus ihren Gräbern erhoben, durchbrachen zusätzlich tausend Exoskelette die Erdoberfläche. Fast fünftausend Leibgardisten krochen unter ihren Tarnzelten hervor und suchten sich ihre Gegner.

Durch die Außenaufnahmen, die von der Kommandozentrale des Bunkers geschickt wurden, wussten der Sonnenkreuzträger und die drei Männer, dass sich in nur einhundert Metern Entfernung einer der fünf Meter hohen und zwölf Meter langen Kampfläufer befand. Sofort richtete der Kanonier des Panzers den Geschützturm darauf aus. Eine heftige Vibration, gefolgt von einem dumpfen Grollen fuhr durch das Kettenfahrzeug, als die Achtkommaacht-Zentimeter-Magnetfeldkanone in Aktion trat. Die erste Granate traf den Kampfläufer am Rumpf, durchschlug aber nicht dessen Reflektorfelder. Der übertragene Impuls warf die feindliche Maschine jedoch auf die Seite. Die Besatzung der stählernen Echse bestand aus einem Mohak für die Steuerung und drei weiteren für die Bedienung der Geschütze. Die zweite Granate traf die ungeschützte Unterseite des Läufers, sodass er in einer heftigen Detonation verging. Zwanzig Mohak-Soldaten in der Nähe wurden durch umherfliegende Trümmer mit in den Tod gerissen.

Nungal öffnete die Luke des Geschützturms und schrie ein kurzes »Abschalten!« ins Innere des Panzers. Die Reflektorfelder wurden kurz ausgeschaltet, sodass er mit einem Dreißigmetersatz zwischen umgestürzten Bäumen landete. Hinter ihm waren die Reflektoren wieder eingeschaltet worden und der Panzer raste mit einer Beschleunigung los, die man dem Sechzigtonnenungetüm nicht zugetraut hätte. Der Elektromotor des Panzers schöpfte seine Kraft aus einem fünfzig Megawatt leistenden Vril-Generator, der seine Energie dynamisch bei Beschuss den Reflektoren zuteilte. Ziel des Kraftpakets war ein Lager, das die Mohak in zehn Kilometern Entfernung errichtet hatten.

Die Aufgabe des Staffelführers war die Jagd auf Kampfläufer. Durch die Kräfte und Fähigkeiten, die ihm die Isais auf dem dritten der Maulack-VI-Monde verliehen hatte, war er dazu prädestiniert. Auf diese Jagd wollte sich der Krieger jetzt konzentrieren. Deshalb sandte er den verabredeten Funkimpuls an Oberst Dratan, der damit die Befehlsgewalt über die Bodentruppen zurückerhielt.

Frei wollte er sein. Frei von der Verantwortung für die Strategie, frei von taktischen Überlegungen. Frei, um Rache zu üben und nackten Terror zu verbreiten. Diese verdammten Echsen hatten, ohne provoziert worden zu sein, nukleare Waffen auf seinen

Heimatplaneten herabregnen lassen, denen seine Familie nur mit Glück entkommen war! Hunderttausende edle Soldaten hatten sich opfern müssen, um den totalen Untergang abzuwenden – und zu allem Überfluss sahen diese vermessenen Drecksechsen in den Menschen nichts weiter als Futtertiere. Jetzt war es an der Zeit, dass sie im Kampf Mann gegen Mann, nicht in einer anonymen Raumschlacht, erfuhren, wer der Jäger und wer die Beute war.

Der höchstdekorierte Soldat sprintete über umgestürzte Bäume auf eine Stelle zu, an der sich drei der feindlichen Kampfläufer befanden. Sein transparenter herausgefahrener Helmbildschirm zeigte ihm die Gegner als rote Lichtpunkte, auf die er sich, dargestellt als blauer Punkt, schnell zu bewegte. Der Mikrorechner des Kampfhelmes erhielt die Daten von der Außenbeobachtung der Kommandozentrale des Bunkersystems und stellte sie auf den Gedankenbefehl seines Trägers hin grafisch dar.

Dann sah Nungal das Oberteil der ersten feindlichen Maschine über das Buschwerk hinausragen. Die weiße Oberfläche des Ungetüms glänzte im Licht der Nachmittagssonne. Tarnfarben schienen die Lurche in ihrer Arroganz nicht für nötig zu halten. Umso besser!

Mit einem zehn Meter weiten und fünf Meter hohen Satz sprang der Schützling der Isais über die Büsche und krachte gegen das hintere Reflektorfeld des Kampfläufers. Während er mit dem Rücken daran herunterrutschte, erschoss er mit seinem Magnetfeldgewehr, Kaliber neun Millimeter, Kadenz einhundert Schuss pro Sekunde, zwei Dutzend der sich für die Krönung der Schöpfung haltenden Kröten. Sie waren tot, bevor sie überhaupt registriert hatten, was vorging.

Als seine Füße den moosigen Waldboden erreichten, warf er sich flach auf den Boden und rollte sich unter dem Reflektorfeld hindurch, das fünfzig Zentimeter über dem Boden endete, um die Maschine in ihrer Bewegung nicht zu behindern. Gerade als sich der Träger des Sonnenkreuzes unterhalb des Ungetüms befand, hatte der steuernde Mohak wohl das Feuer auf die hinter ihm nun erschossen daliegenden Soldaten bemerkt, also ließ er den Kampfläufer losmarschieren. Schon nach einer Sekunde hatte er einhundert Kilometer in der Stunde erreicht; eine Geschwindigkeit, die Nungal problemlos mitgehen konnte.

Leicht stieß er sich vom Boden ab und griff mit einer Hand nach dem Verschluss der Einstiegsluke unter dem Bauch des Monstrums. Daran baumelnd zog er mit der anderen Hand eine Haftgranate aus dem Gürtel seines Kampfanzuges und presste sie gegen die Unterseite der Höllenmaschine. Nachdem er die Schutzhülle des Zündknopfes weggeklappt und ihn eingedrückt hatte, ließ sich der Kriegsheld wieder flach auf den Boden fallen, sodass der Kampfläufer samt Reflektorfeld über ihn hinwegraste. Nur eine Sekunde, nachdem er den Zündknopf eingedrückt hatte, zerriss die Detonation der Haftgranate den Bauch der Maschine und trennte die beiden Beine vom Rumpf, der sich mehrfach überschlagend durch das Unterholz des Waldes krachte. Wahrscheinlich explodierte die Munition der mechanischen Bestie, denn eine weitere Explosion vernichtete die Überreste des Rumpfes.

Befriedigt wandte sich Nungal ab. Allerdings waren die anderen beiden Kampfläufer von seinem transparenten Bildschirm verschwunden. Offenbar hatte die Ortung des Bunkers die Maschinen verloren.

Aus seinem linken Augenwinkel sah der beste Jägerpilot Aldebarans einen weiteren Trupp Mohak-Soldaten, schätzungsweise einhundert Echsen, durch das Dickicht der Büsche marschieren. Er wollte gerade mit seinem Angriff beginnen, als plötzlich ein gnadenloses Feuer auf den Feind herabregnete. Gut getarnte Soldaten der Leibgarde beschossen die Kröten aus den Bäumen heraus. Sie hatten die Geschwindigkeit der Kugeln ihrer Magnetfeldgewehre so langsam eingestellt, dass keine blau glühenden Schussbahnen ihre Standorte im dichten Blätterdach verrieten. Es dauerte nur wenige Sekunden, bis der Trupp bis auf sechs Lurche ausgelöscht war. Und die flüchteten in die Richtung, in die sie marschiert waren, was sie genau auf Nungal zu trieb. Der Isais-Krieger legte seine Waffe an, konzentrierte sich und feuerte. Fünf Feinde fielen sofort durch seine Kugeln, der sechste stürzte jedoch, wahrscheinlich, weil er über eine Wurzel gestolpert war. Er rutschte mit seiner Schnauze den Boden pflügend bis direkt vor die Stiefel des Staffelführers auf Urlaub. Als der Schuppenhäutige zur Ruhe kam, öffnete er die gelben, senkrecht geschlitzten Augen, nahm den Menschen vor sich wahr und blickte dann an ihm hoch.

Sofort sprang die Echse auf, um den vermeintlich schwächeren Gegner mit bloßen Händen und natürlich mit seinem wehrhaften Maul zu töten. Unendlich langsam für die beschleunigten Reflexe des Ausnahmesoldaten schossen die dolchartigen Zähne des Wesens, das sich für zivilisiert hielt, auf ihn zu.

Er packte mit der Linken die rechte Seite der Schnauze und mit der Rechten den linken Kiefer kurz vor dem Halsansatz. Dann bewegte er die Linke ruckartig nach rechts, was dem Unhold sofort das Genick brach. Dieser ganze Vorgang war viel zu schnell gewesen, als dass die Echse ihr Ende hätte kommen sehen. Mit gebrochenen Augen lag sie vor dem Krieger mit der Narbe auf der linken Wange, während er aus den Lautsprechern seines Kampfhelmes hörte:

»Hier Hauptmann Jagul, imperiale Leibgarde. Wir sitzen vor Ihnen auf den Bäumen und warten hier auf die nächste Feindpatrouille. Wer sind Sie, Soldat? Also – einen Mohak mit bloßen Händen erledigen ... so was habe selbst ich noch nie gesehen.«

»Staffelführer Nungal«, antwortete er dem Hauptmann. »Ich bin hier auf Urlaub. Wirklich erholsam, so ein Bodenkampf im Vergleich zu den nervenaufreibenden Raumschlachten.«

Schallendes Gelächter vermischt mit Jubel drang aus den Helmlautsprechern Nungals. Er erkannte am Kommunikationssymbol, das auf seinem transparenten Helmbildschirm dargestellt wurde, dass über kurzreichweitigen Rundruf kommuniziert wurde, also hatten alle Männer der Kompanie Jaguls zugehört. Innerhalb der aldebaranischen Streitkräfte galten die Raumlandetruppen der imperialen Leibgarde unstrittig als die kühnsten und härtesten Soldaten. Dass der höchstdekorierte Soldat Aldebarans diesen Mythos nun nicht ganz ernst gemeint umdrehte, belustigte die Männer natürlich.

»Achtung! Aus Richtung Osten nähern sich zwei Kampfläufer«, hörte der Sonnenkreuzträger die Warnung des Hauptmanns.

Da also waren die anderen beiden, die von der Bunkerortung verloren worden waren.

»Bleibt, wo ihr seid!«, rief der berühmte Staffelführer den Männern der Kompanie zu. »Ich kümmere mich um die Blechechsen.«

Dann stürzte er sich in das Dickicht des an diesem Orte weitgehend durch die Druckwellen unbeschädigten Waldes, bis er die weißen, kantigen zwei Beine der ersten Monstrosität entdeckte. Das Stahlvieh lief direkt auf Nungal zu. Also legte er sich flach auf den Rücken und wartete, bis der kantige Schädel mit den beiden Magnetfeldkanonen direkt über ihm war. Blitzschnell ging er in die Hocke, stieß sich vom Boden ab und ergriff mit der Linken, wie bereits zuvor erfolgreich praktiziert, das Öffnungsrad der Einstiegsluke. Mit der Rechten platzierte er erneut eine Haftladung am weißen Stahlpanzer und ließ sich wieder flach auf den Boden fallen.

Als der Kampfläufer eine Sekunde später explodierte, brach aus dem Unterholz des Waldes der zweite hervor. Die steuernde Echse hatte den auf dem Boden liegenden Soldaten erblickt. Der Schädel mit den beiden Geschützen senkte sich mit einer nickenden Bewegung herab, sodass die beiden Läufe in seine Richtung zeigten. Doch Nungal war schon längst wieder in der Hocke, stieß sich ab und segelte über das fünf Meter hohe und zwölf Meter lange Ungetüm hinweg.

Sicher landete er auf seinen Füßen, sah jedoch einer unsicheren Zukunft entgegen, denn nur einen Meter vor ihm stand ein Mohak, der ihn verblüfft anschaute. Hinter dem Soldaten des

147

Zhort befand sich eine Kolonne Echsen, deren Länge der Raumjägerpilot nicht abschätzen konnte. Er wuchtete seinen Körper in die Waagerechte, mit dem Gesicht nach oben, und stieß sich kräftig mit den Beinen von der Brust des wie erstarrt dastehenden Invasors ab. Damit erzielte der Isais-Günstling zwei Effekte: Erstens flog er dem davonmarschierenden Kampfläufer hinterher, zweitens landete der Lurch mitten zwischen seinen nicht minder verblüfften Artgenossen. Dadurch bekam Nungal genug Zeit, seinen Körper im Flug um einhundertachtzig Grad zu drehen und, ohne beschossen zu werden, einen zweiten Sprung durchzuführen, der ihn direkt unter die Reflektoren des Kampfläufers beförderte. Erst als er bereits wieder an dem Öffnungsrad der Ausstiegsluke hing, prasselten die ersten Kugeln der Soldaten, die natürlich für den Aldebaraner bestimmt waren, gegen den Reflektorschirm des Kampfläufers. In aller Seelenruhe brachte der Staffelführer die Haftladung an, winkte den Echsen mit der freigewordenen Rechten noch einmal freundlich lächelnd zu und sprang nullkommaneun Sekunden, nachdem er die Haftladung scharf gemacht hatte, flach über den Boden segelnd und sich mit den Armen weiter beschleunigend, seitlich unter der Blechechse hinweg, hinein ins schützende Unterholz des Waldes.

*Wirklich nett, diese Kräfte, die du mir verliehen hast, liebe Isais,* lobte Nungal seine göttliche Förderin gedanklich. Er glaubte, kurz ein helles, mädchenhaftes Lachen zu hören, was aber wahrscheinlich eine Sinnestäuschung gewesen war.

Voller Euphorie über seine übermenschlichen Kräfte handelte der Sonnenkreuzträger wie im Rausch. Er stieß sich mit einem Arm und beiden Beinen von den Bäumen ab, sodass er sich mit beachtlicher Geschwindigkeit an der Kolonne der Feinde vorbeibewegte. Um keine verräterischen Geschossbahnen zu erzeugen, hatte er sein Magnetfeldgewehr auf niederenergetisch eingestellt und schoss beim Flug von Baum zu Baum auf die Grünschuppigen. Die Mohak nahmen ihn durch den schützenden Blätterwald, wenn überhaupt, nur als einen undefinierbaren, vorbeihuschenden

Schatten wahr, so wie er selbst trotz geschärfter Sinne die Kröten ebenfalls nur schemenhaft wahrnehmen konnte. Gelegentlich sah er durch die Lücken der Blätter aufspritzendes rotes Blut, was ihn daran erinnerte, dass der Metabolismus der Kröten ebenfalls wie bei Menschen Hämoglobin[19] für den Sauerstofftransport vorsah.

Am Ende der Kolonne angekommen schätzte Nungal die Anzahl der feindlichen Soldaten auf mindestens fünftausend. Wie viele er davon erledigt hatte, konnte er zu diesem Zeitpunkt noch nicht sagen. Fest stand jedoch, dass er das komplette Bataillon in Panik versetzt hatte. Offensichtlich kamen die Echsen nicht damit klar, selbst einmal gejagt zu werden. Dieser für sie neue Umstand schien ihr Weltbild und ihr Selbstverständnis zutiefst zu erschüttern, denn sie rannten kopflos alle in eine Richtung – ausgerechnet auf die Kompanie von Hauptmann Jagul zu. Der Jägerpilot konnte ein gewisses Mitleid nicht unterdrücken, immerhin würden die aufgescheuchten Kröten gleich auf eine Kompanie der besten Elitekämpfer Aldebarans treffen, die bestens vorbereitet in den Kronen der Bäume nach Zielen suchten. Keine Minute später hörte er auch schon das charakteristische Pfeifen niederenergetischer Schüsse. Für Nungal stand fest, dass die Echsen die Männer Hauptmann Jaguls nicht ernsthaft gefährden konnten, also schritt er gemächlich in Richtung des Kampfgeschehens.

Zunächst überquerte er den Pfad, den die Mohak zum Vorrücken genutzt hatten und der von den Kampfläufern freigetreten worden war. Vorsichtig spähte er nach links und rechts, ob dort nicht noch ein verletzter Mohak lag, der ihm aus dem Hinterhalt hätte gefährlich werden können. Doch offensichtlich waren seine Geschosse immer noch schnell genug gewesen, um jeden, den sie trafen, durch den Schockeffekt auch zu töten. Der Staffelführer sah Hunderte, wahrscheinlich Tausende der Invasoren mit rot gefärbten Uniformen auf dem Pfad liegen, den sie selbst geschaffen hatten.

---

[19] Roter Blutfarbstoff.

Als Nungal schließlich das Waldstück erreichte, das von Hauptmann Jaguls Kompanie besetzt worden war, offenbarte sich ihm ein ähnliches Bild wie auf dem Pfad. Überall lagen Mohak-Leichen herum. Offensichtlich hatte sich keine der Echsen ergeben. Kopfschüttelnd stellte er sein Funkgerät auf Nahkommunikations-Rundspruch.

»Staffelführer Nungal an Hauptmann Jagul. Wie hoch sind Ihre Verluste?«

»Zwei Mann. Als wir das Feuer eröffneten, schossen die Kröten wahllos in die Baumkronen und landeten zwei Glückstreffer«, kam die prompte Antwort. Schnell fügte er hinzu: »Äh – Glück für die Echsen, Pech für meine beiden Männer, meinte ich.«

»Halten Sie nach weiteren Patrouillen des Feindes Ausschau. Ich werde mich in Richtung Gebirge umsehen, was die Lurche so treiben.«

»Viel Erfolg!«, wünschte der Hauptmann.

Dann setzte der Krieger der Isais seine Jagd fort …

\*

Zweiunddreißig der sechzig Besatzungsmitglieder der VUSOR hatten den Absturz überlebt. Die Soldaten entnahmen den Kisten, die sie aus dem Wrack geschafft hatten, Flugaggregate und verteilten sie an die Kameraden und die beiden Landwirte.

»Ich habe noch niemals ein solches Aggregat benutzt«, meinte Nuna ängstlich.

»Das ist kinderleicht«, beruhigte General Pan-Dor die junge Bäuerin. »Sie setzen diesen Helm hier auf, schnallen sich das eigentliche Aggregat um und denken dann einfach nur, wohin sie fliegen wollen und ob das langsamer oder schneller vonstatten gehen soll.«

»Und das ist wirklich alles?«, blieb Nuna skeptisch.

»Das ist wirklich alles«, bestätigte der General.

Die Frau Mardals zog die Gurte des Flugaggregats fest und

setzte den schwarzglänzenden VR-Helm auf, der bei ihr ein wenig komisch wirkte, denn ihre schulterlangen roten Haare lugten unter dem Helmrand hervor. Dann hob die junge Frau langsam vom Boden ab, wobei sie ein paar Laute der Verzückung von sich gab. Vorsichtig stieg sie bis in eine Höhe von zwanzig Metern auf, drehte eine Runde und landete wieder zwischen dem General und ihrem Mann.

»Das ist ja fantastisch! Ich kann fliegen!«, brach die Begeisterung aus Nuna hervor, und an ihren Mann gewandt fügte sie hinzu: »Wenn wir das alles hier heil überstehen, möchte ich so ein Ding haben. Schenkst du mir eins zum Geburtstag?«

Die umstehenden Männer unterdrückten ihre Heiterkeit nicht, sondern brachen in schallendes Gelächter aus.

Zusammen mit Mardal und Nuna machten sich die Raumfahrer unter der Führung von General Pan-Dor auf, das Bunkersystem im Looth-Gebirge zu erreichen. Vier Schwerverletzte, die nicht mehr in der Lage waren, selbst zu fliegen, wurden von je zwei Soldaten auf Tragen befördert. Die vierunddreißig Menschen schwebten über Wassermassen, die sich träge wieder zum Meer hin zurückzogen. Zum Vorschein kamen entwurzelte Bäume und schlammige Erde. Je näher die kleine Gruppe dem Gebirge kam, umso trockener wurde die Landschaft unter ihnen. Weitgehend unbeschädigte Waldstücke wechselten sich mit Bereichen ab, in denen die Bäume wie umgeknickte Streichhölzer am Boden lagen und weiteren Zonen, in denen die Baryonenvernichtung der Vril-Sprengsätze alles bis zur Unkenntlichkeit verbrannt hatte.

»Achtung! Anfliegende Raumschiffe!«, drang es aus den Helmlautsprechern Mardals. Die Warnung kam offensichtlich von einem Soldaten der Gruppe, denn sie wurde über Nahfunk vorgetragen, wie der Bauer am entsprechenden Symbol auf dem transparenten Helmbildschirm erkannte. Er blickte nach oben und sah eine Reihe von Lichtpunkten am Himmel, die schnell größer wurden.

»Landung in dem Waldstück vor uns!«, kam der Befehl Pan-Dors als Reaktion auf die unmittelbar bevorstehende Invasion.

Natürlich würden sie von den Echsen geortet werden, wenn sie weiterhin über den Baumwipfeln schweben würden. »Die kleine Lichtung dort!« Der General deutete auf eine moosbewachsene, baumfreie Fläche.

Als alle gelandet waren, gab der Kommandant seine weiteren Anweisungen: »Es sind noch siebzig Kilometer bis zum Eingang des Bunkersystems im Looth-Gebirge. Diese Strecke sollten wir nur im Notfall zu Fuß zurückzulegen versuchen. Ein solcher Notfall träte dann ein, wenn unsere Bodentruppen gegen die Mohak unterliegen oder wenn unsere Jungs überhaupt nicht zum Einsatz kommen, weil die Lurche ihre Raumschiffe wider Erwarten nicht zurückziehen. Also warten wir hier versteckt im Wald ab, wie die Dinge sich entwickeln. Orstal und Echtan, begeben Sie sich in den Gipfel des außergewöhnlich hohen Baumes dort«, der General deutete auf das Exemplar, das ihm vorschwebte, »und unterrichten Sie uns über die Geschehnisse. Verwenden Sie Nahfunk-Rundruf.«

Die beiden Angesprochenen schwebten mithilfe ihrer Vril-Aggregate zur Krone des besagten Baumes hinauf und machten es sich im Geäst so bequem wie möglich.

»Die Mohak sind gelandet. Sie beginnen mit dem Ausschleusen von Truppen. Uns am nächsten ist ein Kreuzer, der in fünf Kilometern Entfernung direkt über einem Bereich schwebt, der von den Druckwellen eingeebnet wurde. Kampfläufer und Soldaten verlassen das Schiff«, hörten die am Boden Verbliebenen aus ihren Helmlautsprechern.

Der General bedauerte, dass er keinen Funkkontakt mit seinen Truppen aufnehmen konnte, denn natürlich war für diese Phase der feindlichen Invasion absolute Funksperre verhängt worden. Über Spezialgeräte zur Kommunikation mittels gerichteter Neutrinos verfügte seine kleine Gruppe leider nicht.

Zwanzig Minuten später meldete Orstal, dass die Bodentruppen vollständig gelandet waren und der Kreuzer abgehoben hatte. Die letzte Meldung hätte er sich auch sparen können, denn ein ohrenbetäubender Knall fegte über die kleine Gruppe hinweg, als das Schiff die Schallmauer durchbrach.

Eine Stunde geschah nichts weiter, bis die beiden Späher meldeten: »Achtung! Die Echsen haben Patrouillen mit Kampfläufern ausgeschickt. Eine davon kommt direkt auf uns zu. Ich sehe das an den umstürzenden Bäumen, die offensichtlich von den Kampfläufern gerammt werden.«

Nach ungefähr zehn Minuten konnten die Aldebaraner auf der Lichtung das Knirschen und Krachen vernehmen, das die Maschinen bei ihrem rüden Umgang mit dem Wald verursachten.

»Wir müssen fliehen«, rief Nuna, auf deren Gesicht sich unzweifelhafte Anzeichen von aufkommender Panik erkennen ließen.

»Sobald Sie ein paar Meter über den Baumkronen sind, wird die Ortung der Mohak Sie erfassen. Wir müssen uns nur ganz ruhig verhalten, dann ziehen die Lurche schon an uns vorbei«, versuchte Por-Dan die junge Frau zu beruhigen.

Der Lärm, den das Bersten der Baumstämme verursachte, wurde immer lauter. Dann konnten die Menschen auf dem Waldboden die Krone eines rund fünfzig Meter entfernten Baumes sehen, die sich langsam zur Seite neigte und im Unterholz verschwand. Die Landwirtin begann am ganzen Körper zu zittern. Ihr Mann redete beruhigend auf sie ein, was durch den näher kommenden Lärm der heranrückenden Mohak immer mehr übertönt wurde.

Schließlich verlor Nuna die Nerven. Sie gab ihrem Vril-Aggregat den entsprechenden Gedankenbefehl, sodass sie mit höchster Beschleunigung nach oben schoss. Kaum war sie über die Baumkronen hinausgerast, als sie auch schon von der Ortung gleich mehrerer der überall umherfliegenden Robotersonden erfasst wurde. Die Daten der Ortung wurden an die nächsten bewaffneten Einheiten weitergegeben, wobei es sich um die heranrückenden Kampfläufer handelte.

Der Vorderste der stählernen Kolosse, noch außerhalb des Blickfeldes der Menschen auf dem Boden, richtete eins seiner seitlich angebrachten Einskommasieben-Zentimeter-Geschütze auf das von den Sonden gemeldete Ziel aus und feuerte.

Die Soldaten auf dem Boden, die zwei in der Baumkrone und der Ehemann wurden Zeuge, wie zwei blau glühende Geschossbahnen voll in den Körper Nunas einschlugen, die rund sechzig Meter oberhalb der Lichtung schwebte. Die junge Frau verwandelte sich abrupt in eine rote Wolke, die durch den leichten Wind nicht auf die Lichtung, sondern auf das Blätterdach hinabregnete.

Ein markerschütterndes »NEEIIINN!« drang aus Mardals Kehle. Er schnappte sich eines der am Boden liegenden Magnetfeldgewehre und rannte damit auf die Echsen zu, die sich, durch den Fluchtversuch Nunas auf den Standort der kleinen Gruppe aufmerksam geworden, allmählich aus dem Dickicht des Unterholzes schälten.

Der erste Schuss Mardals, mit voller Energie abgefeuert, ließ den Kopf eines Mohak explodieren, aber dann stürzten sich zwei der reinen Fleischfresser seitlich aus den Büschen hervorspringend auf den Bauern. Das Magnetfeldgewehr flog in hohem Bogen davon. Einen der Lurche streckte der Hüne mit einem Faustschlag nieder, der zweite rammte ihm jedoch den Kolben seines Gewehres gegen den Schädel, sodass eine erlösende Dunkelheit Mardal umgab.

Noch lebte er.

Es wäre besser für die Mörder seiner Frau gewesen, sie hätten ihn an Ort und Stelle umgebracht ...

Drei Kampfläufer und mehrere hundert Echsen durchbrachen das Dickicht und umzingelten die Männer. Einige der Raumfahrer rissen ihre Waffen hoch, um die nun sichtbar gewordenen Ziele unter Feuer zu nehmen.

»Halt!«, befahl Pan-Dor, der sich der Ausweglosigkeit der Situation bewusst war. »Waffen niederlegen!«

Alle Männer befolgten zögernd die Anordnung ihres Kommandanten, während die Invasoren mit erhobenen Gewehren auf die Gruppe zuschritten. Die Fünfkommasieben-Zentimeter-Geschütze der drei Kampfläufer waren ebenfalls drohend auf die Raumfahrer gerichtet.

Die in beige Uniformen gekleideten Soldaten des Zhort stießen die Männer unsanft von ihren am Boden liegenden Waffen fort und sammelten sie ein. Eine Echse mit besonders vielen bunten Abzeichen am Halsausschnitt ihrer Uniform fragte in einem krächzenden, jedoch fehlerfreien Aldebaranisch:

»Wer ist euer Kommandant?«

Por-Dan trat vor und hielt mehr als ein »Ich!« für unnötig.

»Name? Rang?«, hakte der Schuppenhäutige nach.

»General Por-Dan.«

»Betrachten Sie und Ihre Männer sich als Kriegsgefangene der Streitkräfte des Zhort. Jeder Fluchtversuch wird unweigerlich mit dem Tode bestraft.«

Der Oberbefehlshaber der Streitkräfte des Bangalon-Systems hielt eine Entgegnung für überflüssig und ließ sich mit seinen Männern ins fünf Kilometer entfernte Basislager der Angreifer abführen.

*

Es war früher Nachmittag, als sie das Lager erreichten. Die von den Druckwellen umgestürzten Bäume, die in dieser Gegend überall herumlagen, waren von den Mohak zu Schutzwällen aufgetürmt worden, vor denen im Abstand von zwanzig Metern die typischen Fünfkommasieben-Zentimeter-Geschütze aufgestellt worden waren.

Im Innern des Lagers standen mehrere grüne Zelte und ein mit einem drei Meter hohen Maschendrahtzaun umgebenes Gehege, in dem sich rund zweihundert Menschen befanden. Es handelte sich offenbar um versprengte Zivilisten, die es nicht mehr bis zum Bunkersystem geschafft hatten und deshalb vor den Kämpfen in den Wald geflohen waren.

Ohne weiteren Kommentar wurden die Raumfahrer zu den Zivilisten, in deren Gesichter sich Angst und Hoffnungslosigkeit spiegelten, in das Gehege gesperrt. »Wie sieht es draußen aus? Besteht noch Hoffnung, dass wir befreit werden?« Eine ältere Dame war auf den General zugetreten und schaute ihn aus wasserblauen Augen an.

Doch es war nicht Pan-Dor, der ihr antwortete, es war das Feuer von Geschützen und das Dröhnen von Explosionen, das plötzlich aus der Ferne erschallte.

\*

Arnatz Krox verstand die Welt nicht mehr. Er hatte drei provisorische Lager errichten lassen, die durch das Material, das seine bereits vor Stunden gestartete Flotte herbeischaffen würde, vervollständigt werden sollten. Dann hatte er Patrouillen ausgeschickt, um nach versprengten feindlichen Soldaten und Zivilisten zu suchen. Frischfleisch konnte schließlich nicht schaden.

Mit ernsthaftem Widerstand hatte Krox überhaupt nicht gerechnet. Warum auch? Falls es da draußen noch versprengte aldebaranische Soldaten gab, warum sollten die weiterkämpfen? Die Flotte der Weißhäute war vernichtet, während die des Zhort gerade dabei war, weitere Millionen Soldaten und Ausrüstungsgegenstände zu holen. Die Lage der Feinde war absolut aussichtslos.

Doch was dann geschah, ging über Krox' Begriffsvermögen. Überall brachen aus der Erde und aus getarnten Unterständen feindliche Truppen hervor, die es nicht dabei beließen, seinen Soldaten Widerstand zu leisten. Nein, sie griffen aus dem Hinterhalt an, jagten seine Männer wie Beutetiere und schlachteten sie gnadenlos ab! Diese Bastarde verteidigten sich nicht, nein, sie griffen auf eine Art und Weise an, als ob sie die Räuber und die Mohak die Beute seien.

Sein Volk war aus einer im Rudel jagenden, rein fleischfressenden Reptilienart hervorgegangen. Sie waren von der Natur für die Jagd ausgestattet worden. Immer waren sie es, die jagten, sei es vor Urzeiten auf ihrem Heimatplaneten, sei es nach der Entwicklung der Raumfahrt auf eroberten fremden Planeten. Noch *nie* war es vorgekommen, dass sich eine andere Spezies angemaßt hatte, auf die geborenen Jäger Jagd zu machen.

Als seine Soldaten zu Hunderttausenden fielen, erschossen aus dem Hinterhalt oder überrollt von diesen unglaublich schnellen Kettenfahrzeugen, als die übrig gebliebenen Verbände in wilder Panik aus der Rolle des Gejagten zu schlüpfen versuchten und keinen Angriffsbefehl mehr befolgten, entschloss sich Krox, die Truppen in die Lager zurückzurufen. Einige Zeugen berichteten von feindlichen Soldaten, die schneller als ein Kampfläufer rennen und über Baumkronen hinwegspringen konnten. Diese Soldaten seien überall, würden Hunderte erschießen und dann blitzartig wieder verschwinden, bevor ein Mohak sein Gewehr heben konnte. Diese realitätsfernen Berichte waren ein weiteres Indiz für Krox, dass seine Soldaten dabei waren, durchzudrehen. Er musste seine Verbände erst einmal ordnen, bevor er an weitere Aktionen denken konnte.

\*

»Ich habe soeben von Oberst Danjalur erfahren, dass die Echsen ihre Patrouillen aufgeben und sich in den drei Lagern versammeln, die sie über das Tal verstreut teilweise errichtet haben. Die dreihundert Panzer unserer Division werden in drei Verbände umgruppiert, um in einer halben Stunde mit den Exoskeletten und frei operierenden Leibgardisten zum Sturmangriff auf die Lager überzugehen. Sind Sie dabei?« Nungal hörte die Stimme von Hauptmann Jagul aus seinen Helmlautsprechern und traute seinen Ohren nicht. Hastig entgegnete er:

»Selbstverständlich nehme ich an dem Angriff teil. Nur – warum haben die Echsen ihre Patrouillen aufgegeben? Die müssen doch sicherstellen, dass das Gelände von feindlichen Kräften gesäubert ist, sonst können die doch gleich einpacken.«

Der Hauptmann lachte schallend, ehe er den Träger des Schwarzen Sonnenkreuzes über die Lage unterrichtete.

»Die Echsen haben nicht nur hier bei uns ein Fiasko erlebt. Überall im Looth-Tal sind sie von versteckten Leibgardisten, teilweise mit getarnten Exoskeletten, aus dem Hinterhalt angegriffen und gefangen genommen oder aufgerieben worden. Unsere Sahal-Panzer sind einfach zwischen die Flüchtenden aus allen Rohren Warnschüsse feuernd hindurchgebraust und haben sie zur Aufgabe gezwungen.

Die Lurche haben etwas mehr als die Hälfte ihrer Mannschaften verloren, also mehr als eine Million Mann. Die sind gejagt worden wie die Hasen. Die Kröten scheinen überhaupt nicht damit klarzukommen, mit einem Gegner konfrontiert zu sein, der sie angreift, jagt und überwältigt. Das kennen sie wohl nur andersherum.« Wieder brach der Hauptmann in schallendes Gelächter aus. »Jedenfalls befanden sich die Schuppenhäutigen überall auf der Flucht. Ganze Verbände gehorchten vor lauter Panik nicht mehr ihren Kommandanten. Folglich hat das Oberkommando der von ihren vermeintlichen Futtertieren Gejagten dem militärischen Desaster ein Ende bereitet, indem es den Befehl gab, alle Patrouillen abzubrechen und in die Lager zurückzukehren.«

»Bei wem soll ich mich melden, um an dem Angriff auf eins der Lager teilzunehmen?«, wollte der Kriegsheld wissen.

»Bei Major Hankur. Er organisiert den Angriff auf das Echsennest, das Ihnen am nächsten ist. Ich schicke Ihnen die Koordinaten des Sammelpunktes.«

»Herzlichen Dank, Kamerad!« Auf Nungals Helmschirm erschien ein grüner Pfeil, der sich über die Landschaft legte, mit der Entfernungsangabe »10 Kilometer«.

Der Krieger der Isais sprintete los. Über umgestürzte Bäume und eine weite Fläche verbrannter Erde erreichte er den Sammelpunkt in weniger als fünf Minuten. Am Rande eines Waldes erkannte der Staffelführer eine Reihe getarnter Sahal-Panzer, deren Geschützrohre teilweise aus dem Unterholz hervorlugten.

Offensichtlich war der Major von Hauptmann Jagul über das Eintreffen Nungals informiert worden, denn ein gedrungener, mit einem Meter und siebzig ungewöhnlich kleiner Aldebaraner in Tarnuniform, mit den Rangabzeichen eines Majors, trat aus dem Wald und winkte den Sonnenkreuzträger zu sich.

Hankur salutierte zackig, als der höchstdekorierte Soldat Aldebarans vor ihm stand. Dann brachte er mit einem entwaffnenden Grinsen hervor:

»Sie also sind der berühmte Nungal – der Giftdorn im Arsch der Mohak.«

Der Angesprochene musste erst einmal schlucken. Er hatte schon viele Bezeichnungen für seine Person gehört, die meisten waren schmeichelhaft oder respektvoll. Aber »Giftdorn im Arsch«? Das war schon etwas – außergewöhnlich. Doch bevor der Staffelführer etwas entgegnen konnte, deutete der Major hinter sich auf die Panzer.

»Das da sind meine einhundert Kätzchen, bereit zur Mäusejagd. Dahinter stehen dreihundertdreiunddreißig Exoskelette bereit, gefolgt von zweitausendfünfhundert Leibgardisten mit Vril-Aggregaten. Das ist schon ein illustres Trüppchen, nicht wahr?«

Dabei setzte Hankur ein spitzbübisches Grinsen auf.

Die lockere Art des Majors war Nungal sofort sympathisch.

»Und wann soll die fröhliche Mäusejagd losgehen?«

»In einer Viertelstunde. Wir warten noch auf ein paar Hundert Gardisten, die in den nächsten Minuten eintreffen werden.«

»Wo genau liegt das feindliche Lager?«

Hankur deutete mit seinem Daumen über seine Schulter. »Drei Kilometer in die Richtung. Nicht zu verfehlen.«

»Wenn's recht ist, gehe ich schon mal vor und schaue mir den Laden etwas genauer an.«

»Von mir aus! Aber fallen Sie nicht über unsere Späher, die uns laufend über Aktivitäten der Kröten unterrichten. Dort scheint ein schönes Durcheinander zu herrschen.«

»Na, dann bis gleich! Wir sehen uns im Lager.« Nun war es Nungal, der ein spitzbübisches Grinsen aufsetzte.

Der Isais-Krieger machte sich auf den Weg über die umgestürzten Bäume, bis er nach drei Minuten ein kleines Stückchen unzerstörten Waldes erreichte. Er durchquerte das nur sechzig Meter breite Gebiet und wollte gerade daraus hervortreten, als sich eine Hand von hinten auf seinen Mund legte.

»Ganz ruhig, Kamerad. Wir wollen die Lurche doch nicht auf uns aufmerksam machen.«

Völlig lautlos hatte sich einer der Späher an ihn herangeschlichen und den völlig überraschten Ausnahmesoldaten am Weitergehen gehindert. Hier zeigte sich wieder einmal das außergewöhnliche Format der imperialen Leibgardisten.

Behutsam nahm Nungal die Hand des Mannes von seinem Mund und drehte sich zu ihm um.

»Ach, du meine Güte! Der Träger des Schwarzen Sonnenkreuzes steht wahrhaftig vor mir! Was tun Sie denn hier?«, entfuhr es dem erschrocken dreinblickenden Elitesoldaten, der sich beeilte, vorschriftsmäßig zu salutieren und seinen Namen zu nennen: »Hauptmann Wendal.«

»Nun, ich habe gehört, dass hier ein paar Kameraden den Echsen einige Benimmregeln im Umgang mit Menschen beibringen wollen.« Dabei deutete der Staffelführer auf einen äußerst gut getarnten Sahal-Panzer, den er soeben erst entdeckt hatte. »Da möchte ich natürlich mitmachen. Ich bin bekannt für mein pädagogisches Talent.«

Der Leibgardist lachte betont dreckig, bevor er entgegnete: »Da tun mir die armen Lurche aber jetzt schon leid.«

Nungal grinste breit und wandte sich wieder dem Rand des unzerstörten Waldstücks zu. Dahinter breitete sich die übliche Landschaft mit den am Boden liegenden Bäumen aus. In einem Kilometer Entfernung erkannte das Mitglied des inneren Ordens einen Wall aus umgestürzten Bäumen mit ein paar davorstehenden lafettierten Geschützen[20].

---

[20] Geschütz auf fahrbarem Gestell.

»Wissen wir, wie es im Innern des Lagers aussieht?«, wollte der Staffelführer wissen.

»Klar! Wir lassen regelmäßig Robotersonden darüber hinwegfliegen. Die Kröten haben ein paar Hundert Zelte aufgestellt und einen Bereich durch einen Zaun abgegrenzt, hinter dem sie rund dreihundert Menschen gefangen halten.«

Als wären die gefangenen Aldebaraner das Stichwort gewesen, hörten die Männer die Stimme des Majors in ihren Helmlautsprechern.

»Neue Aufnahmen der Robotersonden. Die Drecksviecher beginnen damit, Gefangene zu schlachten. Wir verlegen unsere Aktion ein paar Minuten vor. Beginn des Sturmangriffs – **jetzt!**«

Erneut brandete der ganze Hass auf, den Nungal für die Mohak empfand. Er legte sich flach auf den Bauch und robbte in die Richtung des feindlichen Lagers. Dabei boten ihm die umgestürzten Bäume eine ausgezeichnete Deckung. Trotz dieser unvorteilhaften Fortbewegungsmethode erreichte der Isais-Krieger eine Geschwindigkeit von fünfzig Kilometern in der Stunde. Da er in Deckung bleiben und deshalb andauernd Hindernisse umgehen musste, brauchte er immerhin zwei Minuten, bis er den Rand des Lagerwalls erreicht hatte.

Vorsichtig schob Nungal ein paar Blätter mit der Hand zur Seite, um die Verteidigung des Lagers genauer zu betrachten. Die Seite des Lagers, der er sich genähert hatte, wurde von vier provisorischen Beobachtungstürmen, die mit je zwei Echsen besetzt waren, gesichert. Vor dem zehn Meter hohen Schutzwall aus aufeinandergeschichteten und mit einer Art Leim verbundenen Bäumen hatten die Lurche zwölf schwere doppelläufige Geschütze aufgestellt. Sie ruhten auf höhenverstellbaren Lafetten, sodass die Läufe in drei Metern Höhe freie Schussbahn über die aus umgestürzten Bäumen bestehende Landschaft hatten.

Die Mohak in den Beobachtungstürmen hatten ihn noch nicht wahrgenommen. Erst wenn er das schützende Laubwerk verlassen würde, wäre er in ihrem Blickfeld. Innerlich vollkommen ruhig stellte der Sonnenkreuzträger sein Magnetfeldgewehr auf niedrige Energie, sodass ihn keine glühenden Schussbahnen verraten würden. Die Kadenz stellte er auf fünf pro Sekunde ein. Sorgfältig zielte er auf denjenigen Beobachtungsturm, der von seinem Standort am weitesten entfernt war. Dann drückte er ab. Sein Feuerstoß dauerte nur eine Sekunde, genügte aber, um die beiden Invasoren über das Geländer des Turms zu reißen und in die Tiefe stürzen zu lassen. Wiederum eine Sekunde später hatte Nungal den zweiten Turm im Visier. Erneut waren die beiden feindlichen Späher auf der Stelle tot. Als er den dritten Turm unter Beschuss nahm, heulten Alarmsirenen auf. Nachdem die Besatzung des vierten Turms tödlich getroffen zu Boden fiel, sprang der Jägerpilot auf den zehn Meter hohen und fünf Meter breiten Schutzwall aus Bäumen, sodass er sich im Rücken der Bedienungsmannschaften der Geschütze befand.

Mit einer auf hundert Schuss pro Sekunde gesteigerten Kadenz nahm er eine Zehntelsekunde, nachdem er auf dem Wall gelandet war, das erste Geschütz unter Feuer. Keine der Echsen überlebte den Kugelhagel. Doch dann schlugen die ersten Geschosse der anderen Geschützmannschaften in das Holz in seiner unmittelbaren Nähe.

Nungal trat vom äußeren Rand des Walls weg nach innen, hinter die Sichtlinie der Geschütze. Dabei warf er einen Blick ins Innere des Lagers. Tausende Mohak stürmten, durch den Alarm aufgeschreckt, auf den Schutzwall zu. Sofort eröffneten die Invasoren das Feuer auf ihn, kaum dass er in ihr Blickfeld geriet.

Der Staffelführer warf sich auf den Boden, feuerte blind eine Garbe über den inneren Rand des Walls in die heranstürmende Menge, robbte mit unglaublicher Geschwindigkeit zehn Meter weiter an den äußeren Rand und brauchte eine Zehntelsekunde, um eine weitere Geschützmannschaft anzuvisieren. Als die Echsen ausgeschaltet waren, robbte er wieder zehn Meter weiter und schoss über den inneren Rand ungezielt in die Angreifer. Diesen Ablauf wiederholte der Sonnenkreuzträger vier weitere Male, bis zwei Dinge gleichzeitig geschahen: Erstens erschienen die ersten Mohak auf dem Wall, sodass es für Nungal gefährlich wurde, und zweitens begann der Boden zu vibrieren. Eine Sekunde später explodierte der Schutzwall. Wie im Traum sah sich der Krieger der Isais, dessen Denkvorgänge einhundert Mal schneller abliefen als bei einem normalen Menschen, zwischen Holzsplittern und ganzen Baumstämmen ins Innere des Lagers fliegen. In Zeitlupe glitten die anstürmenden Schuppenhäutigen unter ihm hinweg. Hunderte der Lurche lagen bereits am Boden – eine Folge der Feuerstöße, die Nungal über den inneren Rand des Walls hinweg abgegeben hatte. Den nachdrängenden Feinden kamen nun die Baumstämme des Walls entgegengeflogen.

\*

Hauptmann Wendal blickte auf den Hauptbildschirm des Sahal-Panzers, der mit einhundertdreißig Kilometern in der Stunde durch den von den Druckwellen flachgelegten Wald tobte. Als wären sie federleicht, flogen die Stämme unter dem Ansturm des Panzers zur Seite. Keine Emotion spiegelte sich in den Gesichtern der drei Männer wider, die den Sahal zum gefürchtetsten Landkriegsgerät der bekannten Galaxis machten, doch in ihnen brannte ein Feuerwerk von Gefühlen ab. Da war das Bewusstsein, zur absoluten Elite der aldebaranischen Soldaten zu gehören, der imperialen Leibgarde, der Stolz darüber, dass diese Eliteeinheiten noch nie in einem Bodenkampf besiegt worden waren, der unumstößliche Wille, dass dies auch in Zukunft so bleiben möge – und nicht zuletzt der abgrundtiefe Hass auf den Feind, denn jeder der Männer hatte in diesem Krieg bereits Familienangehörige verloren.

Wendal hatte längst Feuerfreigabe erteilt. Als sie das kleine Wäldchen verließen, um auf das feindliche Lager vorzustoßen, begann Kanonier Targosan sofort mit dem Beschuss. Der Hauptmann sah einen blau glühenden Strahl aus der Achtkommaacht-

Zentimeter-Kanone des Panzers schießen und ohne erkennbare zeitliche Verzögerung in den Schutzwall einschlagen. Mehrere Tonnen Holz wurden in die Luft geschleudert. Eine Sekunde später nahm Targosan eines der feindlichen Geschütze unter Feuer. Offenbar wurde es von Reflektorfeldern geschützt, denn es blieb unbeschädigt.

Nun schlugen die ersten Feindgranaten in die Reflektoren des Panzers ein. Sofort verringerte sich die Geschwindigkeit des Sahal, weil elektrischer Strom vom Antrieb auf die Schutzfelder umgeleitet wurde. Die Unitall-Stahl-Hülle des Panzers dröhnte durch die übertragenen Vibrationen wie eine Glocke. Im Gegenzug traf der Kanonier das feindliche Geschütz drei weitere Male, was dessen Schutzfelder zusammenbrechen ließ, sodass es kurz darauf in einer grellen Explosion verging.

Immer zahlreicher schlugen die Granaten des Feindes in den Frontreflektor des Sahal ein, bis dessen Geschwindigkeit nur noch sechzig Kilometer in der Stunde betrug. Wendal entschloss sich zu einem ungewöhnlichen Manöver. Per Gedankenbefehl leitete er eine Vollbremsung ein. Durch die Fliehkräfte wippte das Heck des Panzers hoch, während sich dessen Front in die Erde und unter die umgestürzten Bäume schob.

Unter einem Hügel aus Erde und Holz versteckt bot der Sahal den Mohak kein Ziel mehr, weshalb sie blindlings in den Hügel schossen, ohne dem Kettenfahrzeug ernsthaft gefährlich werden zu können.

Wenige Sekunden später sah der Hauptmann auf dem Heckbildschirm die anderen neunundneunzig Sahal aus dem Wäldchen brechen. Ihr erster Feuerschlag fegte die verbliebenen Abwehrgeschütze und den halben Schutzwall des Lagers hinfort.

Wendal gab die volle Beschleunigung auf die Ketten. Der Kampfpanzer schoss aus dem Hügel hervor, den er vor sich aufgetürmt hatte, und raste auf die Lücke im Wall zu, die sich durch den Beschuss der hinter ihm heranstürmenden Sahal rasend schnell vergrößerte.

Zwischen niederprasselnden Baumstümpfen hindurch steuerte der Hauptmann das Kettenfahrzeug direkt in das Lager hinein. Über ein Chaos aus Holz und gefallenen Mohak hinweg raste er geradewegs in eins der grünen Zelte, zermalmte eine Reihe von Kisten, deren Inhalt der Besatzung verborgen blieb, und nahm Kurs auf das Gefangenenlager, in dem sich nach den Bildern der Robotersonden grauenhafte Szenen abspielen mussten.

Als der Sahal das Zelt auf der anderen Seite durchstieß, erblickte Wendal geschätzte fünfzig Kampfläufer, die dem heranstürmenden Feind entgegentraten.

\*

Nungal drehte sich in der Luft, sodass er mit dem Rücken auf dem Dach eines der grünen Zelte landete. Von seiner Position aus hatte er einen ausgezeichneten Blick auf den Wall, der von weiteren, heftigen Explosionen erschüttert wurde. Hunderte Tonnen Holz und Erde flogen in die Höhe und – direkt auf ihn zu.

Der Günstling der Isais sprang auf den First des Zeltes und stieß sich kräftig ab. Einer flachen Bahn folgend, um das Risiko, beschossen zu werden, möglichst gering zu halten, flog er ins Innere des Lagers, während hinter ihm die Stämme in das Zelt einschlugen.

Von einem weiteren hohen Zelt aus sah er mindestens fünfzig Kampfläufer unmittelbar unter sich, die dem zerstörten Schutzwall entgegenstrebten. Tausende Mohak flüchteten in die umgekehrte Richtung. Zwischen ihnen landete der Jägerpilot nach dem nächsten Sprung, wobei er fünf der Echsen zur Seite kegelte. Noch in der gleichen Sekunde setzte er zu einem enormen Sprung an, der ihn durch ein Zelt, dessen Plane er durchschlug, bis an den Rand des Zaunes beförderte, hinter dem die Menschen gefangen gehalten wurden.

Innerhalb des Gefangenenlagers spielten sich in der Tat grauenvolle Szenen ab. Mit bloßen Händen setzten sich Soldaten gegen

Echsen zur Wehr, die ihre Zähne in Männer, Frauen oder Kinder schlugen.

Nungal sprang über den Zaun und landete direkt hinter einem der Grausamen, der eine ältere Frau umgeworfen hatte und sich auf sie stürzen wollte. Der Staffelführer packte den Schwanz der Echse, der wie auch der Rest des Körpers in eine beige Uniform gekleidet war, und zog die Bestie brutal zurück. Sein Ruck war so kräftig, dass der ebenfalls beige Helm vom Kopf der Echse gerissen wurde. Wie ein Hammerwerfer beschleunigte der Isaiskrieger die Echse zwei Runden lang und warf sie dann in eine Gruppe ihrer Artgenossen, die sich ebenfalls über hilflose Menschen hermachten.

Aus den Augenwinkeln sah Nungal einen weiteren Invasor von rechts auf sich zuspringen. Mit der Außenseite seiner Handfläche fegte er den Angreifer mit einer ausholenden Bewegung weg. Der Schuppenhäutige flog über den Zaun und blieb außerhalb des Gefangenenlagers mit verrenkten Gliedern und verdrehtem Hals liegen.

\*

Hauptmann Wendal ließ seinen Panzer sofort wieder rückwärts in dem zuvor durchbrochenen Zelt verschwinden. An der Stelle, an der sein Sahal gerade noch gestanden hatte, schlugen etliche Granaten der Kampfläufer ein und rissen einen tiefen Krater.

Den Heckbildschirm beobachtend ließ der Offizier der sagenumwobenen Leibgarde das Kettenfahrzeug im Rückwärtsgang zwischen Hunderten fliehenden Soldaten des Zhort hindurchrollen, die sich beeilen mussten, dem Ungetüm aus Unitall-Stahl auszuweichen, bis er schließlich die Sahal seiner Kameraden erblickte, die rücksichtslos Holzreste zermalmend mitten durch die Zelte vorstießen. Als sie auf seiner Höhe waren, stieß er zusammen mit ihnen tiefer ins Lager vor, auf die Kampfläufer zu, über deren Anwesenheit er die anderen Elitesoldaten sofort informierte.

Die Sahal stoppten nicht einmal ihr Tempo, als sie die Kampfläufer erreichten. Sie eröffneten aus ihren Achtkommaacht-Zentimeter-Geschützen fast gleichzeitig das Feuer, rasten durch die explodierenden Blechechsen und rammten alle feindlichen Maschinen, die den Beschuss überstanden hatten. Fauchend, wie es sich für Raubkatzen geziemte, jagte eine zweite Salve in die fortgeschleuderten und zu Boden gestürzten Leiber der mechanischen Echsen.

Die Panzer stürmten weiter, bis Wendals Sahal plötzlich vor dem Zaun zum Gefangenenlager stand. Er traute seinen Augen nicht: Mohak wurden von Männern mit bloßen Fäusten niedergeprügelt, und Einzelne der Schuppenhäutigen flogen aus nicht erkennbarer Ursache in hohem Bogen aus dem Bereich der Gefangenen hinaus.

Die zum anderen Ende des Lagers hin fliehenden Echsen erlebten eine weitere böse Überraschung. Die aldebaranischen Exoskelette hatten das Lager umgangen und drangen nun von dieser völlig unerwarteten Seite ein. Die fünf Meter hohen Unitall-Stahl-Ungetüme mit humanoider Form wurden von je einem Elitesoldaten der Leibgarde gesteuert. Sie bauten zu ihrem Schutz Reflektorfelder auf, multiplizierten die Körperkräfte ihres Trägers um ein mehr als Hundertfaches und waren mit zwei Waffenarmen in Hüfthöhe des Kalibers vierkommafünf Zentimeter ausgestattet. An den Schultern ragte je ein Neun-Millimeter-Magnetfeldgewehr nach vorn.

Dreihundert von ihnen hatten die Abwehrgeschütze des Feindes überrannt und übersprangen nun den Schutzwall aus Baumstämmen. Sie landeten genau zwischen den dicht an dicht stehenden Massen der Grünhäutigen, die sich an den Aufstiegen des Schutzwalls drängten, um über diesen zu entkommen. Einige wenige Mohak schossen auf die Exoskelette, wurden aber von den Neun-Millimeter-Gewehren sofort zum Schweigen gebracht. Eine weitere Minute später gab es keine Massen von bewaffneten Feinden mehr in diesem Lager. Mit erhobenen Händen standen sie zwischen ihren gefallenen Artgenossen und zeugten vom überheblichen Versuch eines Volkes von Jägern, ein Volk von Kriegern im offenen Kampf besiegen zu können.

*

In rasender Wut erschlug Nungal die sich auf die Zivilisten stürzenden Mohak, bis er auf eine Gruppe uniformierter Männer traf, die die letzten Mohak im Gefangenenbereich angriffen. Ihnen vorweg schlug ein mindestens zwei Meter und zwanzig großer, überaus muskulöser Hüne in Zivilkleidung mit extremer Wucht auf die Lurche ein. Unter den Uniformierten erkannte der Isaiskrieger General Por-Dan. Mit einem Dreißig-Meter-Satz brachte sich der Jägerpilot mitten unter die verbliebenen Feinde und beendete zusammen mit den Kameraden das irdische Dasein der Echsen.

»Welch eine Freude, Sie hier zu sehen«, erklang die Stimme des Generals, als er auf den Staffelführer zutrat.

»Ganz meinerseits. Ich bin erleichtert, dass Sie und einige Ihrer Männer die Schlacht überlebt haben.«

»Sieht so aus, als hätten wir gesiegt«, stellte der General fest und deutete auf die dem anderen Ende des Lagers zustrebenden Sahal.

»Vorerst ja«, stimmte Nungal einschränkend zu, »doch die Mohak kommen wieder. Wir sollten ihnen die Lust nehmen, ein zweites Mal Bodentruppen auf Bangalon-Dor zu landen. Ich hätte dazu einen Plan.« Ein verschmitztes Grinsen legte sich über das Gesicht des Sonnenkreuzträgers, wobei die Narbe auf seiner linken Wange fast wie eine zu groß geratene Lachfalte wirkte.

»Und wer sind Sie, Zivilist?«, fragte der Staffelführer den riesigen Hünen, der an vorderster Front mit den Soldaten gekämpft hatte.

»Mein Name ist Mardal. Doch Zivilist werde ich nicht mehr lange sein. Für mich gibt es keinen anderen Lebenssinn mehr, als den Kampf gegen diesen schrecklichen Feind, der mir alles nahm, das mir etwas bedeutete.«

*

Vorsichtig drang Subotz[21] Kurax in das System ein, das der Zhort zu erobern befohlen hatte. Sechs Kreuzer und achtzehn Zerstörer hatte Arnatz Krox zurück ins Sutack-System geschickt, um frische Bodentruppen zu holen. Kurax dachte an die geringe Zahl von Schiffen, die von dieser Invasion zurückgekehrt waren, und prompt erlitt er eine Ausschüttung des Hormons, das normalerweise den Jagdabbruchreflex bei einem Mohak auslöste.

Der Subotz schüttelte sich bei dem Gedanken, dass das Niederkämpfen des Feindes mehr als neunzig Prozent der Flotte gekostet hatte. Doch immerhin hatte die Flotte gesiegt. Arnatz Krox hatte sicherlich seine Lager auf Bangalon-Dor, wie der Planet, der so teuer erkauft worden war, von den Feinden genannt wurde, errichtet und befestigt. Kurax würde nun frische Soldaten und Gerätschaften bringen, um die Stützpunkte auf dem neuen Kolonialplaneten auszubauen.

Zu gern hätte der Subotz zusätzliche Schiffe mit weiteren Truppen für das Unternehmen mitgenommen, doch sie waren vom Zhort persönlich verweigert worden. Der Großteil der durch die Schlachten der vergangenen Wochen stark dezimierten Mohak-Flotte musste zum Schutze der eigenen Systeme zurückbehalten werden, hatte der Zhort entschieden.

Kurax hatte sich mit diesem Mangel an Material abgefunden. Er würde die Zahl der Truppen auf Bangalon-Dor durch seine Ankunft verdoppeln und mittels weiterer »Pendelflüge« noch fünf- bis sechsmal so viele Soldaten aus Sutack einfliegen lassen.

Als seine vierundzwanzig Schiffe noch dreihunderttausend Ki-

---

[21] Mohak-General.

lometer von dem erbeuteten Planeten entfernt waren und keinerlei Anzeichen feindlicher Präsenz gemeldet worden waren, ließ der Subotz die Stützpunkte des Arnatz zur Begrüßung anfunken. Doch statt des Hauptes von Krox wurde plötzlich das von einem schwarzen Helm umrahmte Gesicht eines Futtertieres auf dem Hauptbildschirm seines Kreuzers angezeigt.

Sofort wurden die Hormone zur Jagdlust bei Kurax ausgeschüttet, doch die Erkenntnis, die sein Verstand durch das Erscheinen des Aldebaraners gewann, beendete diesen Hormonschub sofort wieder. Es fühlte sich an, als ob sich der Jagdtrieb schmollend zurückzog. Dass sich ein Feind anstelle des Arnatz meldete, konnte nur eines bedeuten ...

Der Fremde mit einem von zahlreichen Vertiefungen durchzogenen Gesicht, das ihn noch hässlicher machte, als es die Weißhäute ohnehin schon waren, verzog die Lippen, wobei er seine harmlosen Zähne entblößte. Was für eine Frechheit! Ein Futtertier entblößt die Zähne vor einem von der Natur vorgesehenen Angehörigen der absoluten Spitze der Nahrungskette! Und dann sprach es auch noch unaufgefordert in fehlerfreier mohakscher Sprache:

»Zunächst möchte ich mich herzlich dafür bedanken, dass sich Ihre Truppen einem ehrlichen Bodenkampf gegen meine Krieger gestellt haben. Meine Männer haben mir einhellig versichert, dass ihnen das kleine Geplänkel großen Spaß bereitet hat.«

*War der Schuppenlose nicht nur hässlich, sondern auch verrückt? Was redete er da?*

»Ich wäre Ihnen jedoch zutiefst dankbar, wenn Sie bei Ihrer Landung deutlich mehr und besser ausgerüstete Truppen absetzen könnten. Meine Männer schätzen den Sieg nur dann, wenn er zumindest ein klein wenig schwieriger zu erreichen ist als der zurückliegende. Lässt sich das einrichten?«

*Klarer Fall. Das Futtertier war wahrscheinlich vor lauter Angst irre geworden. Nur warum antwortete es anstelle des Arnatz?*

Kurax befahl die Landung in dem Talkessel, in dem einst die Hauptstadt des Feindes gestanden hatte. Langsam schwebte die Flotte auf das Zielgebiet herab. Deutlich waren überall die schwarzen Flecken gigantischer Explosionen zu sehen, die hier vor nicht allzu langer Zeit stattgefunden haben mussten.

Dort, wo offenbar einst die Hauptstadt gelegen hatte, befand sich eine mehrere hundert Quadratkilometer große glasierte Stelle. Mitten auf dem eingeebneten verbrannten Stück Land erkannte der Subotz ein quadratisches grünes Gebilde.

Als die Flotte nur noch wenige Kilometer über dem Tal schwebte, ließ Kurax, wie die Kommandanten seiner Schiffe wohl auch, die Optik auf Vergrößerung schalten, um das seltsame Gebilde näher zu begutachten.

Was er sah, rief einen Ausbruch von Jagdabbruchhormonen in einer nie gekannten Intensität hervor. Kopflos befahl er den Alarmstart der Flotte! Das grüne Rechteck bestand aus ängstlich nach oben blickenden Mohak-Soldaten. Das mussten Hunderttausende sein, und alle anderen waren vermutlich tot! Zusätzlich zu diesem an Grauen nicht zu überbietendem Anblick brannten sich die mohakschen Schriftzeichen, die um das Rechteck herum auf den glasierten Boden lackiert worden waren, unauslöschlich in sein Gedächtnis. Dort stand geschrieben: *Sie brauchen nicht zu landen. Ihre Soldaten kommen zu Ihnen hinauf, sobald Sie tiefer als einen Kilometer gehen. Unter unseren Gefangenen befindet sich eine Bombe mit einer Gigatonne Sprengkraft.*

Erst im Orbit um Bangalon-Dor gewann der Subotz seine Fassung zurück. Eines war sicher: Egal, wo er seine Truppen auf diesem verhexten Planeten absetzte, sie würden dasselbe Schicksal erleiden wie ihre Vorgänger, denn sie waren weder zahlreicher noch besser ausgerüstet, sie hatten schließlich nur als Verstärkung dienen sollen.

Kurax blieb nichts anderes übrig, als unverrichteter Dinge den Rückzug nach Sutack anzutreten.

*

General Por-Dan, General Button, der mit einer Vril zusammen mit den Überlebenden von Bangalon-Stol abgeholt worden war, Nungal und Hauptmann Wendal saßen um einen runden Besprechungstisch, in einem der Konferenzräume der Bunkeranlagen des Looth-Gebirges. Die Männer hatten einen bedeutenden Sieg gegen einen weit überlegenen Feind errungen.

»Was stellen wir mit den eineinhalb Millionen Gefangenen an?«, fragte Button und blickte erwartungsvoll in die Runde. Natürlich hatte er sich schon seine eigenen Gedanken gemacht.

Por-Dan zog die Augenbrauen hoch. »Es wäre mehr als verrückt, die Echsen wieder ins Mohak-Reich zurückkehren zu lassen, weil sie dann schon bald erneut über uns herfallen würden. Im Übrigen haben sie im Rahmen der Invasion praktisch das ganze Looth-Tal verwüstet. Da ist es doch nur recht und billig, wenn die Kröten mit ihrer Arbeitskraft den Wiederaufbau bewerkstelligen und Zeit ihres Lebens weitere schöne Städte auf diesem Planeten für uns errichten, oder? Die Maschinen dazu geben wir ihnen, und als Bewachung der unbewaffneten Lurche reichen ein paar Mann der Leibgarde in Exoskeletten.«

»Und was machen wir, wenn die sich weigern?«, fragte Hauptmann Wendal.

»Nun – zu fressen bekommen die von uns nur synthetisches Fleisch. Aber selbst das müssen sich die Echsen verdienen«, entgegnete Por-Dan mit einem breiten Grinsen, dem sich die anderen anschlossen. Offensichtlich hatte jeder von ihnen ähnliche Überlegungen angestellt.

# Kapitel 6: Das verborgene Reich

*Bericht Elnan*

Heftige Fieberkrämpfe schüttelten meinen Körper. Meine Frau Maria kümmerte sich rührend um mich. Erneut tauschte sie den feuchten Lappen auf meiner Stirn gegen einen frischen aus. Behutsam strich sie mir dabei die schweißnassen Haare aus der Stirn.

»Unsere Biologen arbeiten bereits an einem Gegenmittel. Sie werden es bald gefunden haben, so wie sie bisher immer einen Weg der Heilung fanden«, flüsterte sie mir zu, um mir Mut zu machen.

Nach dem Ende des Zweiten Weltkrieges hatten wir Kontakt mit den Regierungen der Siegermächte aufgenommen. Speziell mit den Atombombenabwürfen auf Hiroshima und Nagasaki waren wir alles andere als einverstanden gewesen. Wir hatten mit einer offenen Intervention gedroht, falls man erneut in einem Krieg Massenvernichtungswaffen einsetzen würde. Die Siegermächte hatten im Dezember 1946 mit einem Angriff unter Admiral Byrd auf unseren Antarktisstützpunkt reagiert, den sie Operation ›Highjump‹ genannt hatten. Ihren plumpen Versuch, uns mit drohender Gewalt besiegen zu können, hatten sie allerdings nach einer kurzen Machtdemonstration unsererseits ziemlich überstürzt abbrechen müssen.

Vor vier Jahren, anno 2008, hatten unsere Feinde, die als einzige Werte materiellen Reichtum und persönliche Macht kannten und im Hintergrund die irdischen ›demokratisch gewählten‹ Regierungen beherrschten, zum ersten Mal in einem offenen Feldversuch, wie sie das untereinander nannten, in größerem Stil gefährliche Viren freigesetzt. Sinn und Zweck war es, die Ausbreitungsgeschwindigkeit und die Ansteckungsrate zu testen, besonders bei Menschen mit aldebaranischen Genen. Die damalige relativ harmlose Epidemie hatte man ›Vogelgrippe‹ genannt.

Bereits ein Jahr später hatten diese gewissenlosen Machtmenschen, die sich gern als Finanzelite bezeichneten, es erneut versucht – diesmal mit der ›Schweinegrippe‹. Der neue Virus war im Sinne unserer skrupellosen Feinde schon erheblich wirkungsvoller gewesen; die Ansteckungsrate hatte sich als deutlich höher erwiesen und die Krankheit war in einigen hundert Fällen sogar tödlich verlaufen. Allerdings hatte dieser Virentyp aus der Sicht seiner Schöpfer einen gewaltigen Nachteil: Er wirkte gleichermaßen bei allen Menschen, unabhängig vom Anteil ihrer aldebaranischen Gene.

Im Jahr darauf hatte sich dann die ›Pferdegrippe‹ ausgebreitet, 2011 war es die ›Rindergrippe‹ gewesen – und das laufende Jahr 2012 würde wahrscheinlich durch die ›Hundegrippe‹ geprägt sein. Scheinbar hatten die Feinde ihr Ziel jetzt erreicht: Ein Mensch erkrankte umso heftiger daran, je mehr er mit Aldebaranern genetisch verwandt war.

Unsere machtgeilen Widersacher auf Terra waren militärisch weit davon entfernt, einen offenen Krieg gegen uns zu führen. Folglich konzentrieren sie sich auf die biologische Kriegsführung.

Umgekehrt wollten wir nicht öffentlich in Erscheinung treten, weil dies eine massive Einmischung in die inneren Angelegenheiten Terras bedeutet hätte. Ein solches Vorgehen hätte nur vom Imperator entschieden werden können, zu dem wir seit einhundertvierundvierzig Jahren keinen Kontakt mehr hatten.

Wir hatten in diesem Zeitraum Gewaltiges auf die Beine gestellt. Riesige Werften waren auf Luna[22] errichtet worden, und der Planet Mars machte mittlerweile seinem Namen alle Ehre: Er war zu einem Kriegsplaneten geworden, dessen Industriekapazität sogar die des heimischen Planeten Solt übertraf. Zusätzlich hatten wir die vier Galileischen Jupitermonde[23] und den Saturnmond Titan in hocheffiziente Raumschiffswerften verwandelt.

---

[22] Der irdische Mond.
[23] Io, Europa, Ganymed und Kallisto.

Maria saß auf dem Rand meines Bettes und hielt meine Hand. Von ihrem Lächeln ging eine Wärme aus, die direkt in mein Herz zu dringen schien. Diese Schönheit, mit ihren hüftlangen, blondgelockten Haaren und den blauen Augen mit einem geheimnisvollen Grünstich, war der ruhende Pol in meinem Leben. Durch ihre außergewöhnliche Begabung hatte sie Entscheidendes zum Aufbau des Staatengebildes, das wir stolz als Dritte Macht bezeichneten, beigetragen. Der Name bezog sich keineswegs auf irdische Mächte, sondern entstammte unserem Bestreben, als dritte Macht in die Kämpfe zwischen Aldebaran und den Mohak einzugreifen.

Meine Frau, Maria Ortisch, war am 31. Oktober 1895 in Zagreb geboren worden. Trotz ihrer einhundertundsechzehn Jahre wirkte sie immer noch wie eine Zwanzigjährige, was natürlich auf unsere gentechnologischen Verfahren zur Altersblockade zurückzuführen war.

»Schließe die Augen und versuche, ein wenig zu schlafen«, umschmeichelte ihre sanfte Stimme meine Ohren.

Ein erneuter Fieberschub fuhr durch meinen Körper. Allmählich schweiften meine Gedanken ab zu jener Zeit, als ich diese wundervolle Frau kennengelernt hatte ...

*

»Drei Resonanzen!« Mendor war außer sich. »Ich hatte gehofft, wir würden eine finden, auch wenn ich das für unwahrscheinlich hielt – und jetzt haben wir gleich drei Resonanzen angemessen! Unglaublich!«

»So kann man immer wieder überrascht werden«, entgegnete ich dem wissenschaftlichen Leiter, der an den Reglern des Gehirnstrom-Induktionsgerätes, das er vor drei Tagen fertiggestellt hatte, drehte. Ich konnte zu diesem Zeitpunkt noch nicht ahnen, dass ich es war, dem die größte Überraschung bevorstand.

»Wo?«, fragte Professor Bendalur knapp.

»Wo was?«, lautete die Gegenfrage Mendors.

»Ich wollte wissen, ob Sie die Resonanzen lokalisieren konnten.«

»Ja, sicher. Hier sind die Koordinaten. Ich stelle sie als Hologramm des Planeten dar.«

Eine Sekunde später schwebte ein dreidimensionales Bild Terras im Raum, der zu dem in den vergangenen siebenundvierzig Jahren erheblich erweiterten Komplex innerhalb des Mentzelberges gehörte. Drei rote Punkte kennzeichneten die Position der angemessenen Resonanzen.

»Alle drei in Europa«, kommentierte Bendalur. »Eine in Wien, Österreich-Ungarn, eine in München, Deutsches Reich, und eine weitere in Mönchengladbach, ebenfalls Deutschland. Sind die Resonanzen stark genug, um eine Botschaft zu übermitteln?«

»Davon können wir ausgehen«, bestätigte der wissenschaftliche Leiter die Vermutung des Historikers.

»Dann bitten Sie die drei Personen doch zu einem Treffpunkt in München. Ich werde ebenfalls hinreisen, um mit ihnen zu sprechen«, mischte sich Edward Bulwer-Lytton in das Gespräch ein.

In den ersten fünf Jahren unseres Aufbaus der Dritten Macht hatte er uns als Verbindungsmann gedient und eine große Zahl fähiger Wissenschaftler, geschickter Techniker und tapferer Soldaten für uns rekrutiert. Im Jahre 1873 war er leider schwer erkrankt. Wir hatten daraufhin seinen Tod vorgetäuscht, indem wir seinen Körper auf dem Sterbebett gegen einen zum Verwechseln ähnlich wirkenden Zellhaufen ausgetauscht hatten, um den echten Edward hier in der Antarktis gesund pflegen zu können.

Diese Methode hatten wir schon etliche Male angewandt, um hilfreiche Personen unbemerkt zu uns zu holen.

»Ich komme dann auch mit«, fügte ich hinzu. Ich musste raus aus dem Stützpunkt, mal wieder etwas anderes sehen. »Wir sollten für übermorgen zur Mittagszeit einen Treffpunkt in einem Münchner Café vereinbaren. Sagen wir das *Luigi Tambosi* im Hofgarten. Erkennungszeichen: eine rote Binde am linken Handgelenk.«

»So machen wir's«, bestätigte Mendor. Über seinen VR-Helm formulierte er gedanklich eine klare Botschaft, die von den drei betreffenden Personen ganz sicher empfangen werden würde. Es gab nur sehr wenige Menschen im Imperium oder hier auf Terra, die die mediale Fähigkeit besaßen, über große Entfernungen hinweg mit einem Gehirnstrom-Induktionsgerät in Resonanz zu geraten. Dies erforderte ein außergewöhnlich sensibles Nervensystem, wie es statistisch nur ein Mal unter einer Milliarde Menschen vorkam.

»Die Botschaft ist raus«, informierte uns der Chefwissenschaftler.

Natürlich hatten wir ein großes Interesse daran, mediale begabte Mitstreiter zu finden, denen wir ohne verräterische technische Hilfsmittel auf deren Seite Botschaften übermitteln konnten. Dies erleichterte die Rekrutierung geeigneter Personen erheblich.

*

»Ich bin höllisch gespannt, was das für Leute sind«, bemerkte Edward, der zusammen mit mir in der immer noch einzigen Vril der Dritten Macht saß. Es würde sicherlich noch vier oder fünf Jahre dauern, bis wir Vril-Generatoren und -Triebwerke herstellen konnten. Die notwendigen hochwertigen Basismaterialien mussten erst einmal zur Verfügung stehen, weshalb wir unsere Produktionsanlagen immer wieder in Iterationen verbesserten.

»Noch fünf Minuten, dann erreichen wir München. Schauen Sie, da vorne sind die Alpen.«

Bei meinen Worten deutete ich auf die entsprechende Stelle des Kuppelschirms, der erste Bergspitzen zeigte, die sich am Horizont durch die Wolkendecke erhoben, während wir die italienische Poebene überquerten.

Die restlichen Minuten des Fluges verliefen schweigend. Nachdem wir das Münchner Stadtgebiet erreicht hatten, landete ich die Vril, deren Tarnvorrichtung natürlich eingeschaltet war, auf einer Wiese am Rande einer Baumgruppe nur wenige hundert

Meter vom Hofgarten entfernt. Nach einem zehnminütigen Fußmarsch durch das am 15. Dezember 1915 verschneite München erreichten wir schließlich das Café *Tambosi*. Wir hatten uns bewusst um eine Viertelstunde verspätet, weil wir sicher sein wollten, dass die drei Personen bereits anwesend waren, sodass wir sie erst einmal beobachten konnten.

Als wir das elegante Café betraten, fielen mir sofort drei außergewöhnlich gut aussehende junge Frauen auf. Jede hatte lange, blonde Haare und – jede trug ein rotes Band am Handgelenk. Die mittlere der drei Grazien hatte ihren linken Ellenbogen auf den runden Cafétisch gestützt und ihr Kinn zwischen Zeigefinger und Daumen gelegt. Durch diese Haltung präsentierte das Mädchen natürlich besonders auffallend ihr rotes Band. Sie lächelte mich auf eine Art an, die mich weich in den Knien werden ließ.

Ich schätzte die drei jungen Frauen auf achtzehn bis zwanzig Jahre. Sie trugen lange Kleider, die eine in grün, die andere rot und meine Favoritin eines in hellblau. Wie eine Motte, die vom Licht angezogen wird, schritt ich auf die drei jungen Damen zu, wobei mein Blick ausschließlich auf den blauen Augen der mittleren ruhte, die einen geheimnisvoll wirkenden Grünstich hatten. Edward trottete etwas verloren hinter mir her.

Einige Gäste wurden auf uns aufmerksam, was wahrscheinlich zwei Gründe hatte: Erstens war ich mit zwei Metern und zehn ungewöhnlich groß und zweitens trugen Edward und ich die schwarzen Uniformen der aldebaranischen Flotte. Die Gesichter der Anwesenden wandten sich aber schnell wieder ab. Ich vermute, man hielt uns für Angehörige eines Schützenvereins.

»Meine Damen, mein Kamerad und ich gehören der Organisation an, die sich erlaubt hat, Sie hierher zu bitten.« Sofort redeten die drei schönen Frauen durcheinander und überschütteten mich mit Fragen.

»Bitte, bitte. Eins nach dem anderen«, übernahm Edward als erheblich erfahrenerer ›Rekrutierer‹ die Gesprächsführung. »Dürfen wir uns setzen?«

Zustimmendes Gemurmel kam von unseren Gesprächspartnerinnen.

»Zunächst einmal: Mein Name ist Edward Bulwer-Lytton und mein Kamerad«, Edward deutete auf mich, »heißt kurz und knapp Elnan.« Ich schaffte es nicht, während der Worte Edwards meine Blicke von der mittleren der Schönheiten zu wenden.

»Sigrun von Enstetten«, stellte sich die Frau mit dem grünen Kleid vor. Sie schien die Älteste der drei zu sein, doch zu diesem Eindruck mochte das für meinen Geschmack etwas zu kantige Gesicht beitragen.

»Maria Ortisch«, hörte ich die angenehm sanfte, warme Stimme meines Schwarms. »Stimmt etwas nicht?« Dabei schaute sie mir lächelnd in die Augen, ihr Kinn wieder zwischen Daumen und Zeigefinger gestützt. Offensichtlich hatte ich sie ein wenig zu aufdringlich angestarrt, was mir aber überhaupt nicht bewusst gewesen war. Natürlich lief ich sofort wie ein ertappter Schuljunge rot an.

»Traute Amon«, komplettierte die junge Frau mit dem roten Kleid die Runde. Sie hatte die längsten Haare der drei Frauen und trug ihre blondgewellte Haarpracht, die recht voluminös wirkte, über ihrer linken Schulter, sodass ihr die Haare bis in den Schoß fielen.

»Sicher möchten Sie wissen, wer wir sind und wie wir es geschafft haben, uns mit unserer Botschaft in Ihre Gedanken zu schleichen.« Edward zupfte an seinem Wangenbart, wie es seine Art war, wenn er nach den passenden Worten suchte. »Nun – gedankliche Kontaktaufnahme dürfte für Sie durchaus ungewöhnlich sein, also machen Sie sich schon mal darauf gefasst, dass die Hintergründe noch ungewöhnlicher sind.« Edward wollte eine kleine Kunstpause machen, die jedoch sofort von Sigrun ausgenutzt wurde:

»Mir ist ein britischer Autor gleichen Namens bekannt, der allerdings in den Siebzigern des vorigen Jahrhunderts, ich glaube, es war 1873, verstorben ist. Sind Sie mit ihm verwandt?«

»Wie gesagt, meine Damen, die Wahrheit dürfte für Sie mehr

als fantastisch klingen. Ich bin *der* Edward Bulwer-Lytton. Ich bin jedoch keineswegs verstorben, wie Sie sehen, sondern habe mich der Dritten Macht angeschlossen.«

Dann erzählte Edward den verblüfften Frauen alles über Aldebaran, den Krieg mit den Mohak und die genetische Identität von uns Aldebaranern mit einem Teil der Menschheit. Er erläuterte, dass es bei unseren Anstrengungen um das Schicksal der gesamten Menschheit ging, denn sollten die Mohak die Erde entdecken, was früher oder später unausweichlich war, so würden sie auch diesen Planeten in Besitz nehmen und seine Bewohner ausrotten. Zuletzt erklärte Edward, warum die drei jungen Frauen mit ihren besonderen Fähigkeiten so wertvoll für die Dritte Macht waren. Er beendete seinen halbstündigen Vortrag mit den Worten: »Falls Ihnen das zu unwirklich, zu fantastisch erscheint, so bitte ich Sie, uns zu unserem Fluggerät zu begleiten, das wir nur wenige hundert Meter von hier abgestellt haben. Mit ihm benötigen wir eine Stunde, um unseren Stützpunkt in der Antarktis zu erreichen, wo Sie sich alles aus erster Hand ansehen können.«

Die drei Frauen schienen uns zu vertrauen, denn sie stimmten dem Vorschlag zu.

\*

Drei Stunden später beherrschten die jungen Damen durch Gehirnstrominduktion die Grundzüge aldebaranischer Technologie, kannten sich weitgehend in der Geschichte des Imperiums aus, hatten einen Teil unseres Stützpunkts besichtigt, waren Feuer und Flamme für unsere Sache und – ich gestand mir endlich ein, bis über beide Ohren in Maria verliebt zu sein.

\*

Vier Jahre war es her, seit ich Maria zum ersten Mal im Café *Tambosi* getroffen hatte. Es waren sehr arbeitsreiche vier Jahre gewesen. Wir hatten fortwährend geeignete Soldaten beider Parteien zu Hunderttausenden von den Schlachtfeldern des Ersten Weltkrieges entführt und in unsere beiden Stützpunkte gebracht: den ursprünglichen in der Antarktis und einen neuen im Himalaja-Gebirge.

Einen entscheidenden Meilenstein hatten wir gerade erst vor zwei Wochen erreicht: Wir hatten am 16. Juli 1919 den ersten Vril-Prozess mittels eines Spheralon-Feldes aus eigener Herstellung in Gang gebracht. Nun war es nicht mehr weit bis zum Bau einer auf Terra hergestellten Vril-7.

Dieser Fortschritt auf Basis der Möglichkeiten, die uns Terra geboten hatte, war nicht zuletzt auf die Arbeit von Maria und ihren beiden Freundinnen zurückzuführen. Sie hatten einen Geheimbund gegründet, den sie passend »Vril-Gesellschaft« nannten. Als Zeichen hatten sie das doppelte ›V‹ Thules gewählt, weil es optischen Bezug zum lateinischen Anfangsbuchstaben von »Vril« hatte. Unermüdlich rekrutierten sie Spitzenwissenschaftler, die entweder als Verbindungsmänner ihre besten Studenten an uns weiterleiteten oder selbst in unseren Stützpunkten an der Weiterentwicklung unserer Technologien mitarbeiteten.

Ziemlich verrauscht hörte ich die krächzenden Laute aus dem Gehirnstrom-Induktionsgerät, das sich in Resonanz mit den Tausende von Kilometern entfernten Gehirnströmen Marias befand.

»Er ist bereit zu einem persönlichen Gespräch. Allerdings macht er zur Bedingung, dass unser Chefwissenschaftler daran teilnimmt. Kann ich das zusagen?«

Mendor, der an den Reglern des Geräts herumfummelte, um eine bessere Verbindung zu bekommen, unterbrach seine Tätigkeit kurz, als er antwortete: »Ja, ich werde kommen. Morgen Mittag, vereinbarter Treffpunkt. Elnan wird mich fliegen.«

Mein Herz machte einen Freudensprung bei der Aussicht, Maria wiederzusehen. Hätte ich gewusst, dass sie in diesem Moment ähnlich reagierte, hätte ich wahrscheinlich Mendor mit Gewalt in die Vril befördert und wäre sofort losgeflogen.

\*

Das Foyer des Hotels *Adlon* in Berlin wurde von einem braunbeigen Marmorfußboden und Säulen aus dem gleichen Material dominiert. Mendor und ich schritten auf eine feudale Sitzgruppe zu. Dort erkannte ich Maria, die mir warmherzig zulächelte. Neben ihr saß ein relativ kleiner Mann mit braunem Anzug und Weste, über die Ohren bis in den Nacken fallenden dichten blonden Kraushaaren, weichen Gesichtszügen und Oberlippenbart.

»Darf ich vorstellen, verehrter Professor, die beiden Aldebaraner Mendor, Direktor unserer wissenschaftlichen Institute, und Elnan, galaktischer Historiker und Spezialist für irdische Geschichte«, stellte uns Maria dem berühmtesten Physiker seiner Zeit vor, der aufgestanden war und uns freundlich lächelnd die Hand schüttelte.

»Albert Einstein, sehr erfreut«, entgegnete der Wissenschaftler mit den Lachfältchen um den Augen, aus denen ich ganz zu Recht schloss, dass dieser Mann sich nicht nur mit trockener Wissenschaft beschäftigte. »Also, ich hätte Ihrer …«

In diesem Moment trat ein Ober im Frack an uns heran, um unsere Bestellung aufzunehmen. Wir nannten unsere Wünsche, der Ober ging davon und Einstein startete einen erneuten Versuch, ohne Umschweife zur Sache zu kommen:

»Also, ich hätte Ihrer Mitarbeiterin diese Geschichte um Aldebaran und die Bedrohung der gesamten Menschheit niemals geglaubt, wenn sie mir nicht dieses ›digitale Papier‹ gezeigt hätte, das nach dem Stand irdischer Technologie niemals hergestellt werden könnte. Doch um ganz sicher zu sein, keinem Schwindel aufzusitzen – bitte entschuldigen Sie, meine Liebste«, fügte er an Maria gewandt hinzu, »aber die Geschichte ist einfach zu fantastisch –, wollte ich mit einem aldebaranischen Spitzenwissenschaftler sprechen.«

»Wir können noch viel mehr tun, um Ihre Bedenken zu zerstreuen«, ließ ich den Elitewissenschaftler wissen. »Wir haben unser Raumschiff in einem nahen Park abgestellt, vollkommen unsichtbar für Spaziergänger. Wir könnten Sie hinführen und auch zu unserem Stützpunkt in der Antarktis fliegen.«

»Darauf komme ich gern zurück. Wie lange wäre die Flugzeit?«

»Rund eine Stunde.«

»Bevor Sie mich von Ihren technischen Möglichkeiten überzeugen, wüsste ich gerne etwas genauer, wie unsere zukünftige Zusammenarbeit aussehen soll.«

Zu diesem Thema ergriff Mendor das Wort: »Sie wären für uns, und damit für das Überleben der Menschheit, am wertvollsten, wenn Sie weiterhin Ihrer Arbeit nachgehen würden, um dann besonders begabte Studenten an uns zu vermitteln.«

Nachdenklich schaute Einstein unseren wissenschaftlichen Leiter an: »Eigentlich hätte ich mir ein wenig mehr davon versprochen. Als Physiker, der sein Leben der Wahrheitsfindung gewidmet hat, brenne ich natürlich darauf, die Physik Ihrer weit fortgeschrittenen Zivilisation zu erlernen.«

»Diese Neugierde kann ich mehr als verstehen. Ich kann sie in jedem Aspekt nachempfinden«, pflichtete Mendor ihm bei, »deshalb schlage ich Ihnen einen Tausch gegen die Zurückstellung Ihres persönlichen Bedürfnisses vor.«

»Ein Tausch? Wie sollte der aussehen?«

»Sobald Sie ernsthaft krank werden, was hoffentlich erst in vielen Jahrzehnten der Fall sein wird, holen wir Sie ab, ersetzen Ihren Körper durch einen täuschend echt wirkenden Zellhaufen, gaukeln der Welt also Ihren Tod vor, nehmen Sie bei uns auf, heilen Ihre Gebrechen, lassen Ihnen eine Verjüngung zukommen und lehren Sie die gesamten wissenschaftlichen Erkenntnisse in nur einer einzigen Stunde mithilfe eines Verfahrens, das wir Gehirnstrominduktion nennen.«

»Das klingt alles sehr fantastisch. Kann ich mich wirklich darauf verlassen, dass Sie Ihr Wort halten werden?«

»Wir sind keine rein materialistisch denkenden Krämerseelen, sondern eine verschworene Gemeinschaft mit dem höchsten aller Ziele: der Errettung der Menschheit. Sie können jederzeit unser Raumschiff und unseren Stützpunkt inspizieren und sich dort mit Menschen unterhalten, bei denen wir das soeben beschriebene Verfahren bereits angewendet haben. Es liegt in unserem ureigensten Interesse, von der Einhaltung des gegebenen Wortes einmal abgesehen, einen Ausnahmewissenschaftler wie Sie in unseren Reihen zu haben.«

»Ihre Argumentation ist durch und durch vernünftig. Doch bitte zeigen Sie mir Ihr Raumschiff und den Stützpunkt – nicht um mein Misstrauen, sondern um meine Neugierde zu befriedigen. Welche Totgeglaubten werde ich denn in der Antarktis treffen?«

Mendor grinste über das ganze Gesicht. »Zum Beispiel einen Mann, mit dem Sie wohl noch ein paar Differenzen zur Urheberschaft der speziellen Relativitätstheorie auszuräumen haben: Henri Poincare.«

»Was?« Einstein wurde blass. »Wir sollten unverzüglich aufbrechen! Ich habe Poincare 1911 in Brüssel getroffen. Das war beim Solvay-Kongress. Im Jahr darauf ist er verstorben. Das ist, das ist ja ...« Dem Physiker fehlten die Worte.

»Oder wie wäre es mit Hermann Minkowski«, ergänzte unser wissenschaftlicher Leiter, als ob er Einstein den Rest geben wollte.

»Wir sollten aufbrechen«, schlug ich vor, damit unser Gast seine Fassung nicht vollkommen verlor, und winkte den Ober heran.

»Kann ich mitkommen?«, fragte Maria leise mit bittendem Unterton.

»Warum?« und »Selbstverständlich!« waren die gleichzeitigen Entgegnungen von Mendor und mir.

\*

Einstein war während unseres Rückfluges zur Antarktis ziemlich ruhig, als er bemerkte, dass er auf seine technischen Fragen zur

Funktionsweise der Vril keine befriedigenden Antworten von Mendor erhielt. Er genoss stattdessen das für jene Zeit einmalige Schauspiel der unter ihm rasend schnell vorbeihuschenden Landschaften.

Maria und ich unterhielten uns dafür umso angeregter. Sie erzählte ausführlich von ihren Erlebnissen im Zusammenhang mit der Vril-Gesellschaft und dem Mythos, der sich langsam, aber sicher darum zu bilden begann. Leider kam es immer wieder einmal vor, dass ein Eingeweihter in lockerer Bierlaune irgendwelche Fragmente über die tatsächlichen Dinge zusammenhanglos zum Besten gab. So war es wohl auch zu erklären, dass eine völkische Gruppe um einen Mann namens Rudolf von Sebottendorf den Begriff »Thule« (ein Wort, das bereits aus der griechischen Mythologie bekannt war) zur Gründung einer sogenannten Thule-Gesellschaft verwendete.

»Meinst du, wir sollten einmal mit dieser Thule-Gesellschaft Kontakt aufnehmen?«, fragte ich die schönste Frau, die ich kannte.

»Das hat wohl wenig Sinn. Die haben eine okkulte, teilweise anti-naturwissenschaftliche Weltanschauung, also etwas, das ihr Aldebaraner schon vor mehr als zwei Jahrtausenden als Unsinn erkannt habt. Deshalb werden wir dort kaum hilfreiche Mitglieder für den notwendigen technischen Fortschritt auf Terra finden«, entgegnete Maria, die mittlerweile in vielfältigen gesellschaftlichen Kreisen, speziell in Deutschland, hervorragend vernetzt war.

»Na gut, wir werden ja sehen, welche Wege sie einschlagen«, merkte ich an.

Hätte ich nur geahnt, *wie*[24] diese Leute sich weiterentwickeln würden …! Möglicherweise hätte man jene Gruppe zu diesem Zeitpunkt noch auf vernünftigere, weniger zerstörerische Pfade lenken können. Seinerzeit konnte ich natürlich nicht wissen, dass

---

[24] Die Thule-Gesellschaft gilt als Keimzelle der NSDAP.

die unbedachten Aktivitäten der Nachfolger dieser Organisation eine der Ursachen für einen in zwei Jahrzehnten ausbrechenden weiteren sinnlosen Weltkrieg sein würden.

Wir unterhielten uns noch einige Minuten angeregt über unterschiedlichste Themen, wobei mir auffiel, dass Maria dabei ständig Augenkontakt suchte und mich anlächelte, wenn ich den Blick zurückgab. Nun begriff ich, was man unter »Schmetterlingen im Bauch« verstand.

»Bodenkontrolle Zulamon-Station an Vril-1«, hörte ich aus den Lautsprechern meines VR-Helms. Wir hatten unseren Stützpunkt in der Antarktis nach dem Entdecker des Tangalon-Systems benannt, wo wir die Hinweise auf das Erste Imperium und damit auch die Koordinaten Terras gefunden hatten. »Standard-Einflug genehmigt.«

»Vril-1 an Bodenkontrolle. Verstanden! Einflug nach Standard«, gab ich zurück.

Wir sahen durch ein dichtes Schneetreiben hindurch die Flanke des Mentzelberges[25] immer größer werden. Im einheitlichen Weiß der Eiskruste öffnete sich ein Spalt, aus dem helles Licht drang. Wenige Sekunden später war aus dem Spalt ein leuchtendes Viereck geworden, in das wir geradewegs hineinflogen.

Sanft setzte ich die Vril auf dem fünfhundert Meter im Quadrat großen und dreißig Meter hohen Hangar ab. Hinter uns hatten sich die Tore bereits wieder verschlossen. Knapp unter der Decke waren Panoramafenster zu sehen. Ich erkannte einen Mann in schwarzer Uniform und glänzendem schwarzen Helm, der von dort oben auf uns herunterschaute, sich kurz umdrehte und offensichtlich ein paar Worte in den dahinter liegenden Raum rief. Nun erschienen zehn weitere Soldaten und drängten sich ans Fenster. Ich nahm an, sie wollten alle den berühmten Physiker sehen.

---

[25] Damit sich der Leser besser zurechtfinden kann, wird derjenige Name des Berges erwähnt, den er erst drei Jahrzehnte später erhalten sollte und der am heutigen Tage noch gilt.

Als wir die Vril verließen, erwartete uns schon ein Empfangskomitee. Unaldor, den wir zum Prokonsul Terras, also zum Statthalter des Imperators gewählt hatten, war ebenfalls dabei. Freundlich lächelnd schritt er auf Einstein zu und reichte dem zwei Köpfe kleineren Mann die Hand.

»Willkommen in der Zulamon-Station. Es freut mich, Ihr Interesse geweckt zu haben und ich hoffe auf Ihre Kooperationsbereitschaft.«

»Interesse? Na, Sie machen mir Spaß«, sprudelte es aus Einstein hervor. »Nicht nur, dass Sie über die physikalischen Kenntnisse verfügen, die ich mein bisheriges Leben lang zu lüften versuche, nein, Sie kämpfen gegen einen gnadenlosen Feind, der uns alle bedroht, und bitten mich um meine Unterstützung, um den Untergang abzuwenden.« Einstein lachte trocken. »Also, wen das nicht interessiert, der bräuchte dringend psychiatrische Hilfe.«

Nun war es Unaldor, der trocken auflachte. »Bitte folgen Sie mir. Ich möchte Ihnen ein paar Videoaufzeichnungen über das Imperium und unsere Abwehrschlachten gegen die Mohak zeigen, damit Sie sich ein besseres Bild machen können.«

»Video – was?«

»Lassen Sie sich überraschen. Im dafür reservierten Konferenzraum wartet auch Professor Poincare auf Sie, mit dem Sie sicher einiges zu besprechen haben.«

Einstein, Unaldor und die begleitenden Männer hatten sich bereits abgewandt, um den Hangar zu verlassen. Deshalb verstand ich Einsteins Antwort nur noch als Gemurmel.

Ich schaute auf die Uhr. Nach deutscher Zeit war es nun halb drei nachmittags, also musste Maria eigentlich Hunger haben. Im *Adlon* hatten wir schließlich nur etwas getrunken.

»Darf ich Sie zum Essen einladen?«, fragte ich die außergewöhnliche Schönheit.

Maria nickte lächelnd, und Edward gab ein für meinen Geschmack völlig unpassendes »Gute Idee, ich habe auch Hunger« von sich. Meine hochgezogenen Augenbrauen veranlassten ihn jedoch, schnell hinzuzufügen: »Aber zuerst muss ich noch meinem guten Freund Bendalur über unseren Berlin-Flug berichten. Vielleicht sehen wir uns später im Restaurant-Viertel.« Nach seinen Worten grinste der Wangenbärtige geradezu unverschämt, wandte sich ab und ging auf einen der Ausgänge des Hangars zu.

Ich bot Maria meine Armbeuge an, sie hakte sich ein und wir verließen den Hangar über einen anderen Ausgang.

Wir nahmen ein Laufband, das uns über mehrere Abzweigungen zum Restaurant-Viertel brachte. Hier reihte sich in einer Halle mit einem Quadratkilometer Basisfläche ein Restaurant neben dem anderen auf zehn Ebenen. Immerhin hatte der Stützpunkt mittlerweile eine Besatzung von dreihunderttausend Frauen und Männern, die es zu versorgen galt. Die Rohstoffe dazu gewannen wir aus dem antarktischen Meer und wandelten sie synthetisch in nahezu jede beliebige Nahrungszusammenstellung um.

Deshalb konnte ich mir erlauben, Maria zu fragen:

»Was würden Sie heute gerne essen?«

Maria, natürlich im Detail vertraut mit den Gaumenfreuden des Imperiums, antwortete ohne zu zögern: »Esmurisch. Etwas Vergleichbares gibt es in Europa nicht. Wer weiß, wann ich das nächste Mal in den Genuss kommen werde.« Dabei neigte sie den Kopf leicht und schaute mit ihrem verführerischsten Lächeln an mir hoch. Ich konnte nur hoffen, dass sie nicht Gedanken lesen konnte und erkannte, wonach mir der Sinn stand. Offensichtlich konnte sie es doch, denn sie schmiegte sich an mich, reckte sich zu mir hoch, legte ihre Arme um meinen Hals und küsste mich zuerst zärtlich, dann leidenschaftlich auf den Mund.

Ich gab den Kuss zurück und versuchte trotz meiner wackeligen Knie, nicht umzufallen.

*

Die Erinnerung an die ersten Zärtlichkeiten, die ich mit Maria ausgetauscht hatte, holte mich in die Realität zurück.

»Wo bin ich?«, fragte ich meine immer noch – oder wieder? – auf dem Rand meines Bettes sitzende Frau.

»Im Palast des Prokonsuls.«

»Auf dem Mars?«

»Ja, da wurde er erbaut.« Maria kicherte vergnügt.

»Ich liege hier und sterbe und du machst dich über mich lustig?« Natürlich war meine Frage nicht ganz ernst gemeint.

»Typisch Männer. Kaum haben sie einen Schnupfen, schon glauben sie, zu sterben.« Erneut erklang Marias helles Kichern, das ich, wie alles andere auch, so sehr an ihr liebte. »Nein, Spaß beiseite, die Hundegrippe ist schon eine gefährliche Sache. Doch unsere Wissenschaftler haben in den letzten drei Tagen ein Enzym entwickelt, das sich an den Virus andockt und ihn damit unschädlich macht. Vor fünf Stunden ist dir das Mittel gespritzt worden. Morgen früh, wenn du aufwachst, wirst du dich wie neugeboren fühlen.«

Erleichterung überkam mich bei dem Gedanken, dass unsere Feinde ihr Ziel wieder einmal nicht erreicht hatten. Gleichzeitig stieg Unwillen in mir darüber auf, dass unser Oberkommando den Feind so lange hatte ungeschoren gewähren lassen.

»Und? Wie sieht es mit Gegenmaßnahmen aus? Hat sich der Prokonsul dazu durchringen können, diesen verdammten Materialisten eine Lehre zu erteilen?«, fragte ich aus meiner Verstimmung heraus.

»Zeit wär's, immerhin sind gut die Hälfte der drei Milliarden Angehörigen der Dritten Macht an der Hundegrippe erkrankt«, leitete Maria ihre Antwort ein, »deshalb ist natürlich der Ruf in der Bevölkerung laut geworden, den Hintermännern der irdischen Regierungen mal ordentlich auf die Finger zu klopfen. Der Prokonsul hat das für den jetzigen Zeitpunkt jedoch abgelehnt. Unsere Aufklärung meldet, dass sich die Lage an den Grenzen des Imperiums dramatisch zuspitzt. Die Mohak haben in den vergangenen einhundertvierundvierzig Jahren gigantische Flotten gebaut, die sie nun vor mehreren Stringknoten zusammenziehen.

Es sieht so aus, als hielten sie sich für stark genug, gegen die Ischtar-Festungen vorzugehen. Wie unsere Aufklärung meldet, ist dieser Optimismus der Echsen durchaus begründet. Ihre quantitative Überlegenheit ist gewaltig. Aus diesem Grunde hat der Prokonsul entschieden, die Flotte zur Unterstützung der imperialen Streitkräfte bereit zu machen.«

»Was? Es geht endlich los? Wo ist der Prokonsul jetzt?«, wollte ich wissen.

»Er befindet sich an Bord seines Flaggschiffes ROMMEL und teilt drei Verbände ein, die nun erstmals direkt in den Krieg eingreifen sollen. Die Raummarschälle Günter Prien, Harold B. Edwards und der Prokonsul selbst werden drei Systeme der Mohak angreifen, um ihren Truppenaufmarsch an der Grenze zum Imperium ins Stocken zu bringen. Sie werden einen Teil ihrer Flotte abziehen und unseren Verbänden entgegenwerfen müssen, wenn sie die drei Systeme nicht schutzlos den Geschützen unserer Superschlachtschiffe überlassen wollen.«

Mit großem Stolz hatte Maria das Wort »Superschlachtschiffe« ausgesprochen, denn unsere im Sol-System gebauten Giganten standen den im Imperium hergestellten in nichts nach.

Kurz bevor ich wieder einschlief, merkte meine schöne Frau noch an: »Durch unseren Eingriff in den galaktischen Krieg, für den wir nun ausreichend gerüstet sind, werden wir unweigerlich in den kommenden Wochen Kontakt zum Imperator bekommen. Ich gehe davon aus, dass wir dann das Problem der irdischen Kriegstreiber und egoistischen Machtfetischisten höchst offiziell mit dem Segen Sargons lösen können.«

Bei ihren letzten Worten lächelte Maria wie ein kleines Mädchen, das sich auf Weihnachten freut.

### „HJB-News" monatlich – kostenlos – aktuell

Monatlich erhalten Sie per E-Mail aktuelle Infos zu den Verlagsobjekten der Verlage Unitall und HJB. Natürlich ist der Newsletter kostenlos und kann auch jederzeit wieder abbestellt werden. Um die HJB News zu bekommen, müssen Sie nur auf der Seite www.hjb-news.de Ihre E-Mail-Adresse angeben und auf "Abschicken" drücken.

Der Newsletter „HJB News" ist ein Service von

**www.hjb-shop.de**